夏目漱石

十川信介
Shinsuke Togawa

Eurus
Notus
Zephyrus

岩波新書
1631

はじめに

夏目金之助が第一高等学校や東京帝国大学(以下、一高、東大と略称)で教えていたころ、ある年の試験に「四月以来口述せしものの大要を述べ、合せて之《これ》が批評を試みよ」という問題を出し、山をかけた学生は大いに困ったそうだ。今ならばこの種の出題をする教師もいるだろうが、当時は風変わりな出題だったのだろう。だが彼は学生に意地悪をしたわけではない。個々の事実の知識ではなく、自分の講義全体をどう受けとめたかを査定したかったのであろう。この逸話は、まもなく漱石と名乗って作家の道へ進む彼の特色を示す感じがある。後に述べるように、彼の長篇小説では、当初は目立たない些事が後に重要な意味を持ってくることが多い。

写真で見る漱石は、いつも真面目な、多少気難しい顔をしている。ただ一つの例外は晩年、「ニコニコ主義」を唱えるその名も『ニコニコ』なる雑誌の取材で、何度頼まれても笑顔を作らず、向こうが勝手に修正した奇妙な写真が残っているだけである。と言っても、彼の不機嫌な顔はその一面であり、友人や教え子たちとは談笑し、彼らの頼みは就職、借金など身を切っ

笑顔の漱石．じつはなかなか笑ってくれず，写真を加工して口元に笑みのような表情を浮かべさせている．雑誌『ニコニコ』大正４年より．写真提供：日本近代文学館．

ても尽す。約束は必ず守る、義理がたい気性である。酒はほとんど呑まないが煙草は一日に四十本、お洒落で服装に気を使い、外出して気に入ったものがあればすぐに買って帰る。食事には注文をつけないが、駄菓子が好きで、妻が留守のときには自分で何か探して食べる。病気がちのくせに、無理な行動も平気でやってしまう。——思いつくままに彼の表面を列挙すれば、こんなことになろうか。

漱石江戸ッ子説がある。後に妻となった鏡子もそう考えている。彼は旧暦慶応三年一月五日の生まれで、出生地は牛込の馬場下横町(現在の新宿区喜久井町)である。いわゆる江戸城三十六見付内を江戸とすれば、そこからは少しだけ外にはずれている。厳密に言えば、生後すぐに江戸は東京となるのだから、彼は東京人と考えるのがふさわしいのではないか。伊藤銀月は東京人を次のように説明している——「東京《とうけい》ッ児」は江戸ッ児が「西洋鍍金《めっき》」をしたようなものだが、東京人はそれとは違い、「舶来の趣味と固有の趣味とを抱合」して、新しい東京趣味を作った人だ、云々(『最新東京繁昌記』明治三十八年)。銀月は尾崎紅葉を東京ッ子とし、幸田露伴が東京人であると規定している。漱石は『吾輩は猫である』を連載中で、この時点ではまだその人となりは広く知られていなかったはずだ。

後に谷崎潤一郎は、いわゆる「敗残の江戸っ児」という類型を指摘し、自分の父親を例に、「正直で、潔癖で、億劫《おっくう》がり屋で、名利に淡く、人みしりが強く、お世辞をいふことが大嫌いで世渡りが拙《まず》く」(「私の見た大阪及び大阪人」昭和七年)と記すが、正直、潔癖、お世辞嫌いは漱石に当てはまっても、他の項目は彼にふさわしくない。学校では秀才、大学教師としても小説家としても成功した彼は、知人から頼まれたことは可能なかぎり引き受け、感謝された。世間から見れば、「世渡り」がうまいと評されることもあった。

もちろん彼はそんな評判を無視し、いつも与えられた現在の職務に忠実であった。だが彼はそれに満足できず、突然のように変心し、職を変えることがあった。彼の心の中には、つねに現状に満足できない強い欲求が潜んでいたようだ。以下それをめぐって、彼の生涯と生活ぶりを辿っていきたい。

目次

第一章　不安定な育ち

出生

金之助の父は当時五十歳、牛込馬場下近辺十一ヶ町の取締りを務めていた町方名主である。母の千枝とは先妻が病死したため再婚で、早死した一男一女の他に四人の男の子が生まれた。金之助は五男、先妻が産んだ姉二人を入れて六人兄弟の末っ子である。母はそのとき数え四十二で、この年で子供を産んで恥ずかしいと洩らしたそうだが、乳の出が悪かったので、乳児は早々に里子に出された。その古道具屋の店先に、籠に入れられていた彼を姉が見て、可哀想だと引き取ってきた話はよく知られている。彼はよく夜泣きをしたので、父は機嫌が悪かったという。当時の一般的な考え方として、男子は家を継ぐために重要な存在だが、長男はその役を引き継ぐ子供、二男は長男に万一のことがあった場合の備え、三男以下は男子のいない他家を嗣ぐ例が多かった。まして上に三人の男子がいる金之助は、乳離れとともに当然養子に出される運命にあった。

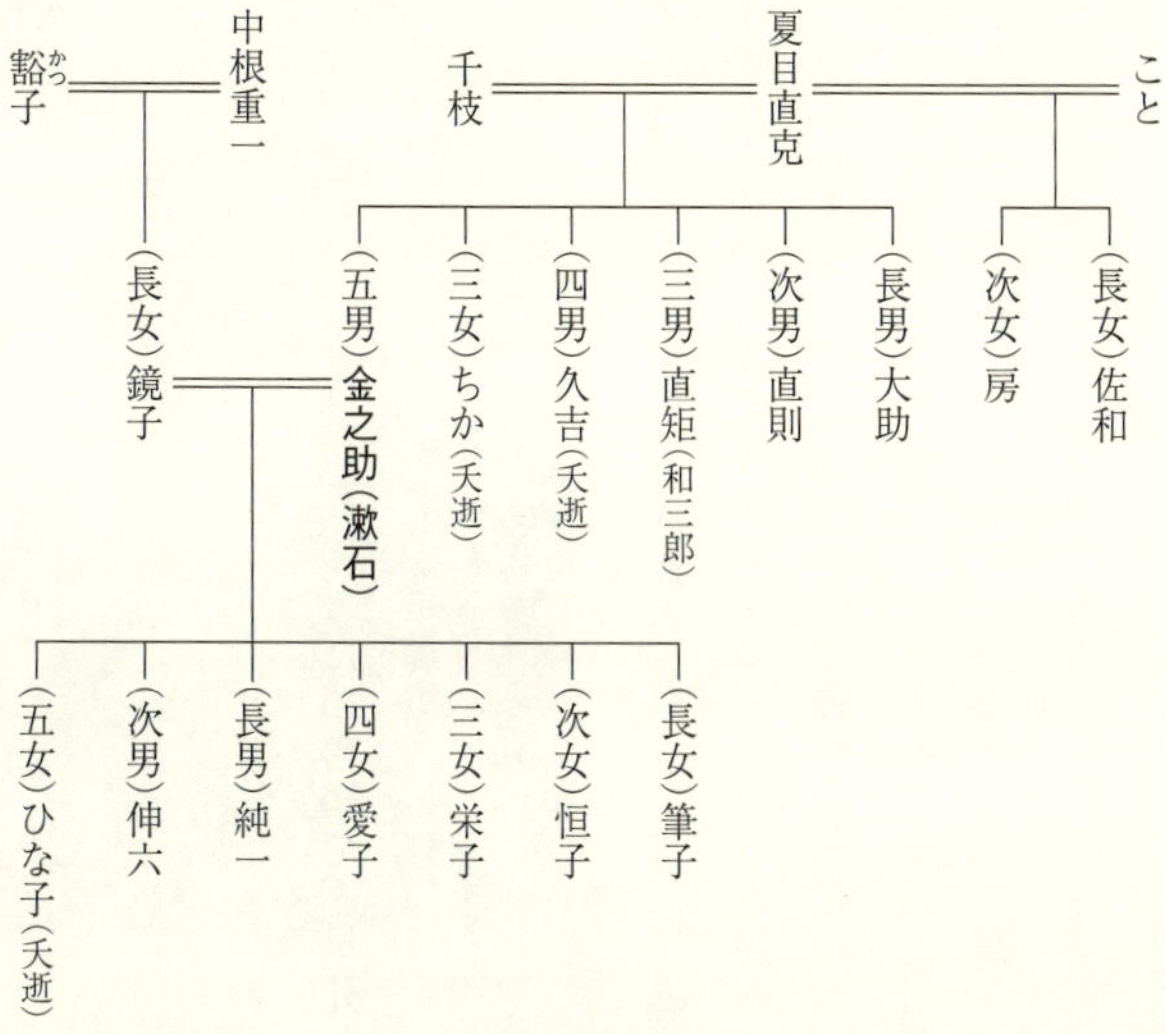

夏目家系図.

養子

そのころ夏目家と親しかった塩原昌之助という名主がいた。若いころは夏目家の書生もし、妻やすと二人暮らしで子供が出来なかったので、金之助を貰い受けることになった。両家ともに好都合な縁組みだっただろう。塩原は今の新宿区、当時四谷太宗寺門前名《もんぜんな》主《ぬし》で、まもなく名主制度が変更されたのに伴い、浅草の四十一番組の「添年寄《そえとしより》」(実態は名主よりやや格下)として浅草に移転した。夫婦はともに「爪に火を点《とも》す」倹約家であったが、金之助を溺愛し、惜しげもなく子供が喜ぶ玩具や写し絵を買い与えたという。最初に彼を芝居などに連れて行ったのも彼

幼少時の漱石．落合直文氏の遺族が所蔵していた写真で，裏面には「塩原金之助」と記されていた．『漱石写真帖』より．

らであろう。彼らとの生活は後年、『硝子戸の中』や小説『道草』に描かれることになるが、そこには同じ年頃の子供と遊んだ記憶がないことが注目される。『道草』では、「健三」が養家にいたのは三つから七つまでとなっているが、それが事実とすれば(彼が塩原家にいた期間には諸説がある)、健三が近所の子と交わらなかったのは、養父母が彼を宝物のように蔵いこみ、「下品な」子供から悪習を教えこまれることを避けたからではなかろうか。

　許されるままに、彼は大胆で強情な子となり、大人たちの間で悪戯をした。養父母はお前の父や母は誰かと問いかけたり、一番好きな人は誰かと尋ねて、自分たちを指させば満足した。三十歳まで子供というものを持たなかった彼らは、その問いが逆に子供の心を離してしまうことには気づかなかったのである。

　『道草』では、その後まもなく島田がお常を裏切って、女児のある未亡人と関係し、連夜、夫婦喧嘩が続いたことが記されている。年譜によればこの女性は日根野かつ、娘はれん。金之助が最初に憧れた女性だという。塩原は家を出てその親子と同棲し、残されたやすと金之助は一時、夏目家へ引き取られたが、結局離婚に至ったために、金之助は塩原家へ戻り、そこで小学校へ入学した。俗に戸田学校と呼ばれる学校である。

めまぐるしい教育課程

小学校が正式に発足したのは明治五年のことだが、この時代の学制はめまぐるしく変わってややこしい。小学校は上等、下等に分かれ、半年が一期でそれぞれ八級から一級まであった。金之助は明治七年の暮から九年五月までに下等小学第四級を終え、同年七月ごろ市谷柳町の市谷学校第三級に転校して、十年十二月には下等小学第一級を卒業したのである。市谷学校に転校したのは、彼が塩原姓のまま実家に引き取られたことを示している。彼は続いて十一年四月には市谷上等小学第八級を卒業、同じ年の十月には神田猿楽町にあった錦華《きんか》学校小学尋常科第二級後期を卒業するというスピードぶりである。これは当時の学制に飛び級があったためだが、彼がいかに勉強に打ちこんだかを証明するものでもある。いわゆる家族的愛情を受けなかった彼は、その「牢獄」から脱出するために、勉学せざるをえない気持ちに追い立てられていたのだろう。加えて、実家に引き取られたとき、「実家の父に取つての健三は、小さな一個の邪魔物であつた。何しに斯んな出来損ひが舞ひ込んで来たかといふ顔付をした父は、殆んど子としての待遇を彼に与へなかつた」と『道草』にはある。この強烈な反感を証明するかのように、金之助は明治十六年には実家を出て、小石川の寺で友人らと自炊を始めているから、これを彼の一方的なひがみとは考えられない。父の態度が変わったのは、長兄と次兄が相続いて早死し、三兄の直矩(和三郎)は家を束ねる家長としてあまり役に立たないことが明らかになってからである。母千枝は早く明治十四年に死去、父には金之助以外頼るべき家族がいなくなったのである。

漢詩への憧れ

やや先走ったが、小学校を出た金之助は神田区表神保町(現在の一ッ橋)に出来た東京府第一中学校の正則《せいそく》科乙に入学した。正則科甲は大学予備門(今の教養課程に当たる)入学を前提として英語で授業を行うに対して、乙は日本語で講義し、小学校で全課程を修了していない金之助は乙に入ったが、二年あまりで突然退学し、二松学舎に転校して漢学を学ぶこととなった。そのころの彼は英語が嫌いだったと伝えられるが、「文学」には興味を抱きはじめていた。西洋文学は流通しはじめていたが、ここに言う「文学」は漢詩文のことである。二松学舎は一年で退学したが、当時の漢詩が数首残されている(『漱石全集』第十八巻)。全集の読み下しに従って以下にその例を示す。

鴻の台(其の一)
鴻台《こうだい》 暁《あかつき》を冒《おか》して 禅扉《ぜんび》を訪《と》う
孤磬《こけい》 沈沈《ちんちん》 断続して微《かす》かなり
一叩《いっこう》 一推《いっすい》 人答えず
驚鴉《けいあ》 撩乱《りょうらん》 門を掠《かす》めて飛ぶ

――夜が明けきらぬ早朝に禅寺を訪ねた。案内を乞うた鉦《かね》の音がひっそりと聞こえるが、扉を叩いても推しても答える人はいない。驚いた鳥が門を掠めて飛ぶだけである。――

鴻の台は現在の千葉県市川市にある丘陵地帯。実際に金之助がそこの古寺を訪れたかどうかは不明だが、彼の心が誰も対応してくれない淋しさを詠っていることは印象的である。

あるいは次の例、題は「離愁《りしゅう》　友人の韻《いん》に次《じ》す」。

離愁《りしゅう》　別恨《べっこん》　夢寥寥《りょうりょう》
楊柳《ようりゅう》　烟《けむり》の如く　翠堆《すいたい》遥《はる》かなり
幾歳《いくさい》か　春江《しゅんこう》に袂《たもと》を分《わ》かちし後《のち》
依稀《いき》として繊月《せんげつ》　紅橋《こうきょう》を照らす

――別れの恨みは夢のようにわびしい。柳の木はもやのように煙り、堤ははるか遠くに感じられる。春の川辺で別れてから何年経ったのだろう。おぼろな細い月が朱塗りの橋を照らしている。――

これらが何らかの事実に基づいた作であるかどうかはわからないが、たとえ中国の詩語を摸倣するところがあったとしても、彼に漢詩の才能があったことは十分に推察できる。少なくともこの時代の彼は、「文学」としての漢詩にまず傾倒していたのである。彼にはある目的のために直進する面と、突然に進路を変更する矛盾した両面が並立している。後に触れるが、松山中学行きも、東京朝日新聞入社も、その表われである。だが『木屑録《ぼくせつろく》』や『思ひ出す事など』に明らかなように、彼は漢詩文による表現を終生手放さなかった。それは小説と並んで彼の

「文学」の両面であるとも言えよう。第一高等中学校で知り合ったばかりの正岡子規が『木屑録』に彼の「天稟の才」を発見し、激賞したのも頷かれる（『木屑録』末尾の評）。子規によれば、英文に長じ、漢詩文に通ずる漱石（明治二十五年五月、子規『七艸集』の読後感で初めて名乗った号という）は、ともに語り、かつ戦うに足る好敵手に見えたに違いない。

母の死

漢詩を作り出す直前、明治十四年一月に実母が病死した。五十五歳だから当時としては短命とは言えぬまでも、金之助は一応実家に帰って五年ほど一緒に暮らしただけである。彼は東京にはいたが、うるさいからどこかへ行けと叱られて、「臨終の席には侍《はべ》らなかつた」（『思ひ出す事など』）という。だが彼は、実父や養父母に対するような悪感情を母には持って

実母・夏目千枝（文政 9–明治 14）．我がまま放題に育った漱石だが，実母に対しては素直に言うことを聞いたようである．『漱石写真帖』より．

いない。養家で甘やかされ、我がまま放題に育った彼は、母に対しては叱られると素直に言うことを聞いたようだ。母はいつも眼鏡をかけて縫物をしていた。『硝子戸の中』に、「母の記念の為に」何か書いておきたい、という書き出しで、母の断片的な記憶が記されている。実家に帰ったころの彼は、昼寝をするとよく怖い夢を見たが、ある日他人の金を使いこんだ夢を見て大声を出したことがある。その声で母は二階まで上がってきて、「心配しないでも好《い》いよ。御母《おっか》さんがいくらでも御金を出して上げるから」と安心させてくれたのだそうだ。ただしこの出来事が、「全部夢なのか、又は半分丈《だけ》本当なのか」今でもわからない、というのである。だがそのどちらにせよ、彼が母の中に本当の愛情を求めていたことは確かであろう。「千枝」という名は「私の母丈《だけ》の名前で、決して外《ほか》の女の名前であつてはならない様な気がする」と、大正四年、死の前年の彼は回想するのである。

彼が府立一中を中退し、二松学舎で学んだのはその直後のころである。母の死によって、心を許せる人間はいなくなった。その孤独を癒《いや》したい気持ちが、彼を漢詩、漢学に導いたのかもしれない。

成立学舎と東大予備門

彼は気を取り直してまた勉学を始めた。身を立てるためには、大学に入らなければならない、だがそのためには嫌いな英語を学ばなければならない。中学の正則科では英語は学ばなかったからである。言うまでもなく、当時大学は東京大学のみである。その前段階である大学予備門(のち第一高等中学校と改称)に入るには、中学卒業の資格、またはそれに類する学力(試験)が必要だった。中学退学の彼は、遠まわりながら英語を中心に学ぶために、神田駿河台にあった私塾、成立学舎に入り、首尾よく予備門に合格した。その入試のとき、彼は数学の問題だけは隣の人の答案を見て書いたと語っている(「一貫したる不勉強」)。隣の人とは成立学舎で一緒で、のちに札幌農学校(北海道大学の前身)教授となる橋本左五郎である。橋本は皮肉にもこの試験に落ち、再試験で合格はしたが、結局札幌農学校に行った。橋本とはのちに満州で出会い、旧交をあたためることとなる(『満韓ところどころ』)。金之助の「カンニング」を、橋本は自分が紙を机一杯に拡げていたので、偶然見えたのだろうと回想している。

予備門では柴野(のち養子になり中村)是公《ぜこう》や、芳賀《はが》矢一(一緒の船でヨーロッパへ留学)らと親しくなった。特に是公は、太田達人《たつと》とともに生涯の親友で、後に南満洲鉄道(満鉄)総裁として名士となった。太田は成立学舎以来の友人で、東大物理学科を卒業後、地方の中学校長を歴任したので、是公のように華やかな経歴は持たないが、温厚篤実で、金之助とは気が合ったらしい。

大学予備門(第一高等中学)の仲間たちと．前列左から二番目が漱石．後列右から三番目が柴野(中村)是公，四番目が太田達人．成立学舎出身の「十人会」の記念写真と思われる．『漱石写真帖』より．

彼らが予備門(第一高等中学)時代に作った成立学舎出身の「十人会」になぜか是公も入ったそうだが、江の島への駆け足旅行の回想には、金之助の青春が一時に開花したような感じを与えられる。金之助は誘われればボートを漕ぎ、ベースボールにも参加し、汁粉も腹一杯食べたという(「予備門時代の漱石」)。まだ道路がなかった江の島へ、機敏な彼が一人だけ渡し人足の背に乗り、他の者が海中を歩いて従った光景が目に見えるようである。このような交友は、実家にいては実現できない関係だろう。彼らはお互いに、後々までその友情を大切に守った。それは大学では少し先輩になる狩野亨吉《かのうこうきち》や菅虎雄《すがとらお》の場合も同様である。実家では不遇だった金之助は、学校を通じて良い友人に恵まれた。

病気と落第

活発なくせに、金之助は予備門のころからよく病気にかかった。入学直後には盲腸炎となり、その二年後には腹膜炎で学年末試験を受けることができず、落第した。追試験を受ければ進級も可能だったかもしれないが、彼は追試の時を待てという友人の勧めを振り切って「自分から落第」したのである(「落第」)。その理由は、追試の通知がないのは自分に「信用」がないからで、信用を得るためには勉強しなければならない、もう一度同じ学年をやり直して出直そうと思ったのだそうである。すこし理屈っぽいが、立派な性根である。その気になれば数学も「非常に出来る様」になり、周囲の友人は、彼が理系に進むものと信じ、彼自身、変人の自分が世間に立つには日常生活に必要な建築家、それも「美術的」な建築家になって、向こうから頼みに来る仕事をしようと考えたのである。ところが落第の結果、同級になった友人、米山保三郎《よねやまやすさぶろう》という大秀才が、日本の現状ではまだ「美術的の建築をして後代に遺すなどゝ云ふこと」は不可能だ、文学を専門にして成果を挙げるべきだ、と忠告してくれたので、それに従ったと記している。

米山は脱俗的な「変物」で、金之助によれば「賦性《ふせい》活発、読書談禅の外《ほか》、他の嗜好無し」という人物だった。変人同士で意気投合したのだろう。すでに英語が達者になっていた金之助

漱石と米山保三郎(右). 米山は建築家志望であった漱石を文学の道に進ませた.「またとあるまじき大怪物」と早すぎるその死を惜しんだ.『漱石写真帖』より.

が当時提出した作文の一つに、“My Friends in the School”(1889. 6. 15) がある。その全集の訳文〔2〕に米山らしき人物の評がある。

この若者は、顔はまるで子供のように純朴で、心は哲学者のように成熟していた。深く考え、思索的な性格の持ち主だった。学問そのものを愛し、物事を誰よりも正しく幅広く考え、時代の偏見に染まらなかった。人の生死の根底にある羨望、名声、世間的野心のいずれとも無縁であった。友にとって人生唯一の目的は、自然の秘密を発見することであった。

(『漱石全集』第二十六巻)

この学友は「自然」を解明する目的も含めて、米山を指すに違いない。ついでに言えば、〔1〕の学友は柴野(のち中村)是公らしい。

だが米山は彼と同期に東大哲学科を卒業し、将来を嘱望されたが、明治三十年にチブスで夭逝した。金之助は米山の死を惜しみ、「同人如きは文科大学あつてより文科大学閉づるまでまたとあるまじき大怪物」(斎藤阿具宛書簡)と言った。教師時代の彼は、落第を心配する学生に対して、落第にもいいことがあると語ったが、おそらく米山との出会いを念頭に置いての発言だろう。

夏目家に復籍

明治二十年代初頭は、金之助にとって転機の時代である。明治二十年には長兄の大助と次兄の直則が肺結核で相次いで死亡、二十一年に高等中学本科に進んだ彼は、夏目家に復籍した。

大助は開成学校(東大の前身)を中退して警視庁の翻訳係となったが、三十一歳で死亡。彼は勉強も出来たが遊芸にも通じていたようで、金之助は英語の手解《てほど》きを受けるとともに地元の芸者屋にも連れて行かれた。臨終の際、金之助によく勉強せよと言い遺したという。次兄の直則は中野の電信修技学校を出て各地の電信局に勤め、岡山時代に結婚、東京電信局に戻ったが長兄に続いて死亡した。彼は結構遊び好きで、一時勘当されたこともあったらしい。まもなく徳冨蘆花の『不如帰《ほととぎす》』(明治三十一―三十二年)が大ヒットする時代である。結核は不治の病として猛威を振るっていた。

上の二人が死んだため、父は当然、後継者の問題に直面した。残るは三番目の直矩(和三郎)だが、父はこの凡庸で気の弱い息子に夏目家は託せないと考え、塩原家へ養子に出してしまった金之助の戸籍を取り戻そうとした。すでに本人が夏目家へ帰っている以上、問題はないと考えたのである。

しかし塩原は抵抗した。表面上は双方ともに、「家」の継続を理由に争ったようだが、実質的には金の問題である。二人の「父」の交渉は金銭をめぐって難行し、翌年までかかった。塩原は戸長をやめて以来、金銭的余裕がなかったし、夏目の父もある会社への投資に失敗し、蓄えはどんどん減っていた。二人の女子の嫁入りや四人の息子の学資にも金が必要だっただろう。結局は七年間の養育費として二百四十円、百七十円は即金で、残り七十円は無利足の月賦で三円ずつ払うことで妥結したのだが、夏目家にとっては大きな出費だっただろう。これで夏目家と塩原の縁は一応絶たれたのだが、このとき金之助が、「私儀今般貴家御離縁に相成《あいなり》 実父より養育料差出候《さしいだしそうろう》に就ては、今後とも互に不実不人情に相成ざる様心掛度《ようこころがけたく》と存候《ぞんじそうろう》」と一札を入れたのが、後に塩原との厄介な関係を生じさせる原因となった。

第二章 子規との交友

子規との出会い

「家」の都合で、二つの家を物体のように行ったり来たりさせられた金之助は、そのころから自分の力で生きることを考えたようだ。病気(盲腸炎、胃病、トラホーム)のときはやむを得ず実家に帰ったが、下宿したり、本所《ほんじょ》(現在、墨田区)の塾講師をして塾の寄宿舎で暮らしたのも同時期である。そうした彼の前に正岡子規が現われた。第一高等中学での顔見知りではあったが、交際を始めたのは翌二十二年、同学本科に進学してからのことである。その直後の五月に子規は喀血し、金之助は米山ら友人たちとともに子規の住む松山藩出身者の東京寮、本郷真砂《まさご》町の常盤会へ見舞いに行った。帰ってすぐに書いたのが、現存する漱石書簡の第一である。『漱石全集』収録の書簡では一—三二までがすべて子規宛であり、彼の子規への思いが推察できる。

言うまでもなく「漱石」の雅号も、子規が多数持っていた雅号(子規『筆まかせ』参照)の一つを貰い受けたものである。これも念のために付け加えれば、西晋《せいしん》の孫楚《そんそ》が隠遁生活を志し、「石に枕し、流れに漱《くちすす》がん」と言うべきところを「流れに枕し、石に漱がん」と誤って記し、咎められると、俗世間の話で汚れた耳を洗うために流れを枕とし、石で漱ぐのは口中を清潔に保ち雑言を吐かないためだと答えた故事による。負けず嫌いで、かつ内心にはいつも隠遁への志を抱くことになる漱石にはふさわしい号である。以下の記述では金之助を漱石に改める。

先述の子規宛書簡には、漱石の最初の俳句、二句が記されている。

帰ろふと泣かずに笑へ時鳥《ほととぎす》
聞かふとて誰も待たぬに時鳥

時鳥は死への導きの鳥として知られ、前述、蘆花の小説の題のように「不如帰」(帰るに如《し》かず)と表記されることもある。それを子規の訓みでもある「ほととぎす」の季節に事寄せて、激励した句である。こういう奇智の働きに漱石はすぐれていた。彼が子規との交わりを通じて多数の句を残すことになったのも当然である。

この年の初めに、彼は札幌に行った橋本左五郎に英文の手紙(『漱石全集』第二十六巻、下書き訳文)を書いているが、それによると、新年に当たって顧みると、周囲の変化に取り残されそうな自分に、これではならぬと決意を新たにしたという。そこで彼が描いた自画像は、「頑固

正岡子規(慶応3−明治35). 写真提供：松山市立子規記念博物館.

で熱しやすく、見知らぬ人の前に出るとはにかんで人見知りする質《たち》で、親しい友の前では冗談を言ったり語呂合わせなどして、陽気にするのが好きで、何でも試しにやってみるのは熱心なくせに途中で放り出し、実りのない空想に耽り、自負心が強く、「不注意」な人間である。これからは「醒めた心を持ち、注意深く、勤勉になろうと思う」という主旨で、自分に厳しい。こんな自覚を持って、彼は子規との交際を始めた。

漱石の英文学が、世界を相手にしようとする漠然たるものに止まっていたに対して、病気を自覚した子規には、残された時間が少ないという焦りがあった。俳句の革新、あるいは和歌の革新、それらの大事業に向かって、彼はわが身を顧みず奮闘した。その彼が驚嘆したのが漱石の識見である。二人は寄席の話題を通じて話が合い、突然に相手を認めるようになったのだが、同年齢で気位が高い同士でも、子規は兄貴風を吹かせたがり、東京育ちの漱石はそれに従うふりをして、暗に子規をたしなめていたように見える。

二人の対立点

漱石によれば、『木屑録《ぼくせつろく》』を見た子規は勝手に跋文《ばつぶん》を書いてきたのだそうだが、ともかくそれは賞讃の文で、子規の漢詩文集『七艸集《ななくさ》』に漱石が記した批評とともに開戦前のエールである。親友となって一年、両者の文学上の対立は始まるが、自己中心的に具体的問題に即する子規に対して、漱石は客観的、論理的に批判する姿勢が特徴的である。

その第一は二十二年暮から翌二十三年にかけての「文章」の本質について。第二は森鷗外の初期二作をめぐる評価について。第三は子規が勧めた『明治豪傑ものがたり』(明治二十四年)に関する「気節論《きせつ》」に対しての漱石の反駁。

「文章」の問題

第一は漱石が「文章の妙は胸中の思想を飾り気なく」直叙する点にあり、思想もなく「只《ただ》文字のみを弄する輩」はもちろん、「思想あるも徒らに章句の末に拘泥して」いては、読者を感動させることはできない。「文字の美章句の法」は末の末であり、idea《イデア》を中心にしなければならない、と説き、「御前《ごぜん》」のように書きまくっていてはイデアを養う暇もないだろう、少しは「手習」を休んで読書に励んではどうか、と忠告したのに始まる。

子規はRhetoric《レトリック》の語によってこれを攻撃したらしい。彼はそのレトリックによってアイデアが現われると考えたのであろう。漱石にふたたび長文の手紙を書き、レトリックが必要なのは、アイデアが言葉で紙の上に表現され、読者にそれを正確に感じさせるときであって、自分のいわゆる「文章」は、レトリックのみを指すのではないと断わった。

この経過は、そのころはほとんど誰にも知られなかったが、二葉亭四迷が坪内逍遙に持参した「小説総論」(逍遙が「中央学術雑誌」に発表した)なる短文を思い出させる。周知のように、それは「意」(アイデア)と「形」(フォーム)の関係を論じたもので、「実相を仮りて虚相を写し出す」という定義で知られる。つまり現世の「形」を借りて、真の目的たる「意」を写すのが小説の目的であり、「言葉の言廻し、脚色の模様によりて」現実界の「偶然の形の中に明白に自然の意を写し出さんこと」が大切だと主張するのである。当時一ツ橋にあった東京外国語学校でロシア語を学んだ二葉亭は、ベリンスキーの評論からこの理論を知ったのだが、漱石は英文学を通じて、もちろんこの理論を知っていたはずである。

鷗外が逍遙の「没理想」に対してイデーの存在を説く、いわゆる「没理想論争」を本格化させるのは明治二十四年の秋ごろから、子規の目はまだアイデア(イデー)の存在を重視する論には届いていなかったと考えられる。彼は二十八年の暮に発表する「棒三昧」で、「美の標準」

は各自の標準で絶対的なものではないと説くのだが、そこに「アイデア」が表現されていることには触れていない。この年の子規は新聞『日本』特派員として日清戦争滞陣中の鷗外と対面するが、俳句についてどんな説明をしたのか、知りたいところである。いずれにせよプライドを保つために、彼が漱石の論理を認めまいとした感じは否めない。

鷗外の短篇小説をめぐって

第二の鷗外評価は、これまた子規と漱石の差を示している。前回に懲りた漱石は、子規の洋学嫌いに閉口しながら、「小子嗜好の下等なる故と只管《ひたすら》慚愧《ざんき》致居候《いたしおりそうろう》」、とまずは遜《へりくだ》って見せるが、続いてその佳作たる理由をあらためて説明する。鷗外の二作品とは、確定できないが、「舞姫」「うたかたの記」「文つかひ」の中の二つである。それについて「結構（構成）を泰西に得　思想を其学問に得　行文は漢文に胚胎して和俗を混淆したる者」であって、「諸分子相聚《あいあつま》つて」「一種沈鬱奇雅の特色」があると思うと、その総合的性格を評価した上で、人の嗜好は教育によってさまざまだから、「公平の批評」と思っていても偏屈に見えることもあるだろう、自分では「洋書に心酔致候心持ちはなくとも」大兄にはそう見えることがあるかもしれない。これからは「可成《なるべく》博覧をつとめ偏僻に陥《おちいら》ざらん様に心掛」けて、「邦文学」研究をするつもりである、と神妙である。「性来多情の某《それがし》何にでも手を出しながら何事もやり遂げぬ段　無念とは存候得共《ぞんじそうらえども》　是亦一つは時勢の然らしむる所と諦め居候」。文学一つをとっても、欧米露、さまざまな文学観が権威をもって流入しはじめた時代であった。

一本気で一筋の道を行く子規と、広く全体的な価値観を手に入れようとした漱石と、どちらが正しいという問題ではない。異質な者同士が卒直に自分の考えを述べて成長していく、羨ましい友情である。ただし子規の一般的「標準」嫌いはこの後も変わらなかった。彼は「棒三昧」（明治二十八年）において、「美の標準」なる項目を設け、それは各自の感情によって異なり、各自の標準という相対的なものにすぎないと述べている。

「気節」をめぐって

第三の対立は、子規が『明治豪傑ものがたり』なる書物を「気《き》節《せつ》論」とともに送ってきたことに発した。今度は漱石が子規の考えに反発した書を送った（二十四年十一月）。読了後「寸毫も高尚だの優美だのと申す方向に導びきし点無之《これなく》」、中には「嘔吐を催ふせしむる件りも有之《これあり》」と手厳しい。咄嗟の気転や感情で難を逃れたり成功したりするのは、「気節」とは呼べないのではないか、自分は「大兄を以て吾が朋友中一見識を有し自己の定見に由つて人生の航路に舵をとるものと信じ」てきたが、なぜこんな「子供だましの小冊子」が気節の手本になるのか理解できない。ここにあるのは「抽象的の気節」で、「実体的の片言隻行《へんげんせきこう》」すらないと痛論する。さらに小学校では上席にある商工の子が、卒業後は士族の子に抜かれるという説や、賢愚よりも善悪によって人を量る態度にも漱石は反対である。その判断は情や意の領域であり、親孝行や忠誠のように「理」に従って生ずる「気節」は智に属する、と考えるのが漱石の主張である。人間には「片言隻行」ではわからない「気節」があり、どんな人間にも多少の善、または多少の悪がある。その小善、小悪だけですべてがわかったような気になるのは危険である、と彼は主張するのである。

　子規はこれを見て再度自説を繰り返し、気節が現われるのは行為においてであると記したらしい。十一月十日の漱石書簡は、それに対する返答で、「気節は(己れの見識を貫き通す)事と申し上候積《つも》り　此(見識)は智に属し(貫く)(即ち行ふ)は意に属す　行はずして気節の士とは小生も思ひ申さず」と補足して妥協を図った。お互いを知ろうとした議論が、お互いの相違の確認で終わったことになるが、友情がそれによって損われることはなかった。高橋英夫『洋燈《らんぷ》の孤影』(幻戯書房)は、この二人の鷗外に関する議論について、「他人の混入による汚染を厳に排する友情の気密性」を感じ、「鷗外なる人物はこの場合、二人の友情空間の汚染者、破壊者であるかのように」子規には思われたのではないかと推測している。

付け加えておくと、この第二の問題を論じた書簡の前半には、嫂《あによめ》の死去についての報知と哀悼句があった。三兄直矩の二度目の妻、登世《とせ》である。彼女は漱石と同年の二十五歳で、悪阻《つわり》のために亡くなった。その追悼の句に、「君逝きて浮世に花はなかりけり」「鏡台の主の行衛《ゆくえ》や塵埃」などがある。喪失感に満ちた句である。彼女は賢くて、温かい人柄で、通学する義弟に明るく話しかけたり、弁当を持たせてくれたりしたそうだから、家中で一人だけ彼が親しんだ人物だっただろう。江藤淳『漱石とその時代』第一部では、「恋をしていたとすれば彼はうたがいもなく死んだ嫂に恋をしていたのである」と推測している。その理由としては、子規宛書簡に「そは夫に対する妻として完全無欠と申す義には無之《これなく》候へ共」や、彼女に「精魂」があるなら、「二世と契りし夫の傍か、平生親しみ暮せし義弟の影に髣髴《ほうふつ》たらんか」とあることを挙げているが、それが「三角関係の自覚」だったという確証はない。嫂は孤立している義弟に同情し、義弟はまた、放蕩者の兄が女遊びをし、それに堪えている妻に同情を寄せていたとも考えられるからである。義弟、漱石の小説で言えば、この二人の仲が、“Pity's akin to love”(『三四郎』の与次郎「訳」によれば、「可哀想だた惚れたつて事よ」)なのか、あるいは『行人』の一郎・二郎兄弟と一郎の妻、お直の「三角関係」のように、一郎の「妄想」が作り出した幻想なのかも判然としない。だからここでは、漱石がこんな自分の内心までも報ずるほど、子規を信頼していたことを確認するにとどめたい。

北海道へ送籍

これらの対立・混乱の交遊の中で、漱石と子規は帝国大学文科大学英文学科と国文学科にそれぞれ進学した。漱石は文部省貸費生(返還の義務あり)となり、年額七十五円を使えることになった。月割六円強にすぎないが、彼はできるだけ実家に依存せず、早稲田(当時東京専門学校)に出講して月に五円程度を得、自活の道を選んだ。だが彼の足跡の中でわかりにくいのは、大学二年の時に、彼が分家して北海道平民となったことである。

本人自身が言うように(春陽堂編集者・本多嘯月《しょうげつ》の回想)、彼は北海道へは生涯行ったことがないし、そこに縁があるとすれば、札幌農学校へ転校した友人、橋本左五郎がいたぐらいのものである。通説では、明治二十二年の徴兵制改訂で、戸長および北海道に本籍がある者は徴兵免除、文部大臣認下の学校の学生は満二十八歳まで徴兵を猶予されるが、他の男子は国民皆兵制度の下におかれたためとされている。これに対しても江藤淳は、彼は満二十五歳だからまだ余裕はある。その真因は兄直矩の三度目の結婚であり、「登世への秘められた思慕」を抱く漱石は、「教育も身分もない人を自分の姉と呼ぶのは厭だ」という『道草』の健三同様に、今度の嫂と同じ戸籍に並ぶのを拒否したのだと推定している。だが死んだ嫂にこだわらなければ、そこにはまたもう一つの推定も可能である。彼が夏目本家に嫌気がさし、独立したいという希望を父に伝えた可能性である。身内と反《そ》りが合わず、孤独な彼は、戸籍の上でだけでも「個人」として生きたかったのではなかろうか。それもまったく未知の新天地、北海道においてである。それは彼が書類上で作り上げたはじめての自分の「家」なのである。彼は長くそこを本籍とし、大正三年六月になってようやく、やがて永眠する早稲田南町七番地に移籍した。彼は一貫して軍隊嫌いだったから、もちろん徴兵忌避の動機もあっただろう。なお本宅の戸長となった直矩は、父の死後(明治三十年六月)古い夏目家を売り払った。

大学生時代の評論

漱石が大学に進んだのは、子規との論戦が続いていた明治二十三年九月、卒業は二十六年七月である(当時は九月新学期、七月学年末)。この間、彼は大学講師のディクソンに依頼されて『方丈記』を英訳したり、無署名で翻訳『催眠術』、評論『文壇に於ける平等主義の代表者「ウォルト、ホイットマン」』、翻訳『詩伯「テニソン」』などを、夏目金之助と署名して『英国詩人の天地山川に対する観念』を、いずれも「哲学(会)雑誌」に掲載した。『ホイットマン』で彼が力説するのはその「平等主義」である。時間的には過去も未来もなく平等であり、空間的には社会に格差を認めない。「人間を視ること平等に山河禽獣《きんじゅう》を遇すること平等なり」「表面上の尺度」を廃して、「他人の奪ふべからざる身体なり精神」に従って立つ人こそ「親愛する」に足ると言うのである。「銭なきを恨むな衣食足らざるを嘆くな大敵と見て恐るゝな味方寡《すく》なしとて危ぶむな。智を磨くは学校なり之を試みんとならば大道に出でよ吾れ無形の智者を証する能はざるも智自ら之を証せん」の条《くだ》りは、「「ホイットマン」の処世の方法」と記しながら、漱石がその代弁者として自分の生き方を予見している感がある。

もう一つ注目すべきは、彼がホイットマンの「霊魂説」に同調していることである。彼は晩年には、死の際までその存在を信じようとしていた。彼にとって「死」は肉体の消滅であり、「精神」はその後も語り続けるのである。

英国詩人の天地山川に対する観念

彼がここで論ずる「自然主義」は、題名のとおりイギリス文人の天然自然に関する評論であって、まもなく日本で流行する田山花袋流の写実主義ではない。彼の言葉で言えば、「人間の

ロバート・バーンズ(1759–1796). 英国の詩人. 日本では「蛍の光」の原詩の作者として知られる.

自然と山川の自然」、つまり「虚礼虚飾を棄て天賦の本性に従ふ」生き方、あるいは「功利功名の念を拋《なげう》つて」丘や谷間で隠者の心を楽しむ生活が自然主義なのである。

その先駆けとしてはポープ、アディソン、サミュエル・ジョンソンなど多数の名が挙がるが、到達点として示されるのはバーンズ(Burns, Robert. 1759–96)と、イングランドの湖水地方出身のワーズワース(Wordsworth, William. 1770–1850)の二人である。

前者バーンズの「自然」は彼に対して喜怒哀楽の情を見せ、しかも人間のように相手を傷つける心配がない。バーンズは同輩に対するように自然万物に呼びかける。一方、後者ワーズワースの詩には「其内部に一種命名すべからざる高尚純潔の霊気」が充満している。バーンズは自然の内に「活気」を認めたけれども、それが「人間と気を同《おなじ》ふする」とは考えなかった。そこでは「外界の死物を個々別々に活動せしめ」る姿勢があるが、ワーズワースは「凡百の死物と活物を貫くに無形の霊気を以《もっ》てす」というのが漱石の説明の要約である。後者の例として引用されている"My heart leaps up when I behold a rainbow in the sky:"に始まる詩は、「私の心は虹を見ると躍る　小さい時もそうだった」の訳で広まった。

大学卒業

漱石がこの文章を書いたのは明治二十六年、大学三年の半ばから卒業を目前にした時期である。入学時に胸中にあった「心といふ正体の知れぬ奴が五尺の身に蟄居《ちっきょ》する」(子規宛書簡)不快感は、少なくとも表面からは消え失せている。雨後の虹とまではいかなくとも、窮屈な学校制度や夏目家の生活から解放されることへの期待感もあっただろう。彼はただちに大学院へ進学するのだが、そこは自由に研究をする場所で、制約はきわめて弱い。だが差し迫った問題は生活費である。彼は二年の時から東京専門学校(のちの早稲田大学)に出講し、三年時には大学から給費も貰っていたが、大学院では自分で生活費を稼がなければならなかった。

英語教師の漱石

英文科を一年先に卒業した立花銑三郎が、勤務する学習院の職を持ち掛け、漱石も「此際断然決意の上学習院の方へ出講致し度《たく》」と希望したが、学習院は一足先にアメリカ留学生活の長い、文学博士の採用を決めていた。東京高等師範学校(高師)にも友人を通じて依頼したが当てにはせず、一方、金沢の第四高等中学は、友人で当時その教授だった狩野亨吉から是非にという誘いがあったが、遠方なので決心がつかなかった。ところが諦めていた高師から文科大学学長・外山《とやま》正一に話があり、結局、高師に就職することとなった。年俸四百五十円、月額三十七円五十銭から七円五十銭を大学の貸費へ返納し、十円を父に送ったので、月に二十円の生活である。当時はかなりの就職難で、東京を離れずに済んだのは彼の英語力や人柄のゆえとはいえ、恵まれたと考えるべきだろう。

外山から勧められ、高師の校長・嘉納治五郎の話を聞くと、「教育の事業」とか「教育者」のありかたとか面倒なことを言うので、自分にはとても出来ませんと答えると、嘉納は逆にそれが気に入って、とにかくやってみてくれと依頼した。漱石は「私の性質として」断われなかった、と呑気なことを言っている(「時機が来てゐたんだ」)。この話はやがて『坊つちやん』に取り入れられるが、後の松山中学同様に、漱石は高師とはあまり相性がよくなかったのではなかろうか。義務には真面目で細密な彼は、最初の就職で頑張りすぎたのかもしれない。嘉納に頼まれて執筆した尋常中学用『教授法方案』(原英文"General Plan")が残されているが、教室環境の悪さや一高とは違う生徒の質に、彼は不満を持ったようだ。彼は後に後輩や教え子を高師に多数推薦するが、高師に関する思い出は前記「時機が来てゐたんだ」以外に見当たらない。

第二章　松山と熊本

肺病

彼が高師を辞任したのは、おそらく明治二十八年の三月である。前年二月に彼は風邪をこじらせて血痰を吐き、初期結核と診断された。「兼て覚悟は致居候へば今更の様に驚愕は不仕《つかまつらず》又死と云ふ事に就ても小生は至極冷淡の観念を有し候へば喀血抔《など》に心経を痛むる事は無之《これなか》りしも只家の後事抔を考へ過ぎて少《すこし》は心配仕候」とする一方で、「一度び此病にかゝる以上は功名心も情慾も皆消え失せて恬淡寡慾の君子」になれるかと希望を持ったが、その後はますます壮健になり、「性来の俗気」は依然として改まらない、と述べている（菊池謙二郎宛書簡）。死にもせず、といって君子にもなれず、俗臭を発揮して生きていると自嘲する彼は、まだ安住すべき心境にいない。子規へもほぼ同趣旨の手紙を送っているから、これは偽りのない述懐だったのだろう。

　もっとも、病気のことはかなり気にしていたようで、散歩などは止め、弓術に熱中したのが彼らしいところである。当時は弓の姿勢が肺に良いと言われていた。「此学年はまんまと遊んで通り抜」けたが、すべて病気のせいだと「自ら良心に対し弁護」し、続けて「理窟は何とでもつけらるゝ者」と反省する点にも彼の文章の特色がある。

参禅

夏休み中の彼は伊香保温泉で保養したり、数年来の「沸騰《ふっとう》せる脳漿《のうしょう》」(脳内の液体)を冷やし、勉強心を奮い立たせるために東北へ旅行し、松島の瑞巌寺(臨済宗)では、名僧南天棒《なんてんぼう》の説教を受けようと思ったが、果たさなかった。帰京後、湘南海岸では悪天候の下で海中に飛びこみ、「瞬時快哉を」感じたと子規に報じている。法話を聞いて悟るにせよ、無茶な行動を取るにせよ、彼は現状を打開する方法として、何かせずにはいられない心境だった。当時は大学の寄宿舎を出て、小石川に住んでいた菅虎雄を突然訪問し、そのまま一週間ほど居座ったのも、そのころのことである。

漱石の様子を心配した菅は、とりあえず近くの尼寺を紹介した。年末の休みを待って、彼は菅の紹介状を持参して鎌倉の円覚寺へ行き、帰源院に参禅することとなる。参禅の模様は後の『門』に描かれるとおりだろうが、彼がそのときに管長の釈宗演《しゃくそうえん》から与えられた公案は、「父母未生《みしょう》以前本来の面目」とは何かということであった。『門』には宗助が苦しみながら考えた答えを宗演に一蹴され、すごすごと退出する場面がある。時間の余裕がなかったので、宗助と同

釈宗演(安政6—大正8).
円覚寺管長. 写真提供：
円覚寺.

じく漱石も空しく帰京するが、この公案は後々まで彼の心に根づいた。「其位な事は少し学問をしたものなら誰でも云へる」と突き放した師の言葉は、学問知識で考える彼の「成心」の甘さを打ち砕いたのである。ではどう答えればよかったのかと問われても、正解はわからない。ただ晩年に神戸から同輩鬼《き》村《むら》元成《げんじょう》と一緒に上京して夏目家に宿泊した禅僧、富沢珪堂《けいどう》は、面会前の書簡で漱石が「たゞの凡夫で恐縮してゐます」(鬼村元成宛書簡)と書いてきた点に漱石なりの「禅」を認めており(「漱石氏の禅」)、漱石の葬儀に導師を務めるめぐり合わせ(夏目家は真宗)になった宗演は、禅では「自然と融合することを目的とする」と言い、漱石の参禅生活は「極めて平凡な普通なもの」だったが、晩年に唱えたと聞く「去私《きょし》則天《そくてん》」は「大乗仏教の真精神である」と回想している(「禅の境地」、『新小説』「文豪夏目漱石」所収)。

彼が高師を辞めようと決心したのは、参禅から帰った直後と思われる。菅虎雄を介して横浜の英字新聞、ジャパン・メールの記者になろうと考え、禅に関する英文を提出したが、それは何の返答もなく、送り返されてきた。無礼な仕打ちに怒った彼は、それをズタズタに引き裂いて捨てたそうだ。江藤淳はこの件に関して、菅が漱石の前途のために、新聞社へは送らなかったのではないかとも推測している。

「第一義」を求めて

その次に菅が言って寄越したのが、愛媛尋常中学校(松山中学、現在の松山東高)の口である。高師と比べるまでもなく、当時は不便な田舎である。それでも自活しなければならない漱石は、あえてその道を選んだ。今で言えば大学教師から高校教師への「格下げ」である。東京の「塵界《じんかい》」を離れ、落ち着かず、惑うばかりの心を最初から鍛え直そうと決心したのである。二十八年三月に高師を辞め、四月七日に東京を発った。彼にすれば、世間でいう「第一義」とは「どうしても生死を脱離し得ぬ煩脳底《ぼんのうてい》の第一義」であって、「俳味禅味の論」では「所謂《いわゆる》生死の現象は夢の様なものである。現象界の奥に自己の本体はあつて」、怒りも悲しみも超越する「余裕」のある立場である。自分はこの「余裕ある小説」を喜ぶ、云々。しかし彼にはこの「余裕」に憧れる気持ちと、世俗と戦う烈々たる精神が同居していた。

『虞美人草』連載終了後の発言だから、彼は教師を辞めて小説家に変身しているが、この作の中心は成敗を度外視して「第一義」の生き方をめざす甲野、宗近と、世俗的成功をもって人生の第一義とする甲野藤尾や小野との対立が中心と言ってもよい。その意味では同じ年に発表された小説『野分』で「道」を説く白井道也も貧困に甘んじて俗と戦う「余裕」のある人物と言えよう。これらの論や作品に通底するような「道義」を保つためにも、彼は東京を離れる必要があった。

松山との相性

松山中学は外国人教師の辞めた穴を埋めるために、英文出身の文学士夏目金之助を採用した。月給は前任の米国人カメロン・ジョンソンと同じ八十円である。ただし、彼は松山行きの費用がなかったので、山口高等中学に勤めていた友人の菊池謙二郎に五十円の借金を申し入れた。赴任後三カ月で返済する約束である。当時、松山に行くには神戸まで汽車、神戸からは船が普通である。まず旅館に泊まり、最初の下宿を二カ月ほどで出て、二番町の上野家の離れ(二階建て、四部屋)に移った。そこには両親が転任したために、母の実家である上野家に預けられていた頼江《よりえ》という十二歳の女の子が祖母や伯母と暮らしており、漱石はこの子を可愛がった。

しかし、松山の土地柄は彼の気性と合わなかった。登校後一週間で彼は早くも「地方の中学の有様」に違和感を持ち、「淡泊《ママ》」ではない傾向を神田乃武《ないぶ》(英語学者、大学院時代の指導教授)に報じている。別離の挨拶に行った漱石に、神田は洋行の費用を貯蓄せよと諭したらしいが、彼は「くだらぬ事に時を費やし思ふ様に強勉《ママ》も出来ず」、洋行費の貯金もできないのではないかと愚痴を言っている。

狩野亨吉に宛てた手紙はもっと強烈で、教員や生徒たちとは折り合っているが、煩瑣なのに閉口、東京で「あまり御利口連（打算的で機を見るに敏な人種）にツ、突かれたる為め生来の馬鹿が一層馬鹿に」なったが、このまま押し通すつもりだ、「当地にても裏面より故意に疳癪を起さする様な御利口連あらば一挺の短銃を懐ろにして帰京する決心」と凄まじい。最後は別に面白い散歩所もない、「当地下等民のろまの癖に狡猾に御座候」と結ばれている。道後温泉は気に入っても、彼が松山人の気質に馴染めなかったことは明らかである。中学で同僚だった村井俊明は、教員室でも、下宿を訪問しても物静かで言葉少なの人だったと回想している（「教員室に於ける漱石君」）。

子規との再会

言うまでもなく、松山は子規の故郷である。だが子規はそのころ日本にいなかった。日清戦争は終わりに近づいていたが、子規は戦争の現場に立ち会うべく、日本新聞社の新聞『日本』

正岡子規．日清戦争の従軍記者として日本を発つ前．写真提供：松山市立子規記念博物館．

の特派員として従軍していたのである。『日本』は欧化主義を鋭く批判し、日本民族の伝統や文化を護ろうとした陸羯南《くがかつなん》が創立した新聞である。子規は自作の小説『月の都』に対する幸田露伴の評価を知り、小説家になる夢を捨て、俳句革新に邁進していた。『獺祭書《だっさいしょ》屋《おく》俳話』(明治二十五年『日本』連載)などの評論、俳話にその情熱は結実している。彼の才能を認めた羯南は、『日本』新聞に彼を入社させ、縦横に腕を振るわせることにした。子規が従軍記者を志望したとき、周囲は彼の体調を考えて反対したが、彼はそれらの忠告を聞こうともしなかった。

子規が宇品から出発したのは三月十日、だが彼が金州、旅順などに至ったとき、戦いはほとんど終息していた。彼が陣中に鷗外を訪問したのは、その日、講和が成立したからである。

彼が大連から帰国の途に就いたのは五月十四日、神戸を目前にして、甲板で鱶《ふか》の群れを見ているときに突然大喀血が起った。下船は兵士優先だったため、彼は検疫所に止め置かれ、やっと神戸上陸、即入院は二十三日のことである。一時は危篤状態だったが一ヵ月後には奇跡的に回復、また一ヵ月須磨保養院に入り、帰郷して彼を前から保護支援していた大原恒徳(子規の母方の親類)方に着いたのは八月二十五日である。

愚陀仏庵

子規が漱石の下宿に前触れもなく現われたのは、その二日後だった。もっとも、この来訪は漱石がその日の朝、寒川鼠骨《さむかわそこつ》から、子規が「貴兄(漱石)既に拙宅へ御移転の事と心得」お会いしたいと言っているという話を聞いて、都合がつけばすぐ来て欲しいと手紙を出したからで、子規は彼の勧めに即応したわけである。荷物の取りまとめなどは後まわしでいいと言っているから、漱石も子規との再会を待ちわびていたのだろう。下宿の上野家では、結核は伝染するから一緒に住むのはやめた方がいいと忠告したが、漱石は意地を通した。だが、離れの一階に子規を泊まらせたものの、そこが松山の俳人たちの溜まり場になるとまでは考えなかっただろう。学校は二時に終わるが、帰って勉強どころではない。漱石も二階から降りて地元の柳原極堂《きょくどう》ら「松風会」の俳人たちとともに俳句を作った。彼の別号は愚陀仏《ぐだぶつ》であり、この離れを愚陀仏庵と称していた。

子規の帰京

子規は夏のうちは元気だったが、九月末に鼻血を出した。彼は連日夜まで句会を続けたため逆上した(のぼせた)のだと言い張ったが、十月になって帰京することにした。漱石は別れに際して十円を渡したが、子規はそれを大阪で使ってしまった。漱石も菊池謙二郎への借金返済が終わり、多少余裕があったのだろう。子規は十九日に出発、広島(渡清の折、しばらく滞在した師団の本部があった)から須磨(入院した土地)、さらに大阪、奈良を廻って帰るのだが、この前半の旅程は、彼が従軍したときの始めと終わりを確認したように感じられる。須磨では腰痛が起った。よくよく病気に縁のある土地である。大阪で十円を使ったのは、治療のためだったのかもしれない。奈良では周知の「柿食へば鐘が鳴るなり法隆寺」の句を作った。帰京は月末である。

孤独な漱石

子規がいなくなったので、「愛媛県には少々愛想が尽き」た漱石は、また孤独になった。心置きなく話が出来る相手のいない彼は、妻帯を勧める周囲の声に負けて見合いもしたが、どれも気にいらなかった。だがその反動として、彼が結婚を思い立ったのは自然な心の動きである。

「結婚の事も漸く落着《らくちゃく》致候」（菊池謙二郎宛書簡）と報じたのは子規が去った直後、十月八日のことである。一方で十一月十三日付けの子規宛書簡には「三々九度の方はやめにするかも知れず」とあるから、これが鏡子との縁談だとすると、話は子規の滞在中からあったことになる。宛名は「両待様」、リューマチの当て字である。子規が自分の身体の痛みはリューマチだと思い込んでいたからであるが、臆測すれば、これは両方で対面を待っている人物の意を込めた字面なのかもしれない。漱石は子規ばかりでなく、親しい人物には時々こんな遊びをした。彼は政治的事件には表だった関心を示さなかったが、この書簡では日清戦争のきっかけとなった韓国王妃で、日本勢力よりもロシア・清国を頼った閔妃《ミンビ》の暗殺事件と、東京市水道鉄管納入で不正を働いた浜茂《はまも》こと浜野茂らの拘引に快哉を唱えている。いずれも当時の新聞報道によるものだろうから、一般的な関心のレベルに止まっている。

簡単な見合い

この年の暮、漱石は帰京前に子規に手紙を出し、彼が自分の兄、夏目直矩との疎遠な仲を取り持ってくれたことに礼を言った。具体的には、兄が言い出した漱石の縁談の件で、子規が夏目家を訪ね、漱石の意向を伝達したらしい。お互いに写真の交換は済んでいた。相手は貴族院

見合い写真．鏡子(左)は貴族院書記官長・中根重一の長女で19歳，漱石は29歳であった．婚約の翌明治29年，赴任先の熊本で式を挙げた．『漱石写真帖』より．

書記官長・中根重一の長女鏡子、十九歳だった。中根は福山藩下士《かし》の家に生まれ、苦学して大学南校《なんこう》(東大の前身)を出た。当時が彼の最盛期である。鏡子の回想によれば、祖父の碁敵《ごがたき》が郵便局勤務で、漱石の兄と同僚だった関係から、話が進んだようである。漱石は「中根の事に付ては写真で取極《とりきめ》候事故《ことゆえ》当人に逢た上で若し別人なら破談する迄の事とは兼てよりの決心」(十二月十八日)と子規に書き送っている。ただし漱石の方も、写真屋が勝手に修正したのだろうが、あばたはない写真を送ったらしく、直矩が仲人に写真を持参したとき、「あばたはありませんよ」とわざわざ断わったのだそうだ。鏡子側から送られた写真は有名な丸木写真館で撮ったものだから無論美しく修整してあっただろう。当時の見合い写真は、往々にして本人とは別人のものを送ることもあった。キーツの『エンジミオン』のように理想の美人を待っていたわけではない漱石は、一度会っただけで結婚することに決めた。

結婚を望んだ彼の心境は、キーツを紹介して自分の半生を顧みる平田禿木《とくぼく》の文章と酷似している。「幼き昔より、我生は早く孤独なるに似たり、美しき空想に欺かれ、あやしき夢にだまされて、おぼつかなくも迷の途をたどり来れば、愈々《いよいよ》人間の心の冷《ひややか》に、世の情《なさけ》のうすきに驚く、親といふも空しき名のみ、はらからといひ友といふもあだなる名のみ」(平田禿木「薄命記」、『文学界』明治二十七年三月)。

暮に帰京した漱石は、二十八日に官邸に住んでいた中根家に行き見合いをし、双方ともに納得して婚約した。

前述の子規宛の手紙には、「外に欲しき女があるのに夫《それ》が貰へぬ故夫ですねて居る抔《など》と勘違をされては甚だ困る」とある。繰り返して言えば郵便局や眼科で見かけた「銀杏返しにたけなは《ママ》(正しくは「たけなが」元結《もとゆい》の上に和紙をかけた飾り)をかけ」た美少女や嫂の登世が、彼の心に訴えたとしても、その「恋」は彼が神経衰弱中に作り上げた一方的な幻想だったのではないか。

彼は正月三日に会いたいという狩野亨吉の誘いを「久々にて友人宅にて俳句会相催す約束有之《これあり》」として断わり、中根家でのカルタ会に行った。慎重な彼は、子規以外には結婚するまでこのことを洩らさなかったのである。

「教育」への喝

この上京の前に、漱石は求められて松山中学校友会の『保恵会雑誌』(明治二十八年十一月)に「愚見数則」なる檄文《げきぶん》を寄せた。今の師弟関係が、客の機嫌を伺うばかりの宿屋の主人・番頭らと、金を払ってしばし滞在する宿泊客と変わらないことを痛烈に批判し、教育の質の向上を求めたのである。もちろん自己批判は忘れず、自身が「糊口の口」を欲《ほっ》しただけの「似非《えせ》教育家」であることを認め、「余は教育者に適せず」「余の教育場裏より放逐さるゝときは、日本の教育が隆盛になりし時」だと放言している。

以下、月給の高下で教師の価値を定めてはならない、教師は必ずしも生徒より偉いわけではない、一度決心したら躊《ため》らわず直進せよ、数を恃《たの》んで一人を馬鹿にするな、他の人を崇拝しても、軽蔑してもいけない、毀誉褒貶《きよほうへん》に左右されるな、人の値打ちは成功失敗で決まるわけではない等々、彼が年来の鬱憤を吐き出した感がある。『坊つちやん』の「俺」が能弁だったら、職員会議できっと似たようなことを発言しただろう。

五高への転出と結婚

この檄文を置き土産にして、漱石は二十九年四月に松山を去り、熊本の第五高等学校へ転任した。この年始めから五高に勤めていた菅虎雄の世話である。宮島を見物して行こうと考え、松山から宮島まで、上京する高浜虚子と同船した。

虚子は京都の三高から仙台の二高に移り、そこを一存で退学して子規の怒りを買っていた。三高から二高へ、そこを退学するコースは同級の河東碧梧桐《かわひがしへきごとう》と一緒で、二人はともに学業よりも俳句・俳話に没頭したいと考えていた。子規は神戸で入院中から、たびたび虚子を自分の後継者に指名する旨を伝えていたが、虚子にはそれが重圧で、辞退し続けていた。彼は東京専門学校に籍を置いていた。漱石は子規と虚子の仲を心配し、交際復活を願っていたのである。

高浜虚子(明治 7–昭和 34).
写真提供：虚子記念文学館.

熊本に赴任した漱石はひとまず菅の家に同居し、借家を探した。熊本時代の彼は転居することと七度に及ぶ。「居は気を移す」というが、五年間に七度は彼の気持ちが落ち着かなかったことを表わすようだ。月給は百円だが、当時は軍艦製造のため一割が天引きされ、従来からの貸費返納、父への仕送りなどを引くと、生活費は書籍代を含めて七十円弱である。借家をよく替わった理由の一つは、鏡子の体調が思わしくなかったからだろう。

奇妙な結婚式

鏡子は父に伴われて、六月八日に熊本に着いた。鏡子によると漱石の借家は二度目の、市内光琳寺にあり、母屋が十畳、六畳、長四畳に湯殿と板蔵《いたぐら》、離れは六畳と二畳だった。式はこの離れで行われ、新郎・新婦と中根の父以外は客は誰も呼ばず、服装も漱石だけが一張羅のフロック・コート、鏡子は持参した振袖で、父は着て行った背広、手伝いの婆やと人力車夫が給仕のかたわら客の代理を務めたという。三三九度の盃が一つ足りず、結婚後かなり時を置いて、鏡子が漱石にそれを話したところ、彼は道理で喧嘩ばかりする夫婦が出来上がったはずだと笑ったそうだ。

　蓁々《しんしん》たる桃の若葉や君娶《めと》る

子規の結婚祝いの句である。

新婚早々に、漱石は鏡子に対して、「俺は学者で勉強しなければならないのだから、お前なんかにかまつては居られない。それは承知してゐて貰ひたい」と改まって宣告した。誰かの入智恵か、最初が大事だと思ったのだろう。

生活リズムの相違

鏡子はたしかにその方針に従った。だが低血圧で早朝に起ることが難しかった。夫は早朝に補講をしていたから、授業があれば七時前に家を出なければならない。鏡子によれば、彼は朝食を取らずに登校したことも何度かあるそうだ。やがてロンドンに留学することになる漱石は、そこからも、留守中に朝寝の悪癖を直せ、お前のように寝坊するのはお妾くらいのものだと叱咤したが、朝寝で宵っ張りの習慣はどうしても抜けなかった。彼が後の日記（一二）に延々と妻の悪口を書いた中には、妻はそのくせ自分が行くところがあるときには早起きをする、との一文もある。干渉し合わないように、というより癇癪持ちの夫の機嫌を損じないようにしながら、妻は自分のしたいことだけは黙って実行する、そんな夫婦関係の始まりである。猛暑を避けて秋に新婚旅行で博多、太宰府方面を一週間ほど廻り、小天《おあま》温泉にも行ったが、鏡子は宿が不潔で不愉快になり、以後九州旅行に同伴するのは止めたと言うから、彼女も結構卒直な女性である。

旅行から帰ってまもなく借家を替えた。漱石は自分が探した家だからどうでもよかったのだろうが、すぐ前に墓地があり、鏡子が気味悪がったらしい。新宅は間《ま》数《かず》が八間もあり、家賃は十三円だった。「名月や十三円の家に住む」。子規に宛てて漱石は、「かゝる処へ来て十三円の家賃をとられんとは夢にも思はざりし」とボヤいている。しかもここには五高同僚の長谷川貞一郎(歴史学)が同居し、さらに英文の山川信次郎が赴任してきて、それに加わった。社交的な山川には生徒たちが押しかけ、ここで迎えた新年には「きんとん」が無くなり、鏡子は一日《ついたち》の夜中の「きんとん」作りに閉口したそうだ。旧制高校の師弟関係を思わせるエピソードである。

寺田寅彦

五高で教えた最初の学生は寺田寅彦である。彼はこんな腕白組ではなく、漱石に俳句を習ったが、遠慮してなかなか私宅へは来なかった。彼が最初に漱石を訪問したのは「白川の河畔で藤崎神社の近くの閑静な町」というから(『全集』別巻「夏目漱石先生の追憶」)、五番目の井川淵《いがわぶち》町の家である。用向きは落第点を貰った学生の救済嘆願である。「点を貰ふ」ための「運動委員」というものがあり、寺田はその一員に選ばれたのである。漱石は「泣言の陳述を黙つて聴いてくれたが」諾否の返答はしなかった。だがその学生は最終的に及第していたそうだ。

寺田はそのころから俳句に対する興味が生じていたので、雑談に移って「俳句とは一体どんなものですか」と質問すると、漱石は「俳句はレトリックの煎じ詰めたものである」「扇のかなめのやうな集注点を指摘し描写して、それから放散する連想の世界を暗示するものである」と答えた。要を得た説明である。寺田が俳句を作り出したのはそのころからで、週に二、三度も通いつめ、内坪井の家にも通ったという。二人は漱石が東京に帰ってからも親密な交わりを続けることになる。

父の死で上京

漱石の父が亡くなったのは結婚後一年目の六月である。鏡子は妊娠していたが、学年試験が終わってから二人で上京、長旅のせいか鏡子は流産してしまった。中根家では、夏には鎌倉材木座の伯爵・大木喬任《たかとう》の別荘で過ごす慣わしだったので、鎌倉で鏡子は養生し、漱石は何度も妻を見舞ったのち、単身熊本に帰った。鏡子は十月末に帰宅したが、家はまた変わり、落合東郭《とうかく》(漢学者、東大選科終了後、宮内省に入り、皇太子時代の大正天

寺田寅彦(明治 11–昭和 10).
熊本五高在学中のころ. 写真
提供:日本近代文学館.

昼寝をする漱石．明治 32 年ころ，山川信次郎撮影．『漱石写真帖』より．

皇を傅育《ふいく》)の留守宅に移っていた。家賃は七円五十銭で、本代を月に二十円も使う漱石は、家賃を減らそうと考えたのであろう。彼は家計に細《こま》かかったわけではないが、後には鏡子の家計が大ざっぱだと言って、自分で家計簿を付けたこともある。鏡子が帰宅してみると、家には五高生、俣《また》野《の》義郎が書生として住みこんでいた。彼は大食漢で、食事中は飯粒をこぼし、大酒呑みで夜遅く帰ってくることもしばしばだったが、「笑いの種」を蒔いて憎めない青年だった。後に満州旅行のとき、漱石は大連で彼の案内を受けることになる。書生はもう一人、実直な土屋忠治という五高生(東大法科を出て弁護士)もいた。彼は鏡子に気に入られ、大学時代、中根家の書生にもなった。漱石夫妻は、一時、その離れに住んでいたのである。

授業と教務

五高での英語の授業は松山中学と打って変わり、「逐字的解釈」はやめ、「達意を主とする遣《やり》方《かた》」に変わった。『オピアムイーター』(『阿片常用者の告白』)や『サイラス・マーナー』などをすらすら音読して、「どうだ、分つたか」といった風であった(寺田談)。

教務の方は福岡県や佐賀県の尋常中学の英語授業を視察し、報告書を提出したりした。人事では、四高(金沢)を退職して東京に帰った狩野亨吉を、教頭として熊本に呼ぶことに成功した。山川もそうだが、東大出の親しい友人が三人揃ったわけである。菅は喀血して退職していた。

三十年年末から新年にかけて、山川と一緒に県内の小天温泉に出かけ、素封家の前田案山子《かがし》の別荘に宿泊、娘の卓子《つな》と知り合った。後に『草枕』の舞台、那古井となる温泉である。この旅は五高生からの「襲撃」を避けるためでもあり、学校と離れて風流に遊ぶ旅でもあったのだろう。教師稼業は嫌いでも、彼は職務に精励する教師だった。

鏡子の発作

東京で流産を経験した鏡子はヒステリックな症状を起したらしいが、漱石が一人で熊本に帰ったのもそれが原因と推察される。だが夫婦が三十一年の三月に井川淵町へ引越した後、発作がまた鏡子を襲った。よく知られるように、ヒステリーの発作は、心理的な葛藤から逃れたい気持ちが強まったときに、無意識のうちに肉体的症状として現われる。他人がいないところでは症状は出ないと言われている。前年の流産後に最初の症状が見られたというから、このときもそれが強く現われたのだろう。この年の夏、鏡子は近くの白川に投身自殺を企てた。幸い大事には至らなかったが、この事件の心的原因とは何だったのだろうか。

懇望した狩野が着任し、山川も含めて、漱石が彼らとばかり付き合って妻を放っていたためか、または何かで叱られたためか、いずれにせよ自分の知り合いが一人もいない熊本で、頼りにするのは女中だけという状態では、のんびりした育ちの鏡子も淋しかったに違いない。この井川淵の家は、大江村の家主の落合が帰郷したために急遽移った小さな家で、二人の書生が座敷で寝るありさまだった。

秋に鏡子はふたたび妊娠したが、悪阻《つわり》がひどく、九月から十一月まで続いた。「食ひ物や薬は愚《おろ》か、水さへ咽喉に通らなかつた」妻を、漱石は懸命に看病した。

病妻の閨《ねや》に灯《ひ》ともし暮るゝ秋

普段は妻の御機嫌なぞ取らない彼が、心配そうな顔で見守っている様子が目に浮かぶようである。この家は狩野亨吉が借りていた家で、内坪井町七十八番地である。縁起が悪い借家をすぐにも離れたかったのだろう。狩野が好意的に余所に移り、彼に譲ったと想像される。鏡子は翌三十二年五月に長女の筆子《ふでこ》を出産した。鏡子によれば大変可愛い赤ん坊で、字が上手になるようにとの意をこめて命名したそうだ。漱石はよくこの子を膝の上に乗せて、「もう十七年たつと、これが十八になつて、俺が五十になるんだ」と呟いていたそうだが、まさか自分が五十歳で死を迎えるとは思いもしなかっただろう。

安々と海鼠《なまこ》の如き子を生めり

鏡子と長女の筆子．写真提供：県立神奈川近代文学館．

が、出産前の不安と出産後の安堵が入り交じった漱石の句である。鏡子は彼のイギリス留学中に次女恒子《つね》、帰国後に三女栄子《えい》、四女愛子、長男純一、次男伸六、五女ひな子の七人の子を産んだ。そのころとしては異例ではないが、子福者の部に入るだろう。

親友たちの帰京

筆子の誕生と前後して、狩野と山川は東京に帰った。狩野は一高の校長に迎えられ、山川は同教授に就任した。その淋しさを紛らすかのように、漱石は勧められるままに謡曲を習ったが、おかしくて聴くに堪えなかったそうだ。寺田を筆頭とする五高生らと付き合い、彼らが作った俳句団体「紫溟吟社《しめいぎんしゃ》」にも加わった。のちに東京朝日新聞社で同僚となる渋川玄耳《げんじ》（ペンネーム、藪野椋十《やぶのむくじゅう》）と知り合ったのも、そこにおいてである。彼は佐賀県出身、当時は熊本の第六師団法官部に勤めていた。

漱石は同僚とともに新年は宇佐八幡や耶馬渓《やばけい》、日田《ひた》地方に遊び、夏には山川と阿蘇山に登り別れを惜しんだ。それに因む多数の句を子規に送ったが、その中に「ニッケルの時計とまりぬ寒き夜半」という一句がある。旅先か自宅かは不明だが、夜中、ふと目覚めて枕元の時計を見ると、愛用のニッケル時計が停まっていた。「寒さ」は肌に感じた季節の寒さだけではあるまい。おそらく彼にとっては時間が停まり、このまま「目的」も果たせずに生きていくのかという不安が、心を襲ったのである。

不穏な中国情勢

明治三十三年は西暦一九〇〇年、新世紀(二十世紀)は目前である。中国では、その前年に義和団が蜂起し、列強の中国侵略に反抗した。日本軍は列強の一員としてその鎮圧に尽したが、ロシア軍は乱が静まってからも「満州」に駐屯し、日本軍もまたそれに対抗して軍を残した。先走って言えば、漱石はこの世界情勢に大きな関心を持っていた。ロンドン到着後、子規と虚子に宛てた最初の書簡(「倫敦消息」)に、「吾輩は先第一《まず》に支那事件の処を読むのだ。今日のには魯国《ろこく》新聞の日本に対する評論がある。若《も》し戦争をせねばならん時には日本へ攻め寄せるは得策でないから朝鮮で雌雄を決するがよからうといふ主意である。朝鮮こそ善《い》い迷惑だと思つた」云々。身勝手なロシアの考え方に批判的な姿勢が明らかである。彼はのちのちまで武力による戦いの愚かしさに反対であった。だが『満韓ところ〲』(明治四十二年)に見られるように、日本の満州支配にも反対してはいない。この点については後に述べることとして、熊本の漱石に戻りたい。

突然の留学指令

彼はこの三十三年春に、またしても転宅した。市内北千反畑町の二階家である。理由は不明だが、とにかく一箇所に落ち着いていられない性分から抜けられないようだ。彼には早く一高本科時代に漢文の「居移気説《きょはきをうつすのせつ》」があり、自分はこれまで三度居《きょ》を移し、性情もそのたびに変化した。これから四、五十歳までに何度居を移し、心も変化するかわからないと記しているが、よく己れを自覚していると言うべきだろう。彼はその移りやすい心を確固として摑まえておきたかったのである。

だが、それを不可能にする指令が文部省から届いた。「英語研究ノ為満二年間英国へ留学ヲ命ズ」という辞令である。留学中の学資は年額千八百円、留守手当は年額三百円だった。依然として製艦費は天引きされ、鏡子が受け取る生活費は月に二十二円五十銭である。妻子は鏡子の実家、中根家の離れで暮らすことになった。一家は学年末を過ぎた七月中旬に熊本を出発し、中根家に到着した。

生死因縁《しょうじいんねん》　了期《りょうき》無く
色相世界《しきそう》　狂痴《きょうち》を現《げん》ず
迍邅《ちゅんてん》　校《かせ》を履《つ》けて　塵中《じんちゅう》に滞《とどま》り
迢遞《ちょうてい》　冠《かんむり》を正して　天外《てんがい》に之《ゆ》く
得失《とくしつ》に懐《おも》いを忘るるは　当《まさ》に是《こ》れ仏《ほとけ》なるべく

江山《こうざん》の目に満《み》つる　悉《ことごと》く吾《わ》が師
前程《ぜんてい》　浩蕩《こうとう》　八千里
学ばんと欲す　葛藤《かっとう》文字の技《わざ》

渡英に先立って詠んだ漢詩三首の第二である。『漱石全集』の注解に従って大意を示すと、――生と死のめぐりには終わりがなく、目に見える実世界は、狂や痴の愚かな姿が現出する。自分はぐずぐずして(迍邅)、足かせをつけて(「屨校」)俗世間に滞まっていたが、このたび身なりを正して、はるかな天地へ行く。成功するか失敗するかは気にしない、それが仏同様の悟りであろう。これから出る旅の視界に映るすべての事物が自分の師である。前途は無限にひろがる波濤、わずらわしい英語英文学を学びに行く。――

なお吉川幸次郎『漱石詩注』(岩波新書)は、第三句の旧全集「校屨」を「屨《く》を校《かぞ》えて」と訓み別解を示している。

漱石は子規にしばしの別れを告げ、九月八日にドイツ船プロイセン号で横浜を出航した。学生時代に彼は友人とともに易者に手相を見てもらったことがあるが、易者は、あなたは西の方角に向かうと占ったそうだ。東京から松山へ、そこからさらに西の熊本へ、今度ははるかに西のイギリスである。予言は当たったようだ。後の作品『彼岸過迄』(明治四十五年・大正元年)には、「文銭占い」の婆さんの占いに動かされる敬太郎の姿が描かれることになる。

子規からは

萩すゝき来年あはむさりながら

という送別の句をもらった。

第四章　ロンドンの孤独

沈黙の船路《ふなじ》

プロイセン号には、漱石の他に、文部省から選抜された留学目的の日本人教師、芳賀矢一(東大国文科卒)、藤代禎輔(東大独文科卒)、稲垣乙丙《おとへい》(東大農学科卒)の三人と、軍医の戸塚機知《みちとも》、一行五人が乗船した。当時は二高をやめ、雑誌『太陽』に評論を執筆、東大講師も務めていた高山樗牛《ちょぎゅう》(東大哲学科卒)も選ばれたが、肺結核が悪化して辞退した。漱石は、樗牛のようにニーチェの権威を振りかざすような人物は嫌いだったから、彼にとっては逆に幸いだったかもしれない。船は神戸、長崎に寄り外洋に出るが、すでに遠州灘《えんしゅうなだ》で漱石は船に酔い、長崎では「床上ニ困臥シテ気息淹々」たる状況だった。上海では台風に襲われて気分が悪く、下痢も続いてやっと体調を取り戻したのはコロンボあたりからである(日記一)。藤代の回想「夏目君の片鱗」によれば、漱石はあまり語らず、「英文小説の耽読一点張り」だったという。イタリアに着く前に、ナポリを見てさらに南のペスツム(パエストゥム、ギリシア神殿の遺蹟があり、鷗外訳『即興詩人』にくわしい説明あり)からローマに行くか、折から開催されていたパリ万博を見物するかで意見が分かれたが、多数決でパリに決まった。もっとも漱石は、どちらでもよかったのかもしれない。一行はジェノヴァで下船(十月十九日)、夜行の汽車でモン・セニーのトンネルを通過したので、アルプスの威容も近くでは見えなかったであろう。

船中の不安

出発前に「秋風の一人をふくや海の上」の句を寺田寅彦に送ったが、暴風と体調不良と暑さでそんな爽やかな感じの旅ではない。ここには彼が『夢十夜』第七夜で描いた船旅と同質の不安または寂寥がある。漱石は進んで留学するわけではない。彼は五高当局には一旦辞退し、説得されて承諾したのである。「余は特に洋行の希望を抱かずと云ふ迄にて、固《もと》より他に固辞すべき理由あるなきを以て、承諾の旨を答へて退けり」(『文学論』序)。彼が抱いたためらいは、「英文学に欺かれたるが如き不安」(同)にあった。彼はその不安を解消できぬまま、松山・熊本に行き、ロンドンに到着した、と記している。それが『夢十夜』で、「西へ行く」船の中で「大変心細く」なり、「死ぬ事に決心した」夢として作品化されたに違いない。寅彦宛の句は、短冊にも書かれて留守宅に掲げられていた。鏡子はそれを自分への惜別の句と思って日夜眺めていたのだろう。だが帰国した漱石は、家に入るなりそれを見つけ、びりびりに引き裂いて捨てたそうだ。

漱石一行は十月二十一日にパリに到着、パリ万博やルーヴル美術館などを見物した。漱石はかねて約束してあった画家の浅井忠《ちゅう》と面会、二十八日朝に、一人ロンドンに向かった。他の四人はいずれもドイツ留学組である。ロンドンに着いたのは午後七時すぎ、とりあえず大塚保治が紹介してくれたガワー・ストリート七十六番地の宿に宿泊した。大塚はドイツ中心に長くヨーロッパに滞在し、漱石が出国前に帰国していたのである。英会話は堪能でも、ロンドン訛りの英語は聞きとりにくい。初めての都会で目的地に行くのは緊張を強いられる時間だっただろう。

現在とは交通機関も交通事情も違うので、漱石がパリを出発した駅もロンドンの到着駅もよくわからない。出口保夫『ロンドンの夏目漱石』(河出書房新社)によると、パリのサンラザール駅を出て、ディエップ着、連絡船で風雨の中ドーヴァー海峡を渡り、三時間強かけてイギリス領ニュー・ヘイヴン着。そこから汽車でロンドン着、馬車で下宿へとなるらしい。以下ロンドンとスコットランドの地理案内は同書および稲垣瑞穂『漱石とイギリスの旅』(吾妻書房)に従う。

市中見物

漱石は到着翌日から市内各所を訪ね、地理を覚えることに努めた。パリでは文部省の書記官がいて、すべて案内してくれたが、ロンドンではそうもいかない。「今日出《い》で見たれども見当がつかず二十返位道を聞て漸く寓居に還り候」が、鏡子への第一信である。彼の第一の宿は大英博物館にもユニヴァーシティ・カレッジにもほど近い場所にあり、便利ではあるが宿泊費は一日食費を含めて六円ほどで、留学費を全部使っても足りないので早く出るつもりだと書いている。夜にはたまたま同宿で知り合った美濃部俊吉(憲法学者・美濃部達吉の兄)の案内で雑沓の中を散歩した。翌日公使館に出頭し、熊本で知り合ったキリスト教布教者・ノット夫人が書いてくれた書状を受け取った。彼女は偶然にも漱石一行と同船していて、ケンブリッジ大学の知人に紹介状を認めてくれたのである。

彼は十一月一日に汽車でケンブリッジに行き、大学と街の様子を知った上で留学地を決めようと思った。ここには留学生として田島(のち浜口)担がいたので、彼の案内で学内のペンブルック・カレッジの評議員・同伝道教会の司祭長でもあるアンドリューズに会った。ノット夫人の次男、パーシィの知人だった関係である。キリスト教を敬遠する漱石にとっては窮屈な時間だったろうが、市街を歩く留学生たちの様子を見て、彼はここでの学生生活が交際に金がかかるものだと知り、「交際もせず書物も買へず下宿にとぢ籠つて居るならば何も「ケムブリッヂ」に限つた事はない」と思い留学を断念した。狩野亨吉、大塚保治、菅虎雄、山川信次郎、親友の四名宛の書簡だから彼の本音だろう。

一泊しただけで彼はロンドンに戻り、大英博物館、ロンドン塔、ウェストミンスター寺院など、市内見学を続ける一方で、ロンドン大学ユニヴァーシティ・カレッジのケア教授に聴講願の手紙を出し、許可された。ケア教授は中世英文学の権威である。そこで聴講を続けるかたわら、同教授の紹介で、シェイクスピア学者のクレイグの個人指導を受けることになった。「一時間5 shilling ニテ約束ス　面白キ爺ナリ」と漱石は記している。変人同士で気が合ったのだろう。

奇人・クレイグ先生

漱石は日本では英語の発音が良いことになっていたが、ロンドンでは相手の発音もコクニーと呼ばれる訛りで聞き取りにくかったし、こちらの英語も理解されないことがあった。船中でノット夫人が、午後には英語の発音を私の部屋で学びなさいと言ったのも、彼女の「親切」心からだった。キリスト教の「神」といい、英語発音の訓練といい、漱石は多少辟易するところがあったようだ。彼の考える「神」の根源には、そのころからすでに老子的「無」があり、それは「絶対であるが故に、相対を内包する名辞によって呼ばれるべきものではない」、それは

「キリストであって精霊であり、かつ一切であるようなものである」(断片四A、英文注解による)。

しかしクレイグ先生に対して、そんな遠慮や斟酌は無用だった。先生は一方的にまくしたてたからである。「先生は愛蘭土《アイルランド》の人で言葉が頗《すこぶ》る分らない」と、漱石は帰国後、イギリスの文芸誌でその死を知り、この「変人」を回想している(「クレイグ先生」)。

先生はアイルランドのロンドンデリーに生まれた。秀才でダブリン大学を卒業し、ウェールズで大学教授にもなったが、その職を捨て、ロンドンで個人教授をしながらシェイクスピア研究に没頭した。漱石が通ったときはベーカー街の「角の二階裏」に下女と住んでいたという。日本流に言えば建物の裏側の三階か。階数は「クレイグ先生」では四階であり、どちらが正しいのか、今でも決着はつかないようだが、「股《ママ》が痛くなるほど階段を上つた」というから、ここでは仮に四階と考えておきたい。一年近く、この階段を毎週上るのはかなりの努力を必要としただろう。

だがそれを厭わなかったのは、彼がイギリス人でただ一人好感を抱き、共感できる人物だったからである。クレイグからは主としてキーツやワーズワースらの詩に対する批評を聞いたが、それよりもいつも脱線し、話が飛散する、それでいてシェイクスピアの厳密な文献学的研究で知られるこの老学者に、彼は未来の自分を重ねて見たのかもしれない。

第二の下宿

クレイグの部屋へ通い始めたのは、漱石が第二の宿、ウェスト・ハムステッドに移ってからである。第一の宿は値段が高く、ケンブリッジから帰って安い下宿を探し歩いたが適当な宿が見当たらず、新聞広告で探して決めた。ロンドン北西部の高台で、後に発表された小品「下宿」と「過去の臭ひ」(『永日小品』所収)にこの宿のことが描かれている。通りの名でプライオリー・ロードの家と呼ばれる。家族は洋服屋の老主人と老嬢と四十年輩の男と女中。「赤煉瓦の小じんまりした二階建が気に入つたので」週二ポンドでやや割高だが借りることにしたという。家族関係は複雑で、主人と娘との間に血は繫がっていない。娘のミス・マイルドの母が、夫の死亡後にフレデリック・マイルドと再婚したわけである。写真で見ると表側はたしかに瀟洒に見えるが、漱石が借りた裏側の写真を見ると綺麗とは言えない。

ここには日本人の長尾半平が表側の一部屋を借りていた。彼は台湾総督の後藤新平から派遣された官吏で、豊富な資金でヨーロッパ各国を視察して歩いていた。彼自身「夏目さんに比べては、非常に贅沢な暮らしをしてゐた」と回想しているが、漱石が二十ポンドばかり貸してくれないかと言うので、返してくれるのかと聞くと、「返すんだよ」との返事なので金を貸した。

二人が帰国してから偶然出会ったとき、漱石は「金を返さなければならなかつたね」と思い出し、翌日金を持って来てくれたというエピソードがある。漱石は几帳面で約束は必ず守る気性だった。

この下宿は長尾がいなければ、陰気で居たたまれない雰囲気が滲んでいた。父の娘(主婦の老嬢)に対する物の言い方が「和気を欠いでゐる」、「娘も阿爺に対するときは、険相な顔がいとゞ険相になる」。「一家の事情」は娘が自分から説明してくれた。

――私の母はフランス人と結婚して私を生んだが、夫が死んだので母は私を連れてドイツ人と再婚した。それが今の父である。父は仕立屋の店を出し、毎日通勤しているが、夜遅く帰ってくる男は先妻の子で同じ店で働いていて、父とはほとんど口を利かない。母はずっと以前に亡くなったのだが、その財産はみんな今の父に取り上げられてしまった。下女に使われている「アグニスは……」と言いかけて、彼女は口を噤《つぐ》んだ。自分の目には、アグニスは朝会った息子の顔とどこか似ている感じがした。そこから推察すると、十二、三歳のアグニスは、四十代と思われる息子の子で、父がその母である女性との結婚を許さなかったか、あるいはその女性が子供を押しつけて逃げ去ったかであろう。――

文中の「自分」はNさんと呼ばれ、夏目の頭文字であることは明らかだが、長尾半平がKと記されるのは二人の混同を避けると同時に、不似合いな贅沢をし、各地を飛びまわる官吏としての身分上、実の頭文字を変更したのであろう。「過去の臭ひ」という題名には、養家にも生家にも所属できず、実の父からは「小さな一個の邪魔物」として扱われたと記す『道草』(九十一)の健三と同様の記憶が、アグニスとともに甦ったのかもしれない。

第三の宿

漱石は不愉快さに堪えきれず、四十日ほどでこの下宿を去り、テムズ川東南のフロッドン・ロードの家に替わった。それはカンバーウェル・ニュー・ロードをしばらく南下し、右折した地点にあった。鏡子宛書簡(明治三十三年十二月二十六日)に漱石は「其後都合有之　6 Flodden Road, Camberwell New Road, S. E. と申す所に転居致候　以前の処は東京の小石川の如き処に存候　今度の処は深川と云ふ様な何れも辺鄙《へんぴ》な処に候」と知らせている。ここは先頃まで女学校だったが伝染病で閉校したため、「借金返済策」として下宿を開業することとした。主人夫婦と妻の妹が経営し、日本人はおとなしく、金にうるさくないから日本人を客にしたいと言った。事実、漱石が入居する以前に、国文学者の池辺義象《よしかた》や画家の小山正太郎らも住んでいたらしいが、彼と同時期には、横浜の商社員田中孝太郎がいただけだった。他には妻の教え子だったイギリス女性が住んでいたが、経営は苦しかった。田中とはよく観劇や散歩をしたが、田中は四月初めにシェイクスピアの跡を訪ねてストラトフォード・アポン・エイヴォンに行き、帰ってくると転居してしまった。

赤黒の太陽

漱石がこの宿に移ったのは十九世紀の末、明治三十三年十二月である。二十世紀が始まった翌年一月三日に、彼は日記に記した。

倫敦ノ町ニテ霧アル日太陽ヲ見ヨ　黒赤クシテ血ノ如シ、鳶《とび》色ノ地ニ血ヲ以テ染メ抜キタル太陽ハ此地ニアラズバ見ル能ハザラン

また四日の条りには、

倫敦ノ町ヲ散歩シテ試ミニ啖ヲ吐キテ見ヨ　真黒ナル塊リノ出ルニ驚クベシ　何百万ノ市民ハ此煤煙ト此塵埃ヲ吸収シテ毎日彼等ノ肺臓ヲ染メツヽアルナリ

現代の東京が、あるいは中国の北京がそうであるように、工場の煙突と家屋の暖房は、空気を汚染し続けていたのである。だがそれは同時に、滞在三カ月を経た彼の神経をも染めていたのではないか。彼は果たすべき目的を見いだせず、焦っては、ロンドンにも、「遊びまわる洋行生」にも怒りをぶつけていたからである。彼らの「中ニハ法螺《ほら》ヲ吹キテ厭ニ西洋通ガル連中多シ」（日記、明治三十四年）。だが「往来ニテ向フカラ脊ノ低キ妙ナキタナキ奴ガ来タト思ヘバ我姿ノ鏡ニウツリシナリ」（同）。自分が「連中」と同様だと思うことほど、彼を苛立たせるものはなかった。それなら自分は何をしているのか、英文学者として何をすればいいのかが彼にはまだ見えなかった。

クレイグはたしかに学殖豊かな一流の学者である。だが彼は、日本人がどのように英文学に向き合うべきかを教えてくれなかった。漱石の悩みは、細かな字句の使用法よりも、日本人の自分が異国の文学とどう対するべきかにあった。この年の十月、彼は金銭的事情もあったが、正面からこの難問に対するべく、クレイグの教えを断わることに決めた。直接これまでの謝意を伝えようと屋根裏部屋を訪ねたが、クレイグは留守だった。彼は自分の事情と謝意とを手紙に書いて送った。

彼が第三の下宿・ブレット家に不快を感じはじめたのは早くも一月、十二日の日記には「下宿ノ爺」とロビンソン・クルーソーの芝居を見に行ったところ、爺さんがこれは実話か小説かと聞き、十八世紀に出来た有名な小説だと答えると、「左様カト云フテ直チニ話頭ヲ転ジ」てしまったと記されている。狩野らへの手紙には「亭主もいゝ奴だが頗る無学で書物抔《など》は読んだ事もあるまい」として、ロビンソンの件が繰り返されている。しかしこの爺さんは好人物で、まもなくヴィクトリア女王の葬儀がハイド・パークであったとき、大群衆の中で彼を肩車して見せてくれた。不愉快なのは女学校の先生だった妻の方で、文学のことは知らないくせに、「生意気ニテ何デモ知ツ〔タカ〕振ヲスル」し、「クダラヌ字ヲ会話中ニ挟ミテ此字ヲ知ツテ居ルカ」と問いかけたりする。「倫敦消息」によるとtunnelやstraw程度の字である。「怒る張合もない」と漱石は書いている。

郊外へ

この下宿は場所的には中心部のシティに出る交通の便も良く、美術館や劇場もあり、散歩にはデンマーク・ヒルがあった。何よりも安いのが魅力だったが、窓の隙間から風が入ってくるのに閉口した。彼はまた転居を考えたが、ずるずると春を迎えるうち、この宿の経営が破綻した。一家は南部郊外のツーチングに移り、ふたたび下宿を始めることにした。今では有名なダービー競馬場の方角である。周辺はまだ開けていなかった。漱石はこれを機に転居を考えたものの、新聞広告で照会した貸間は週三十六円と高過ぎ、一家に強く勧められるまま、一緒に引き移ることになった。物凄いコクニーで彼にいろいろな情報をもたらしてくれた、愛すべき下女のペンは、このときに解雇された。一家はまさに夜逃げ同様に未明に荷物を運び、漱石は四月二十五日に移った。同日の日記、「聞《きき》シニ劣ルイヤナ処デイヤナ家ナリ　永ク居ル気ニナラズ」。彼はこの宿に三ヵ月近く住んだ。出るに出られなかったのは、ドイツに留学していた先輩の化学者・池田菊苗が、ロンドンで王立研究所のデービー・ファラデー実験所に通うため、宿舎を依頼してきていたからである。これと言って良い宿を知らない漱石は、自分が住む下宿の一室を用意した。

池田菊苗と懇談

池田は五月五日に着いた。漱石は前日にバラの花二輪と白百合三輪を買って待っていた。彼は頼まれて三月にグラスゴー大学の日本人向け入学試験問題を作成したが、その謝礼の手形が五月二日に郵送されてきたので、気が大きくなったのだろう。文部省からの滞在費以外、唯一の臨時収入である。

池田がなぜ漱石に下宿を依頼したのかはわからないが、ドイツにいる藤代か大幸《おおさか》(勇吉)が夏目の名を出したのかもしれない。池田は三年先輩で京都生まれ、東大理科の出身だが、哲学にも教養深く、連日のように、英文学だけでなく世界観、禅学、教育、「理想美人」などについて会話を交わした。ロンドンではこの種の会話に飢えていた漱石にとって、楽しい時間だった。「理想美人」ではお互いの妻が「理想」でないことで大笑いした。

池田は六月二十六日まで同居、ケンジントンに居を求めて去り、八月三十日に精神医学の呉秀三らと帰国の途に就くが、ロンドン在住中はしばしば漱石と会い、歓談を重ねた。帰国後、東大教授となり、「味の素」を発明したことは付け加えるまでもない。漱石は「倫敦で池田君に逢つたのは自分には大変な利益であつた。御蔭で幽霊の様な文学をやめて、もつと組織だつたどつしりした研究をやらうと思ひ始めた」(「時機が来てゐたんだ——処女作追懐談」)と、後

池田菊苗(元治元−昭和11). 漱石とはロンドンの留学先で交友を結ぶ. 東京帝国大学化学科教授. グルタミン酸を発見し,「味の素」を製品化したことで知られる. 写真提供:味の素.

に語っている。漱石『文学論』序の構想メモには「⑹池田氏議論」とあることからも、それは裏づけられよう。

二女恒子の誕生(一月二十六日)を除いて、池田が来る前には嫌なことが続いた。鏡子に淋しさを訴え、「おれの様な不人情なものでも頻りに御前が恋しい」と、一世一代のラブ・コールを送った(明治三十四年二月)ことさえある。熊本で筆子と一緒に写した写真を送って欲しいと記したのは一月、「近頃少々腹工合あしく」と報じたのも同じ書簡である。若いときからの持病である胃病の徴候が始まった。彼は万一に備えて二月、三月とカルルスバードを買っている。チェコのカルルスバード鉱泉の泉水から作った胃腸薬である。三月末にも買っているから、症状は春まで続いたのであろう。

ドイツへ留学していた旧友立花銑三郎は肺を病み、帰国中の常陸丸からその旨を知らせてきた。漱石はすぐにアルバート・ドッグに入港中の常陸丸に彼を見舞った。どう見ても重病で、立花はその後、香港を出てすぐに船中で死亡した。ドイツで立花と親しかった藤代素人(禎輔)の回想「夏目君の片鱗」に、立花の句として真偽不明の話が残っている。おそらく漱石が立花を見舞ったときの発言らしいが、「戦争で日本負けよと夏目云ひ」と、立花はドイツ留学仲間の芳賀に一句を残したというのである。芳賀からそれを聞いた藤代は、ロンドン近辺にうろつく「片々たる日本の軽薄才子の言動に嘔吐を催ほして居た」漱石の言と解している。それにしてもそのころの漱石の鬱憤を吐き出したかのような過激な発言である。漱石の日記には、三月二十七日に立花を見舞い、「気の毒限《かぎり》ナシ」とあるのみである。

日英の比較

この時期、漱石は日英双方の長所と短所を、何度も日記に記している。主な箇所を要約すれば、以下の諸項である。

(1)英国人は自分の権利を強く主張する。日本人のように面倒臭がらない。
(2)英国人だから文学上の知識が上なのではない。教授は博学だが、それを苦しめることは容易である。知人のレディは文学のことなぞ一切知らない。
(3)絵画は油絵より水彩画が良い。日本の水彩画は遠く及ばない。
(4)西洋のエチケットはいやに難しいが、日本にはまるで礼儀がない。西洋はそれによって個人のわがままを防ごうとするが、日本には真の礼儀がないくせに人工的でわざとらしい型と、無作法に伴う下品さがある、等々。

まだ流行し出して間もない水彩画は別として、残りの三項は、日本の英文学者として生きる彼の根本的問題である。後に朝日新聞社に入社するときに彼が取り決めた入社の条件は、その細部にわたる権利の主張と義務とで世人を驚かせたが、これはロンドン時代の見聞が及ぼした影響だったのかもしれない。もっとも、お茶の会に呼ばれたエッジヒル夫人のキリスト教の押し売りは、行く前から「厭ダナー」と記されている(二月十六日)。

第二の「文学上の知識」は、まもなく彼が草稿執筆を始める『文学論』(明治三十九年)の問題へ繋がっていく感想である。彼はその序文で、少年時代から読んだ「左国史漢」(『春秋左氏伝』『国語』『史記』『漢書』)と英文学は同じように思いつつ、専門とした「英文学に欺かれたるが如き不安の念」があったと記す。英語の学力は漢文と同程度として、なぜ知識以外に「英文を味う力」が身につかないのか、ロンドンにまでその不安を引き摺っていた彼は、「漢学に所謂《いわゆる》文学と英語に所謂文学とは到底同定義の下に一括し得べからざる異種類のものたらざる可からず」と気付いた。これまで読書と散歩と観劇ばかりに耽っていた彼は、「文学とは何か」という難問に取り組もうとしたのである。池田が残していった化学の世界は、どこででも理解し共有される。だが漢文学や英文学はどうなのか。彼は池田と別居した残りの一年をその研究に費やし、「文学は如何なる必要あつて、此世に生れ、発達し、頽廃するかを極めん」と誓った。

第五の下宿に落ち着く

彼は池田と別居した二日後の六月二十八日に「ブレット夫人ニ下宿替ヲスル旨ヲ言渡ス」と書いた。有無を言わさぬ口調である。だが環境の良い家はなかなか探し当てられず、いらいらが募り、「神経病カト怪マル、」こともあった。新聞広告を出して、やっとクラパン・コモン駅から約二十分のミス・リール宅の三階に決めた。出口保夫によれば、新聞広告には「当方日本人、下宿ヲ求ム、タダシ文学趣味ヲ有スルイングランド人家庭ニ限ル」などの文言があったそうだから、高級ではなくとも意に適った宿だったのだろう。三食付き、週三十五シリング、近所には「ザ・チェイス」通り(狩猟場の意)があったが、住宅街の一画は閑静だった。女主人のミス・リール(五十歳前後)が妹と一緒に宿を経営していた。退役した陸軍大佐の老人やフランス人の子供二人、日本人では実業家の渡辺和太郎(号、太良)がいた。横浜の富商の息子で銀行員である。彼とはここで知り合い、帰国後も交際が続いた。

ミス・リールは彼が希望したように文学的素養のある女性だった。「この御婆さんが「ミルトン」や「シエクスピヤー」を読んで居ておまけに仏蘭西語をペラ〳〵弁ずるのだから一寸恐縮する」と彼は子規に報じている。ここに移る前に、彼は書籍を入れる大革鞄を二つ買った。これまでに彼は多いときには月に六十円ほどの書籍(主に古書)を買っているが、これまでの転居のように、本を剝《む》き出しで運ぶのは体裁が悪いと思ったのである。だがこの鞄は箱が大きすぎて門内に入らず、門前で書籍を出して三階へ運んだ。「非常ナ手数ナリ暑気堪難シ発汗一斗許《ばか》リ　室内乱雑膝ヲ容ル、能ハズ」という有様だった。

移ってすぐ「留学申報書《しんぽう》」を提出する期限が来た。官費留学の身であるから、文部大臣に経過を報告する義務があった。その写しに、「修業所教師学科目等」は、「クレイグ氏 W. J. Craig ニ就キ近世英文学ヲ研究ス」と記し、入学金授業料は「一回毎々五シリングヲ払フ(一週二回)」と記した。日付けは明治三十四年七月二十二日である。その二回目は三十五年八月から三十五年十二月までの「申報」だが、写しが実物どおりなら、漱石は期間を三十六年十二月に誤っている。もしそうだとすれば、文部省当局が、彼の精神状態を疑った一因となっただろう。

カーライルの家——最上階からの眺め

三十四年八月三日に、漱石は池田菊苗を訪ね、昼食後、一緒にトーマス・カーライルの家を見物した。彼はこの後も三度、ここを訪問している。先に触れたように、カーライルは若いころから彼が親しんだ文学者であり、一高時代の英作文では、夢にカーライルが現われて、自分の文章を真似するなと警告した文章を書いたことがある。やがて『吾輩は猫である』では、苦沙弥先生が、「あのカーライルは胃弱だつたぜ」と、「自分の胃弱も名誉であると云つた様な」ことを言って自己弁護をしている。

そのカーライルの家に入り三階・四階と上って、漱石が感動したのは四階の屋根裏部屋、自分で設計した四角な家の最上階である。カーライルは「此天に近き一室」を書斎として、思索と著述に耽った。夏に窓を開け放つと、街路の物音、近所合壁の騒音が喧しいので、彼は約二百ポンド(当時二千円)の大金を投じてこの書斎を作り、窓ごしに天を仰ぎ、路上を見降していたという(「カーライル博物館」)。

カーライルの旧居を何度か訪れた漱石は，のちに「カーライル博物館」という小編を著す．「カーライル博物館」中表紙カット．明治39年5月刊．『漾虚集』所収．橋口五葉画．

町中《まちなか》にせよ田園にせよ、漱石は風景を一望のもとに収め、はるか遠くを眺めるのが好きだった。生家は二階家だったが、帰国後の東京では、二階家は家賃値上げで腹を立てて転居した、本郷西片町の借家にすぎない。二階家は沢山あっても、当時の家屋状況では、三階、四階の生活なぞ望むべくもなかった。高浜虚子が「二階を建てる」という話を聞いた彼は、「明治四十八年には三階を建て五十八年に四階を」と、羨望とも冷やかしとも付かない手紙を出した(明治三十八年十二月)。

籠城生活

留学期間はあと一年しかなかった。彼は籠城するかのように下宿に籠って、著述のノートを書き始めた。義務感は焦りを呼び、焦りは苛立ちを招き、それは肉体をも傷つけた。「近頃少々胃弱の気味に候」と鏡子に書いたのは九月二十二日である。同書簡には、近頃は文学書は嫌になり、「科学上の書物」を読んでいる、「帰朝後一巻の著書」を著すつもりだが、当てにはならない、いま本を読んでいると「自分の考へた事がみんな書いてあつた　忌々しい」ともある。菅虎雄には「漸々《ようよう》留学期もせまり学問も根つからはかどらず　頗る不景気なり」(明治三十五年二月十六日)とあって、ほぼ半年の猛勉強が形にならない苦痛を訴えた。

彼は誘われれば観劇や名所見物に行き、従来どおり散歩にも出ているが、神経衰弱が次第に深まっていたのも事実であろう。鏡子からの通信があまり来なかったことも苛立ちを増加させた。

この下宿に入る直前、彼は「人は日本を目して未練なき国民といふ」と記した（断片八）。「目前の目新しき景物に眩せられ一時の好奇心に駆られて百年の習慣を去る　是悪《これあし》き意味に於ての未練なきなり」。「倭漢混化の形迹を留めぬ現在の日本人」は、新たに「洋」を「渾融《こんゆう》」しようとして苦闘している。「美術に文学に道徳に工商業に東西の分子入り乱れて合《がっ》せんとし合せんとして合する能はざる」有様だと彼は現状を認識する。かつて北村透谷は銀座から木挽町へ歩きながらその和洋入り乱れた光景を見て友人（島崎藤村）に言った。

今の時代は物質的の革命によりて、その精神を奪はれつゝあるなり。その革命は内部に於て相容れざる分子の撞突《とうとつ》より来りしにあらず。外部の刺激に動かされて来りしものなり。革命にあらず、移動なり。

（「漫罵」明治二十六年）

漱石が言う「発作的の移動」も同様である。しかし彼は英語英文学を学ぶべく、国家から期待されてロンドンに滞在する身分である。次のような一見不可解な会話体の文が続く（断片九A）。

〇池がアルカイ

ア、有ルヨ、魚ガ居るか居ないか受合はないが池は慥《たし》かにあるよ

江藤淳はこの奇妙な自問自答に、彼の内面の空虚さを認め、そこに悲哀や「いわれのない罪悪感と悔恨」の噴出を見ている。だが、『全集』の整理順が間違っていなければ、これは彼が池田と別居してお互いに勉強しようと誓い合った直後なのだ。前述した外国文化享受に対する批判の激しさを見ても、その昂揚ぶりは明らかである。その意味では、この「池」は彼が考えている「文学」の世界であり、「魚」はその獲物、収穫の暗喩ではないか。

先走って言えば、後年『道草』の健三が子供のころに、石段が沢山あるお堂の池で釣りをして、獲物の強い引力に驚き竿を放り出した回想は、『文学論』執筆に悩む漱石の心境に通うところがある。

この最後の条りに「〇かう見えても亡国の士だからな、何だい亡国の士といふのは、国を防ぐ武士さ」とあるのも、彼が少年時代から熱中した「漢学」的精神の継続と解して首尾照応する。つまり、流行の英学に国を追われてさ迷っているが、それも国を守るためである、という

意味に受け取ることができよう。

漱石は自分の決意をストレートに表現しないことが多い。逆にいえば、こういう日常会話風の文章に、彼が書き直し書き直しする『文学論』への意欲の強さが示されていると言うべきだろう。「此一念を起してより六七ケ月の間は余が生涯のうちに於て尤《もっと》も鋭意に尤も誠実に研究を持続せる時期なり。而《しか》も報告書の不充分なる為め文部省より譴責《けんせき》を受けたるの時期なり」(『文学論』序)。

彼が八月六日にクレイグに示したという自作の英詩"Life's Dialogue"(「人生の対話」)は、人の生と死、希望と絶望とを「第一の霊」と「第二の霊」とが交互に唱ったものである。その最終節は、「広大なる世界、そなた自身のものと呼ぶ/精神も劣らず広大なもの。/自らを律するわざを身につけよ、/そなた一人がそなた自身の主なのだ。/そなたの中にこそ世界は宿り、/そなたが世界の中に宿るのではない。/しからば、綱を綯《な》い、布を織り、存在し、/眠り、忘れ、赦すのだ」と結ばれる(『全集』十三巻、山内久明訳による)。他の十二篇は恋愛を唱ったと覚しいが、冒頭の引用詩は、この秋ごろの決意を表現し、自身を励ましたものと思われる。だが、この覚悟を決めた「人の為や国の為」になる執筆が彼の心身を極度に疲れさせていた。

土井晩翠(明治 4–昭和 27). 英文学者，詩人. 「荒城の月」の作詞で知られる. 写真提供：東北大学史料館.

土井晩翠の来英

東大英文で漱石の後輩、土井晩翠《ばんすい》が私費留学生としてパリからロンドンに着いたのは三十四年八月十五日である。彼は詩集『天地有情《うじょう》』で名声を得、外遊を思い立ったのである。まだツーチングの下宿にいた漱石は、サミュエル商会の田中孝太郎へ渡辺和太郎(太良)の所在を尋ねた。幸い渡辺は漫遊の旅からクラパン・コモンの下宿に帰っており、土井のために下宿を確保してくれた。漱石が先にその下宿に移ったのは、土井からも手紙が来て、かねて嘱望していた土井と同じ宿に暮らしたかったからであろう。日本の事情も聞きたかったはずである。彼はヴィクトリア駅まで土井を出迎えた。だが土井は一カ月足らずでそこを出て、各地を転々とした。漱石の日記には十月十三日にケンジントン・ミュージアムに同行したことを最後に土井の名は出てこない。ただし、渡辺春渓の回想によれば、漱石を囲んで俳句会を三回催したがその三回目(三十五年元旦)には晩翠も出席していたようだ。次に彼が漱石と会った同年九月上旬には、漱石は「猛烈の神経衰弱」に陥っていた。土井の「漱石さんのロンドンにおけるエピソード」

(『中央公論』昭和三年二月)は、当時の漱石の状況を示すと同時に、『改造』(昭和三年一月)に鏡子が記した濡れ衣に正面から抗議したものであった。漱石の病状を文部省に打電したのは絶対に自分ではない、云々。

「夏目発狂す」

土井の鏡子宛抗議文の形を取る公開文によると、三十五年九月に久しぶりに訪問したとき、漱石の病状はたしかに深刻だった。だがそれを文部省に打電したのが自分だと思われていたことは、土井にとっては見過ごすことができない「汚名」だった。彼は鏡子の文を読んでただちに反論し、私費留学の自分は文部省と関係はない「私費生」であると記し、そのころの日程を明らかにしている。彼は二日間は通いで漱石の部屋へ行き、九月九日から十八日まで漱石と同居し、十月十一日にはフランスに渡ったのだという。

その一方で、土井には、ドイツに留学した芳賀矢一が帰国途中、ロンドンに寄り、夏目は「ろくに酒も飲まず、あまりまじめに勉強するから鬱屈して、そうなつたんだろう、……文部省の当局に話さうか」と言った記憶がぼんやりとある。「多分芳賀先生が文部当局と相談なされ」たのではないか、と推測している。芳賀がロンドンから帰国の旅に出たのは七月四日、文部省から岡倉由三郎に「夏目、精神に異状あり、藤代同道帰国せしむべし」との電報が来たのは、それから三、四カ月ほど後のことだというから、直接文部省に留学報告をした芳賀が漱石に関して言及した可能性は十分にある。

ただし芳賀がロンドンで漱石に会ったのは七月初めなので、岡倉が「夏目君に極めて接近してゐた某氏」が「こは一大事と」、「大陸の旅先から」芳賀に「内信を発した」と言う某氏とは誰を指すのか不明である。そのころ漱石と親しくしていたのは池田菊苗しかいないからである。文部省からの電信に対して、岡倉は「心配無用なる旨」を報じた。江藤淳は「夏目狂セリ」と電報を打ったのは岡倉だと断定しているが、小宮豊隆の説に漱石から直接聞いたとあることが根拠らしい。だが岡倉が打電したのは「心配無用」の電文である。漱石はそう思いこんでいたのだろうが、結局は小宮の言うように不明とするのが穏当だったのかもしれない。留学生の集団は複雑である。

自転車に乗る

女主人のミス・リールの勧めで、漱石は自転車の練習をすることになった。もともと「発狂」ではなく強迫神経症ともいうべき病気なので、戸外に出て運動することは健康回復に役立った。というより、それに取り組む気になったこと自体が、回復の兆しが見えはじめたことを意味する。この顚末は帰国後、「自転車日記」(『ホトトギス』明治三十六年六月)に発表された。教師役は同宿していた犬塚武夫(小宮豊隆の叔父)である。彼はケンブリッジ大学に留学した小笠原長幹《ながよし》伯爵の御傅役《おもり》として、滞在中だった。

「西暦一千九百二年秋忘月忘日 白旗を寝室の窓に翻へして下宿の婆さんに降《こう》を乞ふや否や、婆さんは二十貫目の体軀を三階の天辺《てっぺん》迄運び上げにかゝる」。この「婆さん」ミス・リールの命令による「自転車事件」が、大仰《おおぎょう》な文飾で面白おかしく綴られている。犬塚はまず女性用の自転車を勧めたが、「余」は「軽少ながら鼻下に髯を蓄へたる男子」が、女の自転車で稽古が出来るものかと言い張り、「関節が弛《ゆる》んで油気がなくなつた老朽の自転車」に乗ることになった。

その不様《ぶざま》な曲乗りのような姿を女学生に笑われたり、巡査に場所を選べと注意されたり、曲がり角で後続の乗り手を落としたり、鉄道馬車と荷車の間をすり抜けようとして落車したり、「大落五度 小落は其数を知らず」というていたらくであった。しかし実際には、漱石は自転車で岡倉を訪問する程度には上達していた。『吾輩は猫である』の苦沙弥先生が自転車の稽古をしたら、こんな文章を書いたかもしれない。

スコットランド旅行

彼がスコットランドへ旅行したのは自転車稽古に励んだ後、十月中旬と思われる。彼はロンドンの暮らしが嫌になり、美しい自然に憧れていた。彼を招待した英国人は、平川祐弘「漱石を招いてくれた英国人」(番町書房『作家の世界 夏目漱石』所収)や、角野喜六『漱石のロンドン』(荒竹出版)、稲垣瑞穂『漱石とイギリスの旅』(吾妻書房)などによって、明らかにされた。それらによると、漱石が滞在したのはこの地の名士で、弁護士のJ・H・ディクソンなる親日家である。彼はイングランド出身だが、この地を愛し、さまざまな慈善事業やボーイスカウトなどの役員を務めていた。彼はピトロクリーの風物を愛し、一九〇二年からピトロクリーのダンダーラック(樫の木の要塞の意)の邸《ハウス》に住み、日本庭園の大改装を行った。彼は最初の世界旅行(一八九九―一九〇二)で日本に長期滞在し、日本庭園や絵画に魅せられたという。漱石が招かれたのは、まさに現地人がディクソンの指示で改装を終えたころだった。ロンドンで「日本協会」が結成されたのは明治二十五年一月、二十七年には名誉会員、通信会員を含めて四百六十二名に達していたという(『時事新報』明治二十七年二月十六日)。もちろんディクソンは会員であり、自分が実見した日本庭園を構想したのである。彼は「日本の有力な美術家数人とも親交があった」というから、その一人は岡倉の兄、天心で、弟にそのことを伝えたとも考えられるし、『永日小品』の「過去の臭ひ」のK（長尾半平、前出）が「蘇格蘭《スコットランド》から帰つて来た」という書き出しが事実だとすれば、長尾がスコットランドの良さを漱石に吹きこんでいたとも言える。その両要素が重なり合って、日本の言語、文学、歴史、稗史《はいし》、美術工芸及び古今の風俗を研究する日本協会が、条件に適する漱石をピトロクリーのディクソンの許に送ったのではないか。もちろん、これはまだ一つの臆説にすぎない。

彼のピトロクリー滞在は十月下旬より一週間程度と思われるが、ロンドンの煤煙と雑踏を逃れ、その自然に接した清々しさは、帰国後の小品「昔」（『永日小品』所収）に満ちている。彼が小高い丘にあるディクソンの邸で四方を眺めたとき、一本のバラが塀に添って咲き残っていた。彼は邸の外に出て、主人と一緒に谷川まで下りて見たが、「崖から出たら足の下に美しい薔薇《ばら》の花弁《はなびら》が二三片《べん》散つてゐた」。鏡子は帰宅した漱石の荷物に、何かの花片が交じっていたことを記憶している。おそらくそれは、この絶景と晴ればれした気持ちの記念として彼が拾って蔵《しま》ったバラの花に違いない。

岡倉がドイツの藤代に宛てた書簡に、漱石の岡倉宛書簡の一部が写されている。「目下病気をかこつけに致し過去の事抔《など》一切忘れ気楽にのんきに致居候　小生は十一月七日の船にて帰国の筈故、宿の主人は二三週間とまれと親切に申し呉《くれ》候へども左様にも参り兼《かね》候」。彼は藤代と打ち合わせて、七日の船で帰ることに決めていたのである。

だがその予定でベルリンからロンドンに来た藤代は、日本郵船の支店で、漱石が一度乗船を申し込みながら断わったことを知った。驚いて連絡すると、彼はスコットランド滞在が予定より延びたので荷物の処理が出来ない、と言って応じなかった。漱石の部屋は足の踏み場もないどころか、椅子代わりに書籍を使うほど本だらけだった。藤代はナショナル・ギャラリーやケンジントン博物館を案内してもらい、図書館のグリルでエールを飲み、焼肉を食べて別れた。漱石は「モウ船までは送つて行かないよ」と言い、藤代はこの二日ほどの漱石の言動から、一人でも大丈夫だろうと考えて彼の好きなようにさせ、予定どおり七日に出発した。

子規の死

スコットランドから帰ってすぐ、漱石は帰国寸前のロンドンで、子規の死を知ることになった。高浜虚子がその終焉の模様を逐一知らせてきたことに対する返書は、十二月一日付けである。「小生出発の当時より生きて面会致す事は到底叶ひ申間敷《もうすまじく》と存候。是は双方とも同じ様な心持にて別れ候事故《ことゆえ》今更驚きは不致《いたさず》、（中略）但しかゝる病苦になやみ候よりも早く往生致す方或は本人の幸福かと存候」と、淡々とした心境を綴っている。だが、心底にはただ沈黙して彼の死を弔いたい気分が潜んでいたのではなかろうか。

筒袖や秋の柩《ひつぎ》にしたがはず
霧黄なる市に動くや影法師

虚子宛書簡にある追悼五句のうちの二句である。筒袖は洋服、「霧黄なる市」は白昼濃霧がかかり、日光と重なって黄色く見えるロンドンのことである。この手紙で、彼は十二月五日にロンドンを出発する旨を告げている。彼は日本郵船の博多丸で帰路に就いた。彼は船中でも閉じ籠り、あまり人付き合いをしなかったらしい。

留守宅の状況

滞在中、彼はしばしば鏡子に手紙を出し、返事を待っていたが、鏡子は筆不精で、なかなか便りを寄越さなかったので、漱石は苛立っていた。最初のうちは、丸髷は毛が抜けてハゲになるから洗い髪にせよとか、入歯をせよとかの美容上の注意、寝坊をするなという生活上の注意、筆子のしつけ、妊娠上の注意など事細《ことこま》かである。生活費が足りないだろうから自分の着物を仕立て直して着るようにという思いやりもあって、彼の優しい一面も出ているのだが、鏡子からの手紙は滅多に来ず、彼の手紙は癇癪に近い色を帯びはじめる。

三十四年二月二十日の手紙は、「御前の手紙は二本来た許《ばか》りだ」と始まり、三月八日には「御前は産をしたのか子供は男か女か両方共丈夫なのか」と重ねて問いかけているが、二月の手紙の返事が着いたのは、五月二日、「私もあなたの事を恋しいと思ひつゝけている事はまけないつもりです」「然し又御帰りになつて御一処に居たら又けんくわをする事だ〔ら〕うと思ひます」とあった(中島国彦「一九〇一年春、異国の夫へ」、「図書」昭和六十二年四月)。漱石は安堵し、かつ苦笑したことだろう。折しも池田菊苗と同宿直前の時期で、二人が「理想美人」と現実の落差を語って大笑いしたのはそのせいかもしれない。

だが次の鏡子からの来信は八月十五日であった。中根の義父や鏡子の妹・梅子からのものと同時である。鏡子は病気と二児の世話に追われて手紙が書けなかったと言訳した。漱石は未知の人でも返信はできるだけ出す主義なので、妻に対しては特に腹が立ったのだろう。義父や義妹が手紙をくれるようになったのは、鏡子に頼まれてか、その多忙を見かねてか、とにかく代理として日本の事情を知らせ、漱石の怒りを押さえる意味もあったと思われる。鏡子の手紙が珍しく八月に続いて到着したのは九月下旬である。八月末に出したものらしい。漱石は「下女暇をとり嘸《さぞ》かし御多忙御気の毒に候　金が足りなくて御不自由　是も御察し申す　然し因果とあきらめて辛防《ママ》しなさい　人間は生きて苦しむ為めの動物かも知れない」（九月二十六日）と穏やかに説き聞かせている。しかし、その四日前に、彼は「端書《はがき》でもよいから二週間に一度位宛《ずつ》は書面をよこさなくてはいかん」と書面で記していた。焦る漱石とのんびりの妻とはいつも少しずつ食い違う。

それからしばらく鏡子の手紙は途絶え、年明けの三十五年一月末に「それやこれや」にて音信を忘れたという言訳のある手紙が届いた。鏡子は十二月十三日にそれを出したらしい。漱石はこれまでの発信と受信とを子細に記して、二週間に一度の葉書が書けないはずがない、「其許《そこもと》」は自分が九月二十二日に出した二週に一度でも通信せよという葉書を読んだのか読まないのか、「以来ちと気をつけるがよろしい」と叱責した。

鏡子は以後、月に一度の割で手紙を出すことにしたようだが、二月十四日差出し（到着三月十八日）の手紙には、あなただって手紙をくれないと苦情を書いた。漱石は即座に返信を書き、「己《おれ》」は今まで返事を出さなかったことはないし、忙しいから度々は書けないと断わっている。「落付て手紙を見るがよい　女の脳髄は事理がわからない様に出来て居るなら仕様がない」と言い、「おれの事を世間で色々に言ふ」そうだが、「世間の奴が何かいふなら言はせて置くがよろしい」と記している。自分の考えだけを通し、「女」や「世間の奴」を軽蔑する態度が明からさまである。彼は鏡子以外にはこんな態度を見せなかったから、この時期すでに神経病は始まっていたのかもしれない。高飛車に妻や世間に対するのは、逆に彼が自分の不安を知られたくないからであり、妻にはそれを理解して欲しいという訴えでもあった。彼が鏡子に「近頃は神経衰弱にて気分勝れず　甚だ困り居候　然し大したる事は無之《これなく》候へば御安神《あんしん》可被下《くださるべく》候」と書くのは、ロンドンから妻への最後の発信、九月十二日のことである。甚だ困りながら大したことはないと言い、近来何となく気分鬱とうしく書見も碌々《ろくろく》出来ないかもしれぬと疑っているが「わが事は案じるに及ばず」と繰り返すのは、彼の精神の強弱が同時に出現し、それを彼が自覚していることを意味している。

　それは義父の書簡に接して書いた返書とは様子が違う。漱石は日英同盟で大騒ぎをする邦人の喜び方は、まるで「貧人が富家と縁組を取結びたる喜《よろこば》しさの余り鐘太鼓を叩きて村中かけ廻る様なもの」と切って捨て、義父が言う「財政整理と外国貿易とは目下の急務」であるに違いないが、「国運の進歩は此財源を如何に使用するかに帰着」すると、鋭く指摘している（三十五年三月）。到底、「狂人」の言ではない。「西洋人の糟粕では詰らない　人に見せても一通《ひととおり》はづかしからぬ者を」という研究上の動機も正確であり、空元気を示したわけではない。どうやら当時の彼は、鏡子にしか自分の心の両面を見せられなかったらしい。

写　真

鏡子は彼の求めに応じて、自分と娘の写真を三回送った。最初は三十四年五月二日に到着、「御ふた方の御肖像をストーヴの上へ飾つて置た」ら、「下宿の神さんと妹」(ステラロードの宿)が見て、「大変可愛らしい」とお世辞を言ったので、「何日本ぢやこんなのは皆御多福の部類」で、美しいのはもっと沢山いると「愛国的気焔を吐いてやつた」。上機嫌である。孤独な外国で妻子の写真を見ることは大きな慰めだった。二度目の写真(前出三十五年三月十八日)には、「御前の顔は非常に太つて驚ろいた　恒《つね》の目玉の大(き)いにも驚いた　筆の顔の変つたのにも驚いた」と書いたが、三度目(三十五年七月二日)には「写真一束」ほか「落手《らくしゅ》」とあるだけでコメントはない。写真機《カメラ》は当時の中根家にはなかったと思われるので、鏡子は乏しい給与を工面して、写真館で写したのだろう。だが当の漱石は、当地で写真を撮ると十円ぐらいかかるので送れないと言い送っている。ロンドンでの写真は一枚も伝わっていない。

言い添えておくと、漱石はロンドンで一回だけ写真を撮った。パリからロンドン経由で帰国する浅井忠が、クラパン・コモンの下宿に泊まったとき、浅井が持参のカメラで写したのである。だがそれはうまく撮影できなかったのか、送ってこなかったという。スコットランド旅行で、彼かと思われる人物の写真が二葉（稲垣瑞穂『漱石とイギリスの旅』）あるが、似ているものの確定は出来ない。

第五章　作家への道

一高復帰と習作

漱石が鏡子の出迎えを受け、中根家の仮宅に戻ったのは明治三十六年一月二十四日である。父の援助も受けられず、子供二人を抱えて苦労していた鏡子は、妹の婿・鈴木禎次(建築家)から借金をし、着物と夜具だけは新調して夫の帰宅の準備をした。先述したように、漱石は帰るなり残していった「秋風の一人をふくや……」の短冊を見て、びりびりに引き裂いて捨てた。こと志と違って、さしたる成果を得られなかった自分に立腹したのであろう。彼はとにかく借家探しに奔走し、菅虎雄の助けも得て、偶然に友人斎藤阿具《あぐ》が二高赴任中の本郷駒込千駄木町五十七の家を借りることになった。さらに前には、ドイツ留学前の鷗外が借りていた家である。現在は明治村に保存されている。

ロンドン滞在半年も経ないころから、漱石は熊本に帰る気をなくし、狩野亨吉・大塚保治らに「もう熊本へ帰るのは御免蒙りたい」から帰国後は「第一」(高等学校)で使って欲しいと希望を述べていた。だが五高から留学した者がいきなり一高に就職するのはかなり無理な相談で、誰かに示唆されたのか、文部大臣宛「英国留学始末書」(うつし)には「三十六年一月二十日長

崎港着　同二十一日熊本着」と記している。しかし、彼が熊本へ立ち寄ったとは考えられない。おそらく彼は神戸で降り、汽車で新橋駅に着いたのである。彼が帰宅を妻に報じたのは神戸からである。鏡子によれば、彼は同船してきた方だと言って、青山脳病院院長の斎藤紀一を紹介したからである。やがて斎藤茂吉の養父となるこの人物と、漱石は船中で自分の病気を語ることがあったのかもしれない。漱石はロンドンで作った「おそろしく高いダブル・カラーをしてきちんと身についた洋服」を着ていた。鏡子にはそれが物珍らしく見えた。

狩野亨吉「漱石と自分」には、漱石の頼みで一高校長として話をまとめたが、ストレートに一高へ帰るのはまずいので、「大学の方で欲しいといふことも理由となつて」決まったのだとある。ところが漱石は長文の手紙を寄越して、難色を示したそうだ。この手紙は狩野がしまいこんで公表されていない。おそらく漱石は高校ならば馴れてもおり、それほどの準備もせずに済むが、大学の講義はノート作りに時間が取られ、『文学論』を完成する暇がなくなるので困る、というような不平を相当理屈っぽく、述べたのであろう。世俗的に言えば駄々をこねたのである。

だが帰国して目にした家中の惨状は、働いて金を稼がなければならぬという決意を余儀なくさせた。しかし、勤務は四月からなので、その間の資金、生活費、転居費用、家具費用などは、熊本の退職金を当てにして、鏡子が妹の夫・鈴木禎次から借りた百円、大塚保治から借りた百円で賄《まかな》った。転居したのは三月三日だが、四月になって偶然出会った長尾半平にも、ロンドンで借りた二十ポンド(二百円)を返さなければならなかったので、退職金はきれいになくなる計算である。彼は三月三十一日付けで五高を退職したが、退職金三百円が支払われたのは四月末である。もっとも、『道草』の記述が事実ならば、彼は長尾の分は友人(たぶん、菅)から借りて毎月十円、月賦で返したことになる。

彼は帰り新参なので、最初のうち一高は年俸七百円の講師、大学も年俸八百円の講師である。月百二十円強でも、東京の生活はかなり苦しかった。彼はその中でも欲しい書籍代は遠慮なく使った。鏡子も遣りくり上手とは言えず、翌年秋の学期から、彼は明治大学高等予科講師も兼ねなければならなかった。月給は週四時間で三十円である。

帰国後の講義

彼は大学で週六時間、一高で三十時間を担当した。大学では『サイラス・マーナー』の講読と「英文学概説」の講義で、両方に出席した金子健二(のち昭和女子大学長)は、その日記(「東京帝大一聴講生の日記」)に、「本日(明治三十六年四月二十日)より夏目氏の授業あり。小泉師を見て夏目氏を比較せんとするは無理なり　夏目氏如何に秀才なりと云へどもその趣味の点将《は》た想の点に於て到底小泉師の相手たるに価せず。小泉師をすててロイド、夏目、上田の三氏を入れし井上(哲次郎)学長の愚や寧ろ憫察すべきなり」と記した。言うまでもなく、小泉はラフカディオ・ハーン、日本に帰化して小泉八雲である。明治二十九年九月から三十六年三月まで、英文科講師だった。大学当局は「お雇い外国人」並みの俸給を払ってきた彼の持ち時間を減らし、漱石と同程度にしたいと考えたが、ハーンはこれを拒否、辞任に追いこまれた。このいきさつについては江藤淳の『夏目漱石』がくわしいので参照していただきたい。

金子の日記の記述は、当時のハーン留任運動における学生の感情がむき出しである。『サイラス・マーナー』の講読には、「通読の上アクセントを正し難句を問ふに過ぎず　つまらぬ授業と言ふ可し」と記され、「文学概説」の方は「実にアンビギャス(あいまい)にて筆記し難し」とある。ハーンの詩的でわかりやすい名調子にくらべて、一語一語を正確に考えていく読み方は彼らにとっては「低級」のような感じがし、概説の方は初めて聞く内容がよく理解できなかったのではないか。金子の筆先が鈍るのは九月の新学期に『マクベス』を取り上げてからである。二十番の大教室は聴講者で満員であった。金子もこの講義が有益であると思いはじめていた。

一高生、藤村操の死

ハーンの辞任の穴を埋めたのは漱石のほか、イギリス人宣教師で、以前にも来日した経験を持つアーサー・ロイドと、漱石より七歳年下の秀才・上田敏《びん》だった。漱石はいきなり英文科の中心にならざるを得ない立場になった。

一高の学生の中に、藤村操《みさお》という最年少の学生がいた。彼は何度指名しても「やつて来ません」を繰り返し、立腹した漱石から、予習してこないのならもう授業に出るな、と叱られた。藤村は東京生まれで、父の事業に従って札幌で育った。だが父胖《ゆたか》は銀行事業に失敗して自殺、母とともに上京して伯母の許から一高に通ったが、勉強にはまったく気が入らなかった。彼は無断で家を出、日光から「世界に益なき身の生きてかひなきを悟り」という意味の手紙を伯父伯母宛に出し、五月二十二日華厳の滝で投身自殺を遂げた。傍らの樹に、「万有の真相は唯一言にて悉《つく》す　曰く「不可解」」などの辞世の文を遺したことは周知のとおりである。

漱石はそれを新聞で知った日、朝出会った学生に、藤村はどうしたんだろう、と尋ねたという。彼は自分が怒ったことが原因かと気にしていたのかもしれない。だが遺書の「巌頭《がんとう》の感」がひろく知れわたり、自分の責任ではなく生への煩悶であることを知ったとき、彼は多少の安堵感を持つとともに、あらためて自分の生の苦痛を深めたに違いない。特に「大《おお》いなる悲観は大なる楽観に一致する」という末尾は、彼の考えと一致している。後述するように、彼は後に新体詩「水底《みなそこ》の感」を「藤村操女子」の名で作った。

夫婦別居

漱石の精神状態は六月の梅雨を迎えて悪化した。夜中になると癇癪を起し、枕やら何やら手当たり次第に投げ、子供が泣いたと言っては怒った。鏡子はまた妊娠し、悪阻《つわり》で苦しみ、肋膜炎で少し熱もあった。彼は女中も気に入らずに追い出し、鏡子一人を集中攻撃した。実家へ帰れとしきりに言うので、鏡子はひとまず子供を連れて中根家へ帰ることにした。ロンドンでは他人目《ひとめ》を憚《はばか》り部屋に籠ったが、自宅では一番親しい者に当たり散らすのが彼の病気の特徴である。講義の受けの悪さや、年度末試験の採点、面接の立ち会いなど彼にとっては愚にもつかない仕事の連続で、癇癪のこぶがどんどん大きくなっていたのだろう。

だが妻子のいない家で、彼はせいせいと仕事に励んだわけでもない。鏡子がいなかったのはほぼ夏休み中と思われるが、その間に彼は英詩を二つも作っている。年末には恋愛詩としか思われないものを作るが、それがはたして彼自身の経験だったかどうかはわからない。『全集』

注解を踏まえて読むと、“Silence”(静寂《しじま》)の大意は、過去にあった「静寂」の生活を思い、それを失った「わが生」を嘆く詩である。——「わたし」は太陽も月もなく、男も女も、神さえもない「静寂のさなかに生き」て呼びかける。「わたしには母が」あり、「喜びと希望と輝くもののすべてをくれた」が、もはやその母は亡い。若いころ、わたしは太陽が大地のすべてを琥珀《こはく》色の光で染めるのを見た。だが今は、静寂を内に求めれば声が聞こえ、外に求めると喧噪ばかりである。静寂は「神聖と呼ばれる愛より甘美」で、「名声、権力、富」よりも魅力的だ。わたしはもはやないもののために涙を流す。来し方、行く末を見つめると、わたしは永久に宙吊りになって震えるこの星(地球)の上で爪先立っている。失われた静寂に吐息し、来るべき静寂(死)に涙す。ああ、わが生——母の中にいた胎児の幸福が、今や消え失せた哀しみである。

江藤淳が言うように、彼が「その存在を不安定に露出されていると感じていた」ことは確実であろう。胎内から外に出たとき、苦しみは始まった。雷鳴が二人を目ざめさせ、以来絶えて二人は相見《あいまみ》えることはない。悲しいかな天と相見えるには地はかくも罪深き身の上。——ここに表われているのは、天地混沌から分離した天と地の引き裂かれた想いである。江藤説では、これは嫂・登世との悲恋を詠ったことになるが、この天と地は前詩との関連で、文字どおり天の神と地の人と考えるべきではないか。江藤は英詩で「「天」が女性で「大地」が男性だというのは、考えられるかぎりでもっとも不可解な詩的倒錯」とするが、日本神話ではアマテラスは女性で太陽神である。天上で乱暴をした神、スサノオは天上から追放され出雲に住んだ。アメワカヒコ(天稚彦)は「中つ国」を平定する命を受けて地上を治めたが、復命せず、それを咎めに来た使者の雉を、天探女《あめのさぐめ》の勧めで射殺し、逆に彼は天上に届いたその矢で射殺された。これらの例では男女の愛はないが、天上と地上の別と「罪」はある。国家から派遣された漱石は、復命すべき何物をも持たない自分を責めていた。

その意味ではここでの「愛」は神話的な一種の夢に近いものであり、『夢十夜』の第五夜で、「自分」が「神代に近い昔」に戦い破れて囚えられ、死の前に一目会おうと馬で駆けつける女が、「天探女《あまのじゃく》」の悪意で崖下に転落する話に発展するものだろう。

鏡子の帰宅

鏡子が帰宅したのは、夏休みも終わる九月初旬である。実家の母が形式上謝罪に行き、漱石は簡単にそれを受け入れた。掛り付けの甘子医師が東大の呉秀三に紹介し、鏡子は「あゝいふ病気は一生なほり切るといふことがないものだ」、治ったと思うのは一時の沈静で、きっと再発すると宣告されたそうだ。漱石は熊本を辞めるに際して、ロンドンで一度出会った呉に神経衰弱の「診断書を書て呉《くれ》る様依頼して」欲しいと菅に手紙を書いているから、それが実現していたとすれば、二度目の診断である。

鏡子は彼の病気の性質を知り、虐待されても決して離れない覚悟で漱石の許に戻った。しばらくは平静だったが、秋も深まったころから大声で怒鳴り、物を投げつけ、鏡子には実家へ行けと催促し、はては手紙で義父宛に離縁状を出す始末だった。彼の心は幻覚・幻聴に支配され、そのすべての原因が鏡子にあるように思われていたらしい。この「狂態」に関しては鏡子の回想にくわしい。それが始まりかけた十一月初旬に、鏡子は三女の栄子を産み、漱石は水彩で絵を描き出した。

水彩画による慰め

漱石は子供時代から絵が好きだった。ロンドンでも日本でもしばしば美術館に出かけている。水彩画の相棒は五高時代の教え子橋口貢である。彼は東大法科を出た外交官だが、弟の清(五葉)が洋画家であり、彼自身も巧みな絵葉書を描いた。この兄弟との絵葉書交換もあった。

滞英中は子規やドイツの立花、藤代に外国製絵葉書を出しているが、藤代、芳賀ら九名の連名で十一月三日に出した中国南京の菅宛が帰国後の最初の絵葉書らしい(未見)。彼は翌三十七年一月三日に、河東碧梧桐と橋口貢にそれぞれ自筆の絵葉書を送っている。後者は裏全面に、山から引く水が筧を伝って池に落ちる様を描き、その上に「人の上の春を写すや絵そら言」の句が墨書されたものである。前者への句は「ともし寒く梅花書屋と題しけり」で、人生の寒さに堪えて花を開きたいという気持ちと、反対に「春」を写しても絵空言だという気持ちが錯綜する新年である。

漱石の絵葉書は三十七年、三十八年と続き宛先も多様になるが、なぜか三十八年で一旦途絶える。大学と執筆とで忙しく、絵を描く気にならなかったのかもしれない。

漱石自筆の絵葉書．寺田寅彦宛．高知県立文学館蔵．

なお私製絵葉書は三十三年十月から法的に認められたが、官製絵葉書の発行は三十五年六月である。当時、表には宛名と差出人の住所、姓名以外に、文章を書くことが禁止されていた。漱石の絵葉書が絵の上に文字を重ねているのはそのためである。彼が絵葉書を止めたころは、その流行の最中であり、三宅克己《かつみ》や丸山晩霞《ばんか》ら水彩画家も続出していた。島崎藤村に「水彩画家」(明治三十七年一月)なる中篇小説があり、漱石もやがて『三四郎』の野々宮よし子には水彩画を描かせ、謎めいた絵葉書を寄越す里見美禰子を登場させることになる。水彩画は素人でも手軽に実行できる絵だったので、自筆絵葉書も可能になったのであろう。現在、岩波書店が所蔵する漱石宛絵葉書には、地方の名所写真絵葉書も数多いが、これらは交通機関の整備に伴って、名所への旅を夢見させる結果となった。

最悪の精神状態

先に触れたように、漱石が絵葉書に熱中したころ、彼の精神状態はまたまた悪化した。「藤村操女子」の名で「水底の感」が新体詩として作られたのは、そのころ(明治三十七年二月)とされている。

水の底、水の底。住まば水の底。深き契り、深く沈めて、永く住まん、
君と我。
黒髪の、長き乱れ。藻屑もつれて、ゆるく漾《ただよ》ふ。夢ならぬ夢の命か。

暗からぬ暗きあたり。
うれし水底。清き吾等に、譏《そし》り遠く憂透らず。有耶無耶《うやむや》の心ゆらぎて、
愛の影ほの見ゆ。

漱石は藤村の自殺の原因として、彼に恋人の存在があったことを知っていたらしいから、「藤村操女子」はその恋人の気持ちに仮託した名前である。漱石は前述のように下調べをしてこない藤村を叱責し、彼の死因に自分が関係したのではないかと心配したが、同級生(藤村がもう一通の遺書を残した藤原正か)に藤村の恋愛を聞いて、この詩を思い立ったのではないだろうか。ここには死の甘美な誘いに陶酔する彼の気持ちが込められているからである。恋人が水底から呼びかけるのはもちろん仮構である。『吾輩は猫である』の寒月は隅田川の底から「○○子」に呼びかけられ、水へ飛びこんだつもりだったが、逆に橋の上に落ちた。『夢十夜』第七夜の西へ行く船中でも、彼は船から飛びこんで海中に没しかける夢を描くが、落下途中ではその行為を後悔している。明治四十一年の発表だから、彼の健康はほぼ回復している。彼の中に同居する異常性と正常性とはたえず綱引きを続けながら、それを文字化するときには異常を感じさせない表現を可能にするのである。菅や狩野ら親友は彼の病む心を感じることがあっても、

彼がそれを露わに示すのは、鏡子や筆子ら妻子に対してだけだった。

日露戦争と漱石

彼が「水底の感」を寺田寅彦に書き送った二日後、三十七年二月十日に日露戦争が始まった。対露強硬派だった二葉亭四迷は興奮して、連日社へ来てその情報を知りたがったが、漱石は少なくとも表面上は、それを喜んだ形跡はない。彼はもともと武力による戦争そのものが嫌いなのである。徳義がないからである。自己の利益を求めて武力に訴える戦争の愚かしさを、彼はいつも考えていた。「日露戦争のとき双方が徳義問題で戦争を始めたら小銃一つすら放す事が六《む》づかしい訳である」(「太陽雑誌募集名家投票に就て」)。ちょっとふざけすぎだが、「鶏の蹴合より日本と露西亜の蹴合つてる方が余程面白い」などとも言っている(講演「倫敦のアミューズメント」明治三十八年三月十一日、明治大学)。東郷平八郎大将の凱旋を待って、三十八年十月二十三日に日露戦役祝勝大観艦式が挙行されたが、漱石は汽車が混むからとの理由で、横浜に住む渡辺和太郎の招待を断わっている。『猫』の苦沙弥《くしゃみ》が、日露戦争出征兵士の「一大凱旋祝賀会」に義捐金《ぎえん》を出せという、華族からの活版印刷の手紙は、一読しただけだったのと、漱石の日露戦争勝利に対する態度はかなり近い。

彼は戦争に無関心だったのではない。その勝利に一等国の仲間入りとか、世界的になったと誇る馬鹿騒ぎが嫌いだったのである。

日露戦争といえば、彼の初期短篇「趣味の遺伝」(明治三十九年一月)は、戦争は「陽気の所為《せい》で」神も「気違」いになった結果だと書き出されている。日露戦争を背景にした男女の、偶然と必然の恋の物語である。二人が郵便局で出会ったのは偶然である。だが二人の恋はすでに過去に因縁づけられている。新橋駅の待合室で会う約束をした語り手の「余」は、これまた偶然に凱旋する軍隊を歓迎する大群衆に巻き込まれた。彼は痩せて色の黒い将軍(おそらく乃木希典《まれすけ》)を見、群衆と声を揃えて万歳を叫ぼうとしたが、なぜか声は出ず、涙が出た。彼の親友の浩さんは、激戦の旅順で戦死したのである。

浩さんの母親から遺品の日記を借りた彼は、浩さんに恋人がいたことを知り、本業の学問そっちのけで、その女性を探す――彼は、浩さんが眠る駒込の寂光院にお参りしたとき、先に一人の若い女性が参詣している姿を偶然に見かけた。彼は名も知らぬこの女性に目星をつけ、ついに目的を達することになる。

浩さんと女性が最初に郵便局で出会う設定は、先に触れた「振下げ髪」の少女の記憶を借りたものでもあろうか。

木曜会の始まり

漱石が東京朝日新聞に入社するのは明治四十年四月である。彼はそれまでに『吾輩は猫である』(以降、『猫』と表記)の連載をはじめ、『坊っちゃん』『草枕』を含む多数の作品を発表している。胃痛は時々起ったが、「詰らない」講義も無難にこなし、執筆意欲も旺盛だった。『猫』によって、名声一時に高まると、談話の依頼や講演も急増し、文学志望の弟子たちとの交流も盛んになった。多忙になった彼は三十九年十月から面会日を木曜午後三時からと定めた。常連は寺田寅彦、野村伝四、野間真綱、森田草平らの面々である。もっとも、寺田とは外へ一緒に出かけたし、高浜虚子は別格だが、滝田樗陰《ちょいん》は昼ごろから来て、漱石に何枚も書を書かせた。

木曜会は漱石にとって、世俗の流行や珍しい出来事を仕入れる時間でもあり、気の置けない連中との息抜きの時間でもあった。晩年に近づくほど、彼は癇癪を起さなくなり、芥川龍之介、久米正雄らには特に優しかったようだ。

講義の方は『オセロ』をはじめ、『マクベス』『リア王』などのテクストを、彼の理解した意味づけで説明するのが好評だった。その合間に入れるジョークや比喩も学生たちを喜ばせた。初年度の堅苦しさを脱した彼は、縦横の話ぶりで彼らの心を捉えたのである。またこの時期、彼は文学の様々なジャンルを模索していた。『猫』の第一回が書かれたのはそんな時期だった。

『吾輩は猫である』

この小説は雑誌『ホトトギス』に冒頭の一篇が掲載され(明治三十八年一月)、延々と第十一(三十九年八月)まで続いた。虚子に(一)を見せ、虚子が声に出して読み、すぐに掲載が決まった。題名は「猫伝」と書き出しの一文とどちらにしようと問われたので、虚子は後者に賛同した。この原稿にはところどころ他筆で直した箇所があるが、虚子が漱石に頼まれて手を入れたのだという(『漱石氏と私』)。『ホトトギス』はそのころ売行き不振だったが、『猫』の評判のおかげで盛り返し、倍旧の売行きになったと虚子が記している。

夏目家に黒猫が住みついたのは千駄木町に移ってからである。どこからともなく子猫が入ってきて、捨てても捨てても入ってくるので、それを漱石が知り、それなら置いてやったらいい、と許可したのだそうだ(鏡子の回想)。出入りのお婆さんの按摩がこの猫を見て、これは「珍しい福猫」で飼っておくとお家が繁昌する、と言った。予言が当たったのか、それ以来、文運と金運は上昇することとなった。小説の書き出しどおり名前はなく、ただ「猫」と呼ばれた。登場する他の猫の名も、「白」「黒」「三毛」のように単純である。

『吾輩は猫である』
上篇表紙カット.
明治38年10月刊.
橋口五葉画.

周知のように、『猫』はこの猫をモデルにした「吾輩」が人間観察に精を出し、その奇体な生態を語る物語である。「彼等を観察すればする程《ほど》彼等は我儘《わがまま》なものだと断言せざるを得ない」。(一)では教師の主人も「金縁眼鏡の美学者」も、職業はわかっても、「名前はまだない」。美学者の名前が迷亭と記されるのは(二)、主人の名、苦沙弥は(三)にいたるまで不明である。(三)では寒月も東風も最初から名を持って登場する。一回切りのつもりが、連載となったので人物を増やす必要があった。しかし苦沙弥家に出入りする変人たちの中で、「実の弟よりも愛して居る」教え子の水島寒月だけはまともな名だが、あとは名は体を表わす奇妙なものばかりである。苦沙弥の姓は珍《ちん》野《の》だから、犬の狆《ちん》がくしゃみをしたような顔なのだろう。いわゆる「狆くしゃ」である。詩人の越智東風は本人が東風《こち》と読んで欲しいと言っているから、「遠近《おちこち》」へ顔を出す(発表会を催し、金田令嬢・富子とも知り合いである)気の多い人物である。迷亭は本姓牧山らしいから、牧場で迷っては亭で休んでばかりいる人物か。酩酊したように長話をするからとも受け取られる。学生時代に彼らの仲間だった「八木独仙」(山羊髯で独りで仙人ぶっている)や、「理野陶然」(理の当然)、昔大学の図書館に小便をしに通った立町老梅（忽ち狼狽）などは言うまでもない。

苦沙弥をはじめ、これらの博識すぎる「変人」たちが見る現代はどこか狂っているが、それを正面から批判せず、「吾輩」が茶化しながら語るところに、この物語のおのずからなる妙味が生まれてくる。つまり金力・権力全盛の今の世を批判する当人が、猫という動物によって揶揄され、その底の浅さを指摘されるのである。登場人物はみな、他人がからかわれると喜ぶが、自分がやられると憤然とする。「猫」に言わせると人間は愚かなものである。

だがこの「霊妙」な能力を持つ「吾輩」も失態を演ずることがある。正月に餅を食べて嚙み切れず、猫踊りを演じて家中の者に笑われ、「餅は魔物だな」と気づく。この言葉はどうやら漱石が好んだ落語の「猫は魔物」のもじりらしい。たとえば『明治大正落語集成』の三遊亭円遊「隅田《すだ》の馴染《なれそ》め」には、内証話に人払いをして大丈夫だなと念を押すと、相手が「未だ猫が一匹居ます」／「猫なんざア居たつて好《よ》いぢやア無《ね》エか」／「猫は魔のもの」とある。下女のお三のお多福を「お多角」と呼ぶ口の悪さも、そのまま春風亭小柳枝の「五目講釈」に出てくる。「吾輩」が苦沙弥家のみに止まらず金田家へ出張して内情を探ってくるのも、猫だからこそ出来た冒険なのだ。

吾輩の日露戦争

「吾輩」は「日本の猫」として「混成猫旅団を組織して露西亜兵を引っ掻いてやりたいと思ふ位」だが、せめて家内で騒ぐ鼠どもと戦って意気を高めたいと考えた。東郷将軍を気取って作戦を立て、台所の戦場の位置を定めて敵軍を待ち受ける。人が静まって物音が戸棚の中で始まる。敵は「旅順椀《りょじゅんわん》の中で盛に舞踏会を催ふして居る」。日露戦争では広瀬武夫閉塞隊が敵艦隊を旅順湾内から出られないように塞ぐのだが、ここでは吾輩が戸棚の隙間から入れないので攻めあぐんでいる。その後、敵は各所から輩出し、敏捷に台所中を走り廻る。「小癪《こしゃく》と云はうか、卑怯と云はうか到底彼等は君子の敵でない」。彼の負け惜しみがおかしい。戦いは疲れた彼が休養して眠っているときに敵軍に攻撃され、耳たぶと尻尾に噛みつかれて大乱闘の末、片手を掛けた戸棚から墜落したはずみで、小桶やジャムの空缶などが転がり、相討ちで終局となる。主人が物音に驚いて、ランプとステッキを持ち、「泥棒！」と叫んで出てくる。

全員集合

八木独仙が登場し、「自分の心がそんなに自由になるものぢやない」とか、西洋人の積極性はどこまで行っても「満足」とか「完全」には行き着けないなどと説いて帰る。迷亭の伯父が静岡から来て昔風な「精神の修養」が大切だと言う。移りやすい苦沙弥はすぐ感服する。文明開化の世にも無関心で、ちょん髷に結い、鉄扇を持ち歩く伯父である。彼が感心すると、迷亭が、独仙に従った理野陶然は円覚寺の蓮池に入って歩きまわり、病気で死んだ。立町老梅は精神病で入院中だと教えてくれる。「吾輩」は主人の心を読み、彼が自分も多少「狂人」の気味があると思い、手近な知人もみんな怪しいと推測していることを知る。地下室で珠ばかり磨いている寒月も同類、迷亭は「陽性の気狂」だ。「社会はみんな気狂の寄り合」で、その中で「多少理屈がわかつて、分別のある奴」は邪魔になるから「瘋癲院《ふうてんいん》」を作って押しこめておくのではないか、その意味では院外で威張っている「大きな気狂が金力や威力を濫用して多くの小気狂を使役して乱暴を働いて、人から立派な男だと云はれて居る例は少なくない」。苦沙弥はそこで「何が何だか分らなくなつた」と寝てしまうが、苦沙弥がこれだけ徹底して物を考えたことはない。

こういう理屈を考え出すのは「吾輩」の役割で、主人ではなかった。いわばこのあたりから世間をお茶らかし、面白おかしく描いてきたこの物語はやや変質していくのである。(十)には遊びに来た姪の雪江によって、八木独仙の講演の内容——どんな力でも動かない石地蔵を町内で一番馬鹿だと言われていた馬鹿竹が、動いて下さいと真っ直ぐに頼むと地蔵様が動いてくれた昔話――が話され、最近では女性はもちろん男性にも、「正面から近道を通つて行かないで、却《かえ》つて遠方から廻りくどい手段をとる弊がある」、どうぞ皆さんは「馬鹿竹の様な正直な了見で物事を処理して頂きたい」と結んだことが紹介される。もっとも雪江は、「やだわ、馬鹿竹だなんて」と一蹴している。このいかにも教訓めかした話が若い世代には受け入れられないことを、「猫」は知っていた。

人間の本来の性質

金田令嬢に艶書(ラブレター)を送った古井武右衛門が、退学を恐れて担任の苦沙弥に泣きついてくる。「猫」はこの二人と、そのやり取りを隣の茶の間で笑っている妻君と雪江との対照に人間の「冷淡」さを感じている。図体ばかり大きい武右衛門は、これまで散々苦沙弥を馬鹿にしてきたくせに、困ったときは先生に助けてもらおうとしている。一方の苦沙弥は「さうさな」を繰り返すばかりで冷淡そのものである。襖の向こうで聞いている女二人は、冷淡どころか面白がって笑っている。他人が困っているのは、無関係な人間には嬉しいことなのだと、「猫」は「人間の本来の性質」を発見する。

漱石には親友が何人もいて、いつも苦境を救ってくれた。父や一族のように不快な人間がいたとしても、これはあくまでも「猫」が悟った「本当の人間」観であって、漱石の人間観のすべてではない。彼は、当時の評論家大町桂月が単行本『吾輩ハ猫デアル』(上篇)の評で、「漱石は、さつぱりしたる趣を解する人なるも、少し陰気にして、真面目にして、胃病故に、一層神経質となりて、猫を友に、一室にとぢこもり、ジャムの味を解して、酒の趣を解せず、道楽もせず、旅行せしことも少なく、随つて、趣味せまくして、一部の青年を喜ばしむるに足るも、未だ社会の経験に富める人をして甘心せしむるに足らず。詩趣ある代りに、稚気《ちき》あるを免れず」(『太陽』明治三十八年十二月、「雑言録」)と書いたのに立腹した。『猫』(七)の末尾に、苦沙弥が夕食に酒を飲み、桂月が飲めと言ったから飲むんだ、と言う場面がある。細君は「桂月つて何です」と問い返す。「さすがの桂月も細君に逢つて一文の価値もない」。

作中ではこの程度で済んだが、漱石の書簡ではもっと痛烈である。「恰《あたか》も自分の方が漱石先生より経験のある老成人の様な口調を使ひます。アハヽヽ。桂月程《ほど》稚気のある安物をかく者は天下にないぢやありませんか」(虚子宛書簡)。「人民新聞といふのには僕が猫を作つて以来細君と仲が悪《マ》るくなつたとあるさうだ」(鈴木三重吉宛書簡)。桂月は東大国文出身で、漱石より年少である。作品評というより作者と作中人物を一緒くたにした批評、噂話の類《たぐ》いを、彼は許せなかったのである。

さまない。

『猫』は第十一で終わる。苦沙弥家に、迷亭、寒月、東風の常連、それに独仙も加わって、侃侃諤諤《かんかんがくがく》の議論を展開する。「猫」はそれを見聞するだけで、もう皮肉交じりの批評を挿しはさまない。

「二十世紀の人間」の探偵的傾向はなぜかと独仙が問題を提起する。主人が「全く個人の自覚心の強過ぎるのが源因」だと主張し、自己と他人の間にはっきりした利害の溝があると知ってしまったためだと説明する。個人と個人の間が穏やかなように見えるのは大間違いで、静かに見えるのは、土俵上で相撲取りが四つに組んで動かないようなものだ(苦沙弥)。「昔しの喧嘩は暴力で圧迫するのだから却《かえ》つて罪はなかつたが」、「今の喧嘩」は巧妙になっているから、「敵の力を利用して敵を斃《たお》す事を考へる」(迷亭)。「だから貧時には貧に縛《ばく》せられ。富時には富に縛せられ。……才人は才に斃れ、智者は智に敗れ。苦沙弥君の様な癇癪持ちは癇癪を利用される(独仙)。

彼らはこれまでのように対立することなく、補い合いながら議論を発展させていく。話題を転換させるのは苦沙弥である。「とにかく此勢《この》で文明が進んで行つた日にや僕は生きてるのはいやだ」。迷亭が「遠慮は入らないから死ぬさ」と突き放しても、苦沙弥は「死ぬのは猶《なお》いやだ」とごねる。超然とした態度の独仙は、「死ぬのを苦にする様になつたのは神経衰弱と云ふ病気が発明されてから以後の事」だとして、「死ぬ事を苦にせんものは幸福さ」と哲学者らしい感想を述べる。ここにはかつて参禅して、しかも悟れずに終わった漱石の憧憬する境地が表われているようである。このあたりの文章はほとんどそのまま『全集』の「断片三二E」に残されている。漱石は速筆で、メモは取ったが下書きなぞしない作家だと思われているが、この議論は慎重に筆を進めたのである。以下、苦沙弥の発言。

死ぬ事は苦しい　然し死ぬ事が出来なければ猶《なお》苦しい。神経衰弱の国民には生きて居る事が死よりも甚しき苦痛である。夫だから死ぬ事を苦にする。死ぬのが厭だから苦にするのではない　どうして死んだらよからうかと苦心するのである。

多くの者はその智恵がないから「世間がいぢめ殺してくれる」が、「一《ひ》と癖あるものは」死に方について種々考究、「嶄新《ざんしん》な名案」を呈出するのだそうだ。「今から千年も立てば」、人間はみんな自殺し、学校では「倫理の代りに自殺学を正科」にするようになる、と断言して憚《はばか》らない。

生と死に対する関心は早くから漱石の中にあったが、それが作品の中で本格的に取り上げられるのは苦沙弥の発言が最初である。冗談めかした口調の下に、彼の本音らしきものが透いて見える。『行人』の一郎は「神経衰弱」で自殺寸前の状態に陥るし、『心』の先生は「頓死」または狂気と思われる方法で自殺する。晩年の随筆『硝子戸の中』には、「常に生よりも死を尊《たっと》いと信じてゐる私」が、悲惨な過去を告白した女性に、「もし生きてゐるのが苦痛なら死んだら好《い》いでせう」とは言えなかった顛末が記されている。

『猫』の物語は「文明の民」が「個性」を発達させた結果、夫と妻という「二個の個性」が同居できなくなり、「天下の夫婦はみんな別れる。(中略)是からは同棲して居るものは夫婦の資格がない様に世間から目されてくる」という独仙や迷亭の考えで終わりに近づく。新婚の寒月が心配し、恋愛詩人の東風が敢然と反対しても彼らに一蹴される。苦沙弥は読みかけていたトマス・ナッシュ(十六世紀イギリスの作家)の本を持ってきて、「此時代から女のわるい事は歴然と分かつてる」と止めをさす。

お先に失礼

夕食後、静まった家中で考えると、「呑気と見える人々も、心の底を叩いて見ると、どこか悲しい音がする」。何となく淋しくなった「猫」は「気がくさ〳〵」して客が残したビールなる物を飲んで景気をつけようと思い立った。勝手でその飲み残しを舌でぴちゃぴちゃ舐《な》めるとぴりりとして、人間は何で「こんな腐つたものを飲むのか」わからなかったが、我慢して飲むうちに身体が温まり、目の縁もぼうっとなった。「こいつは面白い」と陶然とした気分で外に出た途端、大きな天水甕《てんすいがめ》に落ちた。水が溜まっていて、前足が縁まで届かない。気は焦るが足も次第に利かなくなる。その苦痛の中で、彼は考えた。

　出られないと分り切つてゐるものを出様とする、のは無理だ。無理を通さうとするから苦しいのだ。（中略）

『吾輩は猫である』下篇
装画．明治 40 年 5 月刊．
橋口五葉画．

　もうよさう。勝手にするがいゝ。がり〳〵はこれ限《き》り御免蒙《こうむ》るよと、前足も、後足も、頭も尾も自然の力に任せて抵抗しない事にした。
　次第に楽になつてくる。苦しいのだか難有《ありがた》いのだか見当がつかない。水の中に居るのだか、座敷の上に居るのだか判然《はっきり》しない。どこにどうしてゐても差支はない。只楽である。否《いな》楽そのものすらも感じ得ない。日月を切り落し、天地を粉韲《ふんせい》(粉砕の意)して不可思議の太平に入る。吾輩は死ぬ。死んで此《この》太平を得る。太平は死なゝければ得られぬ。(下略)。

ここに示されているのは、「頭を以て活動すべき天命を受けて此娑婆《しゃば》に出現した程の古今来《ここんらい》の猫」(五)にして、死を免れ得ないことであり、「太平」は漱石が自身の最後に至るまで持ち続けた願望の境地である。上田敏「戦後の文壇」(『新小説』明治三十八年九月)のように、「淡泊だの、滑稽だの、俳味があるといふのは、畢竟《ひっきょう》消極的の事」と、暗に『猫』を諷した論もあるが、『猫』は滑稽の表面の裏に人間、特に文明開化後の日本人の「我」を失った有様を抉り出した、漱石最初の傑作と言わねばならない。「猫」は漱石が望み、苦沙弥が憧れたように、楽しくこの世を去った。なお作中には、寒月の友人の「送籍」という人物の名が出てくるが、迷亭が「馬鹿だよ」と一言で斬り捨てている。

講義の評判と創作

『猫』連載と並行して、漱石は「幻影《まぼろし》の盾」や『坊っちゃん』『草枕』など多数の小説を発表した。高浜虚子には、「学校三軒懸持《かけも》ち」のうえ、「自由に修学」したり「文学的述作をやるのは無理」で、「とにかくやめたきは教師、やりたきは創作。創作さへ出来れば夫丈《それだけ》で天に対しても人に対しても義理は立つ」「自己に対しては無論の事」だと書き送った(明治三十八年九月)。そう思いながら勤めている以上は滅多に休まず、授業も時間一杯務めたという。

鶴見祐輔は東大法科三年の時に英語の授業を受けたが、こんな「痛快な気のしたことはなかった」と回想する(「一高の夏目先生」)。漱石は誰も下調べをしてこないのを見定めて、テクストを一ページぐらい読み、「何か質問は」と尋ねるのが常だった。質問しなければ試験範囲が拡がるのを恐れた学生が、「イン・グーッド・タイム」の意味を尋ねたとき終了の鐘が鳴ったことがあった。先生は「放課の鐘が鳴ると、質問があろうが、あるまいが、教師は、イン・グーッド・タイムに、部屋からさっさと、出ていった」と言いながら学生の拍手に送られて教室を出て行ったそうだ。漱石が嫌だったのは、学校の管理的体質と、授業以外に時間を奪われることにあり、授業自体ではなかったようだ。

そのころ発表された短篇は「一夜」(三十八年九月)である。梅雨がしとしと降る夜、髯のある男と髯のない丸顔の男、美女を加えて三人が俳味に満ちた会話を楽しむ。物語性はほとんどない。むしろ三人の連句とも言うべき文章である。「美くしき多くの人の、美くしき多くの夢を……」という髯の「微吟《びぎん》」に始まり、丸顔が「描けども、描けども、夢なれば、描けども、成りがたし」と受け、女を顧みる。女は「画家ならば絵にもしましよ。女ならば絹を枠に張つて、縫《ぬ》ひ（刺繡）にとりましよ」と展開する。だがその後はややもすれば横道にそれてなかなか進まない。「百二十間《けん》の廻廊」に「百二十個の燈籠」がつき、春の潮が押し寄せ燈籠がまたたく、「海の中には大きな華表《とりい》が浮かばれぬ巨人の化物の如くに立つ。……」は、かつて漱石が虚子とともに見た安芸の宮島のイメージでもあろうか。その回廊に二百三十五枚の額が懸かって、「二百三十二枚目の額に書いてある美人の……」でまた中絶、「波さへ音もなき朧月夜に、ふと影がさしたと思へばいつの間にか動き出す……」とようやく本筋らしきものが出たあたりでさまざまな口出しがあり、「夢の話しはつい中途で流れた」。夢だからどこで終わってもいいようなもので、三人は葛餅を食べ、蚊遣火《かやりび》が消えたこともあって寝てしまった。彼らはそれぞれに何もかも忘れ「太平」に入った。

「彼等の一夜を描いたのは彼等の生涯を描いたのである」と語り手は最後に付け加える。言いたいことを言い、眠くなれば寝る。世の中の煩いに制約されない自由で詩的な生活は、当時の漱石がもっとも憧れた生活だっただろう。「一貫した事件が発展せぬ」のは「人生を書いたので小説をかいたのでないから仕方がない」と言うが、現在なら立派な小説だろう。小説といえば事件中心と思われていた時代に、こんな「小説」を作った漱石の先進性に驚かされる。

非人情の旅

『草枕』(『新小説』明治三十九年九月)は、「文明」に充ち溢れた東京の生活に堪えがたくなった画工が、「非人情」の心で自然に過ごす時を持つべく、旅に出、「那古井《なこい》の温泉場」の体験を語る小説である。「非人情」とは「世間的」な欲望や理非を超越した心持ちを意味する言葉だと説明されている。漱石は熊本時代に近くの小天《おあま》温泉に泊まったことがあるが、舞台となる那古井温泉はそこがモデルとされている。しばしば指摘されてきたように、この作が一種の「桃源境」として陶淵明の『桃花源記』に倣《なら》ったことは明らかだが、ここではそれが最後に汽車の走る現実界に帰り、一瞬にして消えさるかに見えることが特色である。

客は「余」一人、宿には隠居した主《あるじ》の老人と、その娘で出戻りの「那美さん」がいるばかりである。人気《ひとけ》のない村の人気のない温泉で、彼は毎日ごろごろし、時々スケッチはするが実際に絵具は使わない。彼の考える「画」とは、単に「人事風光を有《あり》の儘《まま》」に写して足れりとするものではない。自分がそれらを見たときの「心持ち」を伝えたいのである。逆にそういう感興を起させる対象を探さなければならない。全国を廻ってでも、「自分の心が、あゝ此所《ここ》に居たなと、忽《たちま》ち自己を認識する様にかゝなければならない」のだから難題である。

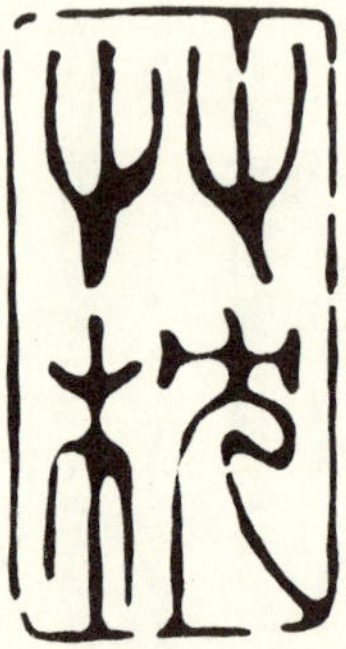

『草枕』中表紙カット．橋口五葉画．『鶉籠』明治40年1月刊所収．

那美さんは寺の和尚に禅を習っている。その言動は世間並みを外れていて、床屋の親父は「気狂」だと言う。彼女はしばしば画工の前に現われ奇矯な振る舞いをして見せるが、その真意はわからない。観海寺の裏の谷の鏡が池で、画工は満開の椿が一つずつ落ちるのを眺めて、「こんな所へ美しい女の浮いてゐる所を」描いたらどうだろうと思い立った。鏡が池は、かつて那美さんの祖先の女性が入水死を遂げたことに由来する命名である。椿は「長へ《とこしな》に落ちて、女が長へに水に浮いてゐる感じ」を出したいというのである。那美さんは昨日部屋に来て、「私が身を投げて浮いて居る所」「やす〳〵と往生して浮いて居る所」を奇麗な画にして欲しいと、冗談めかして言った。だが彼女の顔には何かが欠けている。人を馬鹿にした「微笑《うすわらい》」と勝とうとする焦りが表に出て、「憐れ」がないからである。

芸術家としての彼は、「邪を避け正に就き、曲を斥け直にくみし、弱を扶《たす》け強を挫《くじ》かねば、どうしても堪へられぬと云ふ一念の結晶」として芸術を信じている。木瓜《ぼけ》の花の下で寝ころんでいたとき、偶然に那美さんが前夫と出会うのを垣間見た。男は「ずんぐりした、色黒の、髯づら」で身なりも落ちぶれていた。満州へ行って再起をはかるらしい前夫に彼女は財布を渡したのである。

最終「十三」で、出征する那美さんの甥、久一を舟で駅まで見送る祖父、父、那美さんの一行に加わった画工は、汽車で去る久一と前夫を見る那美さんの顔に「憐れ」が浮かんでいるのを目撃した。彼の「胸中の画面」はこの咄嗟の際に成就したのである。

彼の述懐はたしかに彼の願望と首尾照応しているが、彼がその顔を実際に描いたかどうかは定かでない。彼はもう一度那古井に戻るのだろうが、東京から来た彼にあまり時間が残されているとも思われない。結末で「現実世界へ引きずり出された」画工は、「二十世紀の文明を代表する」汽車に「個性」を「抹殺する」時代を痛感している。那古井はそれを忘れさせてくれる桃源境であり、彼は自分がいつまでもそこに留まれるわけではないことを自覚している。しかし彼は那古井の里ではなく、汽車が走る文明の駅で、茫然とした那美さんの顔に「憐れ」を発見したのである。この逆説は、彼が文明の世界にも「憐れ」の表情は起りうると瞬間的に悟ったことを意味している。「あぶない、あぶない」という彼の文明に対する感想は、やがて『三四郎』の広田先生が、車中で三四郎に言って聞かせる警句でもあるが、画工が、「胸中の画面」で語りを終えた一因でもある。

鏡の物語

漱石の初期作品には、「鏡」や「夢」に世界を見る物語が多い。彼の出発点とも言うべき「幻影《まぼろし》の盾」と「薤露行《かいろこう》」とはともにアーサー王時代の物語で、前者は「白城の城主狼のルーファス」の騎士、キリアム（ウィリアム）と「夜鴉の城主」の愛女《まなむすめ》クララとの恋、後者は有名な騎士・ランスロットに思いを寄せるアーサー王妃ギニヴィアと、可憐な娘エレーンの純情とを描く。前者の「鏡」はウィリアムが持つ盾で、彼はその古い「霊の盾」によってこれまで身を守ってきた。隣国のクララの笑顔もその盾に映し出される。白城主と夜鴉城主は二十年来の親交があったが、何が原因か不仲になり、戦いが始まった。ウィリアムは友人の勧めに従い、勝利した軍を離れて馬を南に走らせ、真紅の衣の女から告げられたように、すべての心を幻影の盾に集中した。彼はついに盾そのものとなり、その中でクララと会い永遠の春を迎えることが出来た。紅衣の女が言うように、「まことゝは思ひ詰めたる心の影」なのである。彼は盾の鏡の内に恋を成就した。

これに対して「薤露行」はランスロットと王妃ギニヴィアの道ならぬ恋、ランスロットに対する美少女エレーンのひたむきな思いを描き、それらは「シャロットの女」の呪いによって身を滅す原因となる。シャロットの丘で一人「繒《はた》」（絹）を織る女は、毎日「五尺に余る鉄の鏡」

を見て世の中を知っている。彼女が窓を開き、直接に人を見たとき、相手に危害が振りかかるからである。だが騎士のトーナメントに遅れて参加するランスロットを鏡中に見た彼女は、思わず「ランスロット！」と叫んで窓を開け、彼と目を合わせてしまった。鏡は割れ、粉々に飛び散った。トーナメントに勝ったランスロットは自分も負傷し、いずこともなく立ち去った。エレーンはそれを聞いて食を絶って死に、王妃はその背徳を問詰される。そこへ遺言どおりエレーンの亡骸《なきがら》を乗せた舟が流れつくのである。

吉凶どちらにも働く「鏡」の魔力は、両作に対照的に描かれている。洋の東西を問わず、鏡は神聖なものとされ、日本でも「八咫鏡《やたのかがみ》」が三種の神器の一つに挙げられている。漱石はロンドンで向こうから「妙ナキタナキ奴」が来ると思ったら、それは自分の鏡に映る姿だったと日記に記しているが、初期の彼は「鏡像」の不可解さにこだわっていた傾向がある。言うまでもなく、鏡に映る像は左右が逆になった自分の影である。私たちは鏡またはそれに類するものによってしか、自分の姿を見ることができないから、鏡像を見て「自分」と重ね合わせざるを得ない。「猫」の言い草ではないが、「鏡は己惚《うぬぼれ》の醸造器である如く、同時に自慢の消毒器である」。『草枕』や『夢十夜』(第八夜)にも出てくるが、漱石はよく散髪に行く人物を登場させる。必然的に鏡で自分を見るが、そこにはもう一人の自分が実現される。ところが『草枕』の

「余」が行った床屋の鏡は「一人で色々な化物《ばけもの》を兼動しなくてはならぬ」ひどい代物である。それに相対したとき、彼は「御客の権利として」鏡に対することを放棄したくなった。それと同様に、那美さんもまた奇妙な演技を見せてくれたわけである。

『夢十夜』の鏡は六面あり、部屋は窓が「二方に開いて」いるから、鏡は「二方」にある設定である。「自分」は「鏡に映る影を一つ残らず見る積《つも》り」だったが、声だけで見えない男(女の話相手)や、床屋が話題にする「表の金魚売」は見えない。夢だから、見えようが見えまいがどうでもいいようなものだが、この条件を充たすには、床屋は十字路の角になければならない。「自分」は入って奥の真中の椅子に座る必要がある。彼は交差する道を横切ってすぐの入口から入ったのである。男女は入口から離れた角で話し、男は壁に妨げられて鏡に映らない。粟餅屋は自分が座った椅子の右側の小路に、金魚売は店を出た「左側」の道の角あたりにいたのであろう。

だがここでの問題は、誰彼がいたかいなかったかということにはなく、彼に見えなかったものがあることである。これは人間の視覚に関する自覚の問題である。私たちはどれほど眼を凝らしても、すべてを見ることができない。シャロットの女は鏡中のランスロットを見て、それに飽きたらず窓辺に行き、ガラスまみれで即死した。『夢十夜』第八夜から浮上するのは、かって書物の記憶によって実人生を考えようとした初期漱石の虚しさの表白である。

『坊っちゃん』

『坊っちゃん』(初出誌『ホトトギス』明治三十九年四月)が、『心』と並んで漱石の作品中もっとも愛読されていることは言うまでもない。その大半は「坊っちゃん」と婆やの清《きよ》に呼ばれる、一本気な気性に共感するのだと思われるが、近年ではその裏にある淋しさや軽蔑感を強調する論も増えてきて、漱石の作品には、やはりその両面性が流れていることに納得させられる。だがこの作は、母とも思う清への追悼の性質を持ったためか、「俺」(「おれ」)という一人称で語る人物と赤シャツの姓だけは不明である。他の主要人物は、「山嵐」が堀田、「うらなり」が古賀、「野だ」が吉川、「マドンナ」が遠山と名づけられているにもかかわらず、である。「野だ」が、「俺」のことを「勇み肌の坊っちゃん」だと赤シャツに話しかける箇所があるが、「俺」に言わせればもっとも親愛する清と、もっとも軽蔑する「野だ」が、ともに「俺」を「坊っちゃん」と呼んでいる一致は何を意

『坊っちゃん』中表紙カット．橋口五葉画．『鶉籠』明治40年1月刊所収．

味するのだろうか。「俺」は身分のある家柄でもなく、甘やかされて育ったわけでもない。清は奉公人だから主人の子を坊っちゃんと呼ぶのは不思議でないが、「俺」と気が合わない兄を何と呼んだのかは不明である。文中にある「御兄様《おあにいさま》」は、「俺」に対して兄を指した言葉である。

物語は「親譲りの無鉄砲で小供の時から損ばかりして居る」と始まる。だが父親は無茶をする彼を叱るばかりで、「些《ちっ》ともおれを可愛がつて呉れなかつた。母は兄許《ばか》り贔負《ひいき》にして居た」という。兄は色が白く、「芝居の真似をして女形になるのが好きだつた」とある。肉親は誰ひとり彼を可愛がってくれなかった中で、奉公人の清だけが異様に彼を可愛がったのはなぜだろう。父は「こいつはどうせ碌なものにはならない」と言い、母は「乱暴で乱暴で行く先が案じられる」と言った。兄とは「十日に一遍位《いっぺんくらい》の割で喧嘩をして居た」そうだから、要するに俺は嫌われた子として育ったのである。その彼を清は庇い続け、父が勘当すると怒ったときは泣きながら詫びた。清はその「駄目」な子供を「下女」にもかかわらず、なぜ可愛がったのだろう。この時期「下女」はあり余っていたから、主人の意に反する行為は職を失うことにもなりかねない。

清は「もと由緒のあるもの」だったが、明治維新の大変動で「奉公迄する様になつたのだ」

と「俺」は聞いている。真偽のほどはわからないが、「俺」はそう信じている。強引すぎる推測を承知で言えば、「俺」は草双紙に出てくるような、父と清の間に生まれた子供だったという感じさえ生じてくる。「婆さん」と言っても、当時の感覚では四十女は婆さんである。念のために言えば、「俺」が後に下宿する婆さんのモデルも、四十代である。石原千秋「「坊っちゃん」の山の手」の計算によれば、「俺」は明治十五年生まれ、二十九年母死亡、三十五年に父死亡、兄は東京高等商業を出、「俺」は物理学校入学。卒業して某中学に赴任したのは漱石より十年遅れの三十八年、日露戦争勝利のころである。年齢は「二十三歳四ヵ月」(数え二十四)が作中の年立である。

ここでは試みに、その小さな可能性を追ってみると、以下のようになる。——十数年勤めている清が、「俺」の家に雇われたのは「俺」がやんちゃ盛りのころ、もちろん実の母とは絶対に名乗らないことが条件である。清が「俺」と話をするのは台所で二人になったときで、内緒で食物や文具などを貰った。清は「俺」の真っ直ぐな気性を賞め、「自分の力でおれを製造して誇つてる様に見え」、「少々気味がわるかつた」。兄は父の死後すぐに家や代々伝わった骨董品を売り払い、「実業家」になるべく九州に行った。別れるときに「俺」に六百円の金をくれ、清にと五十円を托した。「下女」の退職金としては大金である。仮に当時の月給を一円とすれば、五年分に近い給与である(『東京風俗志』による)。母は当然として、兄は父から清の身元を知らされていたのではないか。

兄が家を売り払ったので、清は仕方なく甥の家で、「俺」が学校を卒業し、任地から帰るのを待った。——

任地での「俺」の「活躍」ぶりは周知のことだから省略するが、校長(狸)と赤シャツの本名が記されないのは、モデル問題で迷惑をかけることを恐れたからだろう。先に名を出した島崎藤村の「水彩画家」は、モデルの画家が批判文を発表して藤村を困惑させた。漱石は「松山中学」で文学士は自分一人だったから、赤シャツも自分だということになる、と問いに答えている。

この物語には、地方では突然プライドが高くなり、田舎を軽蔑する「俺」が、生徒にからかわれて差別まるだしの感想を抱いたりする部分も多い。東京ではうだつが上がらず、馬鹿にされていた「俺」が、地方では「東京」を看板に田舎の悪口を言い散らすのは、江戸の仇《かたき》を田舎で討つようなもので、家では差別ばかりされていた「俺」が田舎者を軽蔑するのは、被差別の裏返しである。「俺」は着任後すぐに、自分でつけた仇名によって彼らを見て、それ以外の視点を持たない。自分はと言えば、「是でも元は旗本だ。旗本の元は清和源氏で、多田の満仲《まんじゅう》の後裔《こうえい》だ。こんな土百姓とは生れからして違ふんだ」と空威張りし、「只智慧のない所が惜しい丈だ。どうしていゝか分らないのが困る丈だ。……世の中に正直が勝たないで、外に勝つものがあるか、考へて見ろ」と心の中で啖呵《たんか》を切るが、徳義よりも才智を重んじて利を得る世の中で、正直者が文字どおり馬鹿を見る結果になることは必然である。相手を殴って済む問題ではない。「俺」は山嵐と一緒に赤シャツと野だを散々に打ち据えて溜飲を下げ、辞職して東京に帰るのだが、「街鉄」(後の東京市電となる電車の一つ)の「技手《ぎて》」になって清と一緒に暮らした。

清は肺炎で死ぬ前日に、「後生だから清が死んだら、坊つちやんの御寺へ埋めて下さい。御墓のなかで坊つちやんの来るのを楽しみに待つて居りますと云つた。だから清の墓は小日向《こびなた》の養源寺にある」が物語の結びである。死んでも「親子」の縁は切れないという、清の告白が伝わるような言葉である。小石川の小日向に養源寺はないが、当時隣接区の本郷駒込林町には、名刹《めいさつ》の養源寺があった。「養源寺」は「俺」の家の菩提寺という設定だが、「俺」は清の最後の願いを兄にも相談せず叶えたことになる。彼ら兄弟は、父の死後、音信不通だからである。清の言葉は、早く来て欲しいという意味に取れないこともなく、そう受け取る読者もいるようだが、「待つ」ことに馴れている清は、あの世でも「俺」の幸福を念じ、いつまでも待つのであろう。

正義の人々

「坊っちゃん」は、自分の正義が単純と笑われる世界があることを知った人物である。『草枕』の画工は、住みにくい憂世を離れて、桃源境のような地でしばし過ごそうとやってきた人物である。これに対して『二百十日』(明治三十九年十月)と『野分《のわき》』(明治四十年一月)の二作は、俗悪な世の中と戦うことを宣言する「慷慨《こうがい》家」の話である。たしかに「女向きのせぬもの」である。

『二百十日』はほとんどが、豆腐屋の息子と自称する豪気な圭さんと、その友人碌《ろく》さんの会話で成り立っている。華族や金持ちが威張って、平民を圧迫する今の世を改革しようと主張する方が圭さん、次第にそれに同調していくのが碌さんである。二人は阿蘇へ登るために東京から来たらしい。初日は二百十日で天候が悪く、風雨で崖から転げ落ちた圭さんが足の爪を剝がし、碌さんは腹痛のため、途中で断念、翌日天気は回復するが、熊本へ帰って出直そうとする碌さんを、圭さんは説得する。「毒々しくつて図迂々々《ずうずう》しい」華族や金持ちは、成功するまで「わるい事」を重ねる、重ねていけば善悪が裏返って「いゝ事」になると思っている「文明の怪獣」である。「我々が世の中に生活してゐる第一の目的」はその弊害を「打ち殺して」「金も力もない、平民に幾分でも安慰を与へる」ことだと言うのである。碌さんは圭さんの言葉を繰り返し、「言語道断だ」「うん。ある」「うん。やる」「兎も角も阿蘇へ登るがよからう」と、もう一度阿蘇へ登ることを決意する。

昨夜は圭さんが熟睡してしまったため、碌さんは、山中で約束した圭さんの「因縁話し」、知り合う前に「急に金持がにくらしくなつた」理由を聞くことが出来なかった。昨日の登山中に圭さんは、フランス革命に触れ、金持ちや貴族が乱暴をすれば、革命が起るのは当然で、阿蘇山が「轟々鳴つて吹き出すのと同じ事さ」と説明していた。山は今日も「轟々と百年の不平を限りなき碧空《へきくう》に吐き出して居る」。

文部大臣牧野伸顕が青年――学生の思想に対して「文部省訓令」を出し、「極端ナル社会主義」流行への懸念を表明したのは明治三十九年六月九日である。それを知った漱石が、直ちに執筆したのがこの小説だと推定される。すでに早く、彼はロンドンから岳父の中根に「カールマークス」(カール・マルクス)の名を出し、その論には欠点があるかもしれないが「今日の世界に此説の出づるは当然の事」と記していた。社会

『二百十日』題字署名．漱石自筆．「中央公論」明治39年10月号．

主義を全面的に信じていたわけではないが、漱石は地位や金力で青年の思想を弾圧する当局の傾向を、無視することが出来なかったはずである。

「野分」の風

『野分』は「白井道也《どうや》は文学者である」という規定で始まる。大学を出た彼は地方の中学教師になり、自己の信念を貫いた結果、三度《みたび》学校を追われ、東京で著述に励んでいる。定収入は売れない雑誌と英和辞典の編集で月に僅か三十五円である。妻は不満ながら何とかやりくりしているが、白井は貧しさに甘んじている。彼の考えでは、生きることの意味を教える文学者は、金や権力を万能と考える実業家や政治家と違い、貧しいのが当たり前なのである。

一方、越後で彼に習った高柳は、同じく大学出ながら小説家志望で、翻訳のアルバイトでようやく生活し、無理な生活が祟って結核に冒《おか》されかかっている。親友の中野の父は金持ちで、中野は評論を書き、美しい妻を娶って楽しく暮らしている。彼は親切で優しい男だが、高柳は貧富の差にこだわり、積極的に中野と交際することが出来ない。白井が中野の談話を取りに行き、高柳がたまたまそれを雑誌で読み、ついでに白井道也「解脱と拘泥」なる論文に目を通したことから白井と高柳の交流が始まり、高柳は「文学はほかの学問とは違ふ」「文学は人生其物である」「ほかの学問が出来得る限り研究を妨害する事物を避けて、次第に人世に遠《とおざ》かるに引き易《か》へて文学者は進んで此《この》障害のなかに飛び込む」のだという説を聞く。

白井の考えは、漱石の文学に対する決意にきわめて近い。漱石は『全集』の「断片三四」から「断片三七」にかけて、金持ちや権力者と文学者の相違と、文学者の存在価値を書きつけている。『野分』とほぼ同文のものがいくつもある。たとえば「個人平等ノ世ニ保護ヲロニスルハ恥辱ノ極ナリ」。「明治ノ三十九年ニハ過去ナシ」等々。これらの「断片」群、および『野分』は、彼が大学を辞めて、専門の文学者になる決意を表明した文章であろう。すでに三十九年十月の狩野宛書簡には、世の中は自分一人の力ではどうにもならないが、それと闘って「打《うち》死《じに》」する覚悟だ、と記されている。その続便には「天授の生命をある丈《だけ》利用して自己の正義と思ふ所に一歩でも進まねば天意を空《むなし》ふする訳である。余は斯様《かよう》に決心して斯様に行ひつゝある」とも言う。後の書簡には、「余の性行」は「山川信次郎氏と絶対的に反対なり。余の攻撃しつゝあるは暗に山川氏の如き人物

『野分』中表紙カット．
橋口五葉画．『草合』明治41年9月刊所収．

かも知れず」と添書きされている。彼は山川と学生時代からの親友で、熊本で同僚、阿蘇山にも一緒に登った仲だが、山川が五高時代の狩野に接近し、狩野が一高校長に転任してすぐ一高に移った態度を快からず思っていたらしい。

野分は近年では二百十日（九月一日ごろ）に吹き荒れる強風をも呼ぶようだが、ここでは晩秋から初冬にかけて吹く強風（木枯《こがらし》）を指している。東京市電賃上げに反対する集会を開いて逮捕された知人を援助するために、講壇に立った白井の横の窓ガラスが、野分の風によってガタガタ揺れる。その中で彼は泰然として三百名足らずの聴衆に語りかける。冷やかしには奇警な例えで対応して笑わせ、聴衆の心を引き戻す。彼の話しぶりは『全集』の「談話」で読む漱石の講演そのもののような感じがしてくる。

第六章　小説記者となる

朝日入社の誘い

朝日新聞社は村山龍平と上野理一が明治十二年に大阪で創立した新聞社である。折からの新聞ブームで成功し、東京にも進出したのは明治二十一年(東京朝日新聞)、翌年大阪の方は大阪朝日新聞となって両者が並立した。東京朝日が今日の大を成したのは、池辺《いけべ》三山《さんざん》(吉太郎)の尽力によるところが大きい。池辺は熊本出身、明治二十五年に旧藩主細川家の世子《せいし》護成《もりしげ》の「補導役」(西田長寿《たけとし》)として渡仏、欧州諸国を廻って帰国した。帰国後は鉄崑崙《てつこんろん》の名で、子規がいた新聞『日本』などの論説に健筆を揮った。二十九年から大阪朝日主筆となったが、翌年東京朝日の主筆代理を兼ね、三十一年からは東京朝日の主筆となった。伊藤博文・山県有朋、桂太郎ら政治家とも親密な関係を持っていた「大記者」である。

当時は連載小説が新聞の売上げを増す一因になっていたので、池辺は大阪の主筆となった鳥居素川《そせん》の勧めで漱石の入社を図った。朝日新聞はこれより先、北京帰りの二葉亭四迷を入社させていたが、もう一人、人気上昇中の漱石を加えて、小説を交互に連載させようと考えたのである。二葉亭はロシア特派員として渡露、結核を発病して帰国中の船中で没した。その結果、朝日の発想が実現したのは漱石『虞美人草《ぐびじんそう》』——二葉亭『平凡』の一回だけで終わった。二葉亭と漱石は当時本郷西片町に住み、自宅が近かったので、風呂屋でばったり出会い、湯から上がって話したのが、二人が文字どおり裸の付き合いをした唯一の機会である。

漱石は朝日入社の前年末に、『読売新聞』にも「『文学論』序」などを発表していたが、その「日曜文壇」の執筆は見合わせたいと滝田樗陰《ちょいん》に返事をした。当時、読売にいた竹越三叉《たけこしさんさ》の希望を樗陰が取り次いだのであろう。入社の含みを持たせた意向らしく、自分が教師を辞めて新聞社に入るには「僕の方で夫丈《それだけ》のモーチーヴがなくてはならん」が、今の自分にはそれがないと言うのである。だが彼は三十八年九月には「とにかくやめたきは教師、やりたきは創作。創作さへ出来れば夫丈《それだけ》で天に対しても人に対しても義理は立つと存候。自己に対しては無論の事に候」と虚子に書簡を送っているから、問題は金銭上のことを含んでいた。たとえ、読売が八百円くれても「毎日新聞へかく柄は僕の事業としては後

池辺三山(文久 4—明治 45).
東京・大阪朝日新聞社主筆.
漱石の朝日入社に尽力した.
写真提供：日本近代文学館.

世に残るものではない」。つまり自分は「天」に対して生を享けた「義理」を果たすような創作がやりたいというわけである。

教え子の坂元三郎(当時白仁《しらに》)が朝日新聞の意向を受け、入社を打診に来たのは四十年二月末の日曜日だった。有望と聞いて、近所の二葉亭の家に集まっていた渋川玄耳《げんじ》と弓削田《ゆげた》秋江《しゅうこう》(精二)は大いに喜んだ。朝日新聞社が漱石を小説記者として招こうとした発端は、当時大阪朝日で論説を書いていた鳥居素川が、漱石の作品集『鶉籠《うずらかご》』を手にし、篇中の「草枕」に自分たちが論ずるのと同様なことが書いてあると感じたことにある。彼はそれを村山龍平社長に示し、その許可を得て東京の池辺三山に連絡したわけである(『上野理一伝』などによる)。

四十年三月四日になって、熟考した漱石は坂元の許に入社条件に関して細密な質問状を送った。一、手当は先日の話の通りか、その地位を池辺と村山が保証してくれるか。官吏の恩給のようなものはあるか。二、新聞小説は年に一回として何カ月続ければいいか。自分の小説は「今日の新聞には不向と思ふ」が、販売方面から苦情が出ても構わないか。三、小説以外の文章を「どの位の量」執筆すべきか。四、雑誌から「論説とか小説とか」を依頼されたときは、「今日の如く随意に執筆して」もよいか。五、朝日に出た小説、その他の文を書物にまとめるときの版権は当方に属するか等々、実に周到である。

坂元はこれらの条件について、漱石の手紙を読んだその日(三月四日月曜)のうちに池辺と相談し、同時に漱石にもう一度面会したい旨の葉書を書いた。漱石からも即日(午後五―六時消印)の返事が来た。金曜の午後三時か、木曜ならいつでもよいという葉書である。その結果を踏まえた漱石の返書が三月十一日付けの書簡である。最初の条件が多少変更され、これが承認されれば「進んで池辺氏と会見」したいというものである。変更点は、一、「文学的作物は一切を挙げて朝日新聞に掲載する」。ただしその分量、種類、長短、時日は「小生の随意たる事」。二、月給は朝日の言うとおり二百円、盆暮の賞与は月給の四倍(?)、三、文学的作物を、やむを得ず他の雑誌に掲載する場合は社の許可を得る。ただし二、三ページの端物、新聞に不向きな論説は掲載自由。四、池辺および社主の保証を貰いたい。池辺は信じているが、万一彼が退社した場合は、社主以外に頼める人がないから社主との契約を結びたい。

これらは朝日によって承認され、三月十五日に池辺三山らが漱石を訪問して入社が決定した。漱石は三月二十五日に東京帝国大学文科大学講師の解職願いを提出、同二十八日に京都へ旅立った。宿舎は京都帝国大学文科大学の学長をしていた狩野の家である。その間に第一高等学校も依願解職となった。明治大学と東大の解職は四月に辞令が出て、彼は完全に教職から自由の身となるが、専任の小説家となることが別の義務と苦痛を伴うことであるかを、彼はまだ自覚していない。

彼が三月中に京都へ行ったのは、春休みで狩野が東京の自宅へ帰る前に、会いたかったからである。大阪では社主の村山とも会わなければならない。京都下鴨糺《ただす》ノ森の狩野宅には菅虎雄も来合わせ、三人で比叡山に登った。伏見・桃山・宇治を見物、嵐山で保津川下りもした。もちろん智恩院から詩仙堂、金閣、銀閣、南禅寺、枳殻邸《きこくてい》などの観光名所も廻っている。四月四日に大阪で村山に対面して大阪泊、十日には偶然関西に来ていた虚子を呼んで、洛北の平八茶屋に行くのだから忙しい。漱石がこれほど開放的に遊んだのは、生涯にただ一度であろう。この京都旅行の見聞は、『虞美人草』の随所に生かされている。

『虞美人草』連載

『虞美人草』は明治四十年六月二十三日から十月二十九日まで、東京朝日に連載された。大阪朝日もほぼ同じ期間の連載である。漱石の京都旅行に基づいて叡山や嵐山の光景が描かれ、上野公園で開かれた勧業博覧会の場も描かれるから、まさに当時の世相を含む、現代小説だったと言えよう。新聞小説として構想されたこの小説は、何組かの対照的な人物が織りなす物語である。京都旅行に出た親類同士の甲野と宗近とが叡山、天龍寺はじめ観光地をめぐり、その間にたびたび高島田に髪を結った物静かな若い娘を見かける。彼女が三条の宿の隣家で琴を弾いていた女性であることを発見したのは宗近である。帰京する夜行急行列車で、食堂車に行く二人は三《み》度《たび》彼女と父親を見かける。

甲野の留守宅には継母とその娘の藤尾がいる。甲野の母は早く亡くなり、父も外国の任地で最近死亡した(外交官か)という設定である。

甲野の父と宗近の父は、藤尾を宗近の嫁にしたいと思い、宗近もそれを信じている。彼は外交官志望だが、試験に失敗して再度の機会を待っている。美貌で勝気な藤尾は宗近を軽蔑し、英語の家庭教師として来ている小野と結婚したいと思っている。秀才の彼は博士論文執筆中である。母親も小野を養子として、甲野家の財産を娘に継がせたいと考えているらしい。哲学者で厭生的気分の甲野は、財産など欲しくはない。

『虞美人草』題字カット．名取春仙画．東京朝日新聞，明治40年7月5日．

そんな甲野を宗近の妹の糸子が慕っている。藤尾の母は甲野と宗近が京都へ行っている隙に、小野と藤尾の仲を確実なものにしたかったらしい。だが汽車は甲野・宗近とともに、京都で見かけた小夜子とその父、孤児だった小野を育て、大学まで出した井上先生と二組の人間を因縁づけようとして走る。

漱石がこれほど複雑な人間関係を結びつけたことは、これ以前はもちろん、以後では遺作の『明暗』しかない。作者の生死に対する考えと、文明に対する考えとが強力に作中を支配している作であり、そのために、偶然の出会いを多用しすぎた感も残る。漱石は後に、この作を二度と読むのは嫌だと言ったが、世間では好評を博した。難解な漢語も多く、文章も簡明とは言えないが、当時の読者はその名調子を好んだのであろう。小野の歩き方を「何だか片足が新で片足が旧の様だ」と友人に評させたり、「西洋へ行くと人間を二《ふ》た通り拵《こしら》へて持つて居ないと不都合ですからね」(宗近の言葉)などの文明批評には頷《うなず》けるが、「神の代を空に鳴く金鶏《きんけい》の、翼五百里なるを一時に搏《はばたき》して、漲《みな》ぎる雲を下界に披《ひら》く大虚の真中に朗《ほがらか》に、浮き出す万古の雪は、末広になだれて、八州の野を圧する勢を、左右に展開しつゝ、蒼茫《そうぼう》の裡《うち》に、腰から下を埋めてゐる」などの長文は、夜明けの富士の「描写」というより、きらびやかな修飾が交じりすぎだと思う。会話文は軽妙適切なのだが、自然を描写するときは形容に意を用いすぎるのが、この時代の彼の癖であった。なお、虞美人草はひなげしの異称。中国秦末の英雄・項羽が漢の劉邦に敗れたとき、愛妾虞美人も自刃して、その遺体を埋めた土の上に生い出たという。

小宮豊隆に向けて漱石は、藤尾は「嫌な女だ」「詩的であるが大人しくない。徳義心が欠乏した女である。あいつを仕舞に殺すのが一篇の主意である。うまく殺せなければ助けてやる」と書いているが、藤尾の死はあまりに唐突である。自我の塊《かたまり》のような彼女の死には、もう少し時間を与えてもよかったのではないか。小野が彼女に教えていた『アントニーとクレオパトラ』(シェイクスピア作)で、クレオパトラが自殺するのは、アントニーの敗戦と自殺を聞いた後である。作中では、大森行きを小野にすっぽかされた藤尾が怒りに震えて帰宅、待ち受けていた宗近や小野の話に激昂した彼女は、身体が硬直し、そのまま、突然倒れて死ぬ。小野は小夜子と結婚し、宗近はロンドンに行く、甲野は糸子と結ばれるらしい。「我《が》の女」藤尾だけが罰せられて、小野は改心して許されるのが、少々不公平である。

善悪、正邪を個々の人間の心に認め、その変化を分析していくのが漱石の小説の特徴だが、ここでは最初の新聞連載小説で、物語的な完結を急ぎすぎた感も否めない。

第七章　『三四郎』まで

『文芸の哲学的基礎』

この評論は、東京美術学校(東京芸術大学の前身)で行われた講演に基づき、東京朝日新聞に掲載された(明治四十年五—六月)。その意味では、これが『虞美人草』に先立つ連載ということになる。入社に当たって、彼は自分の拠って立つ基礎的な考えを表明しておきたかったのだろう。大変長い評論で、人間の生の根源に「意識」を置き、そこから存在を意識する「我」と意識される「物」との関係に及ぶ。「意識の連続」は「生命」という観念を生む。そこで重要なのは「生命」が真・善・美・壮の四理想のうち、何を選ぶかによって方向性が決まることである。文学作品の内容は、上記の四種の理想が、「知」「情」「意」の三作用との関連でどのような性質になるかが決まっていく。「文芸」とは作家が自分の「理想」を「技巧」によって表わしたものである。——ごく簡単に要約すれば、以上が漱石の「文学」に対する基本的姿勢であり、『虞美人草』の甲野は「真」を求める「知」の人、藤尾は「美」を尊ぶ「情」の人、宗近は「善」と「意」の人ということになろうか。だが『虞美人草』に次いで漱石が連載する『坑夫』は趣きががらりと変わった作品である。

最後の転居

『坑夫』(明治四十一年一—四月)は新年から朝日に連載する予定だった島崎藤村の作(『春』)が四月に延期されたため、急拠執筆した小説である。彼は春までは少しゆったりとして、虚子に紹介された宝生《ほうしょう》新《あらた》に謡曲を習い、本郷西片町の家から転居することを決意していた。家主が因業で、短期間に二度も家賃を上げたからである。彼は出入りする門下生や知人たちに適当な借家探しを依頼したが近辺には見つからず、牛込北町の菅の持家を一時的に借りることも考えたが、結局、牛込区早稲田南町七番地に決めた。家主に今月(九月)中に出ると啖呵を切ったので、その手前もあり急いで越した。生家があった場所に近いこの家に、漱石は生涯住むことになる。鏡子によれば垣根の向こうに「貧民長屋」があったが、転居ばかりにくたびれた

漱石山房．牛込区(現在の新宿区)早稲田南町にあった自宅の書斎．『漱石写真帖』より．

彼女が「こゝを買いませうか」と言ったところ、彼は「こゝはいや」と返事をしたそうだ。彼としてはいやなところでも、ここは生まれた土地だという気持ちがあったのではなかろうか。

『坑夫』の放浪

ここへ越してまもなく、荒井伴男なる人物が突然訪問してきて、自分の坑夫の体験を小説にして欲しいと言うので、漱石はその要点をくわしく書き留めた(断片四五)。漢字片仮名交じりの部分と漢字平仮名交じりの部分があるが、鏡子によれば、荒井は書生のような、居候のような形でしばらく夏目家に居て、ふいと出て行ってはまた帰ってくる「どっか変な男」だった。『坑夫』の語り手の「僕」または「自分」(「僕」は第一回のみ)のモデルだが、その体験自体は荒井の話どおりだとしても、ある事件、事態に対する感想は漱石が加えたものに違いない。

話は東京に住む「自分」が二人の女性の板挟みになって「煩悶」、突発的に家出をして街道を北へ歩いているうちに、「どてら」姿の男に声をかけられ、足尾銅山らしきところまで連れて行かれ(漱石メモには足尾とあり)、坑夫にされてしまう。一度だけ坑内の最下層まで案内され、寒さと恐怖に震えるが、ヤケになっている彼はそれでも坑夫という「下等」な仕事で死ぬなら死んでもよいと強がりを言い、健康診断を受けると気管支炎で失格となる。彼は何とかここに置いてもらいたいと意地を張り、親方に頼んで飯場《はんば》の帳付《ちょうづけ》にしてもらい、わずか四円の月給で五ヵ月勤めて東京に帰る。――「自分が坑夫に就ての経験は是れ丈《だけ》である。さうしてみんな事実である。其《そ》の証拠には小説になつてゐないんでも分る」と末尾に付け加えられているが、これは事実をもとにして、漱石が青年のその場その場の心理を説明させ、生と死の境、あるいは投げやりの生から「働く」ことの意味を取り戻す経過を読者に示した小説である。

たとえば、「自分」は「近頃では宿命論者の立脚地から人と交際をしてゐる」が、困るのは「演舌と文章である」とあるから、作中の現在の彼は演説したり文章を書くこともあるらしい。「小説」ではないと言いつつ、小説の話も数回は出てくる。だが彼が語るのは自分の「過去」であり、漱石が会ったときは十九歳なのである。したがって、彼は山を下りてすぐに夏目家へ現われ書生として住み込んだことにならざるを得ない。作中の「自分」が言う「自分の心の始終動いてゐるのも知らずに、動かないもんだ、変らないもんだ、変つちゃ大変だ」と思う人々への批判も、「昔の自分」を「遠慮なく厳密なる解剖の刀を揮《ふる》つて、縦横十文字に自分の心緒を切りさいなんで見る」のも、漱石が創り出した現在

『坑夫』題字カット．東京朝日新聞，明治41年3月29日．

の「自分」なのである。漱石の言葉で言えば、「時間」と「空間」の差による小説世界の構築である。ここに多少の誤算があるけれども、この小説は漱石が人間の心理の深みに入り、状況によって様々に変わる人間を描くことになる第一歩であった。

驚き、戸惑う三四郎

東京から片田舎へ行った坑夫とは逆に、『三四郎』(東京朝日、明治四十一年九月一日―十二月二十九日)の小川三四郎は大学に入学し、九州の田舎から東京に出てきた。出世を夢見るこの青年は、まず上京する名古屋止まりの車中の女に驚き、名古屋からの車中では一見、中学教師風の男に驚く。車中の女は平然として三四郎と同衾《どうきん》し、シーツを丸めて境界を作った彼に、別れ際に「あなたは余《よ》つ程《ほど》度胸のない方ですね」と言ってにやりと笑った。名古屋からの汽車では同席した四十がらみの髭の男に驚かされた。男は、大学生であることを認められたかった彼の気持ちには無頓着で、「日本も段々発展するでせう」という三四郎を「亡びるね」と一言で切って捨てた。後に高等学校の広田先生と判明するこの男を、東京にはこの程度の男は大勢いると思った彼は、名も聞かずに別れた。

東京ではその繁華に驚き、「ちんちん電車」に驚き、大学では同郷で光圧の測定をしている野々宮を実験室に訪ね、寒い夜には外套やマフラーが必要になると聞いて「大いに驚ろいた」。光線の圧力測定が何の役に立つかも理解できなかった。野々宮と別れて池の傍で呆然としていると、綺麗な女性が看護婦らしい女と二人で（山上《さんじょう》御殿と俗に呼ばれている方から）下りてきて、彼の傍を通るとき、ちらっと三四郎と視線を合わせた。彼は汽車の女に言われた言葉を思い出して恐ろしくなった。やがて知り合う野々宮の妹のよし子は、一見温和そうだが、はっきりと自分の意見を述べる女性である。「嬾《ものう》い憂鬱と、隠さゞる快活との統一」をその表情に三四郎は見た。女性ではもう一人、野々宮に頼まれて大久保の家の留守番をしたとき、「あゝあゝ、もう少しだ」という声を聞き、死体を見に行った鉄道自殺の女性もいる。だが彼はそれに興味を持っても、女がなぜ死ななければならなかったかを考えるような青年ではない。教室で一緒になった佐々木与次郎にリードされて、電車で東京を一廻《ひとまわ》りしてくるほど東京に不馴れであり、その交際範囲は主として、与次郎が書生をしている広田先生と、野々宮およびその妹、それに野々宮の交際相手の里見美禰《みね》子に限られている。

『三四郎』題字カット．名取春仙画．東京朝日新聞，明治41年12月1日．

「枠」から出てくる女

美禰子とは広田先生の転居の手伝いに行って知り合った。池での出会い以後、彼女はいつも枠取りの中から現われる。枠というのは、世間的な枠でもあり、実際に四角な枠のことでもある。三四郎が病院によし子を見舞ったときは通路の薄暗い扉から、広田の引越しでは庭の扉から、一度だけ三四郎が里見家を訪問したときは応接間の扉から鏡の中に、彼女が結婚を決めて教会へ報告に行ったときはその扉から、最後には文字どおり額縁の中に収まった姿で三四郎の前に現われる。彼女は「結婚」という枠に囲まれる直前の「自由」を楽しみたかったらしい。その相手として、三四郎は偶然に彼女の目に止まったのである。遺作の『明暗』でも、津田と再会したときの清子は、「一種の絵」として「忘れる事の出来ない印象」を留める。

三四郎が池で美禰子と出会ったとき、彼女は絵の中の着物と同じ服装だった。三四郎は自分と出会った日の記念《かたみ》としての服装かと喜ぶが、美禰子は三四郎と会う直前から、「少し宛《ずつ》描いて」もらっていたのである。美禰子が三四郎と同年輩とすれば数え二十三歳、当時としては結婚適齢期をやや過ぎた年齢である。世間からは美貌で憍慢に見られ、広田からは「無意識《アンコンシャス》の偽善家《ヒポクリット》」と評される彼女も、内心結婚を意識しはじめていたのではないか。

彼女が望む野々宮は煮え切らず、団子坂の菊人形見物の場面で美禰子は気分が悪いと言って会場の外に出る。三四郎が気づいて近所の原っぱで休ませたとき、彼女は三四郎に迷子《まいご》の英訳を問い、知るとも知らぬとも答えぬ前に「迷へる子《ストレイ、シープ》——解《わか》つて？」と有名な言葉を口にした。

会場に着く前に、広田や野々宮兄妹を含む一行五人は、迷子の女の子が泣きながら連れを探しているのを見た。よし子が自分の傍に来れば交番まで送ってやると言うと、兄の野々宮は「ぢや、追掛《おっかけ》て行つて、連れて行くがいゝ」と促す。だがよし子は、その役は自分に限らないから「追掛るのは厭」だと断わる。広田はそれを「矢《や》っ張《ば》り責任を逃れるんだ」と批評する。それと関連させて言えば、美禰子は自分も、周囲が興味を持つだけで、誰も助けてくれない「迷へる子」だと、その場の続きで暗に訴えたことになる。三四郎はその意味を悟ることが出来なかった。

明治30年代ころの東京帝国大学構内の池.『写真帖東京帝国大学』より. 東京大学総合図書館蔵.

　だが仮に美禰子が三四郎に助けを求めたとしても、彼は大学に入ったばかりで、しかも国許《くにもと》の母は、手紙のたびに三輪田のお光さんを嫁にせよと迫っている。美禰子の方にも事情があり、兄が結婚するために彼女は家に居にくいのである。広田は「あの女」は自分で行きたい所にしか行かないと断言するが、彼女は三四郎がちらと見かけた、「金縁の眼鏡《めがね》」を掛け、「脊のすらりと高い細面《ほそおもて》の立派な人」と結婚するらしい。

三四郎は与次郎が馬券を買って失敗した金を美禰子から借りてやった。そのとき「丹青会」の展覧会にも一緒に行った。熱は高まるばかりである。「光線の圧力は半径の二乗に比例するが、引力の方は半径の三乗に比例する」から、「物が小さくなればなる程《ほど》引力の方が負けて、光線の圧力が強くなる。もし彗星の尾が非常に細かい小片《ぺーチクル》から出来てゐるとすれば、どうしても太陽とは反対の方へ吹き飛ばされる訳だ」とは野々宮の説明だが、これを太陽的存在の美禰子と野々宮自身の関係の喩として読むことが可能ならば、地下の実験室に籠って微細な研究に没頭する野々宮は、派手な言葉や動作で魅力を振り撒く美禰子に「吹き飛ばされる」恐れを感じていたことになる。「丹青会」の展覧会で必要以上に三四郎との親密さを見せつけた彼女は、三四郎から「野々宮さんを愚弄したのですか」と咎められても、「何《な》んで？」と「全く無邪気」である。「あなたを愚弄したんぢや無い」というのが彼女の言い分である。広田の考えでは、「ある状況の下《もと》に置かれた人間は、反対の方向に働らき得る能力と権利とを有してゐる」。「所が妙な習慣で、人間も光線も同じ様に器械的の法則に従つて活動すると思ふものだから、時々飛んだ間違いが出来る」のである。

広田の夢の話

この人間観は広田の女性観からも生まれているらしい。三四郎が訪問したとき昼寝をしていた広田は、今見た夢の話をする。——森有礼の葬儀があった年(明治二十二年)、彼は高等学校の生徒で、学校から集団で葬列を見送った。その馬車の一つに十二、三の綺麗な娘が乗っていて、夢の中に出てきた。彼が今と同じ貧しい服装で森の中を歩いていると、突然その女が自分を待っているのに出会った。娘は二十年ほど前にちらりと見た顔も服装も髪型もまったく変わっていなかった。彼がなぜ変わらずにいられるのかと聞くと、女はあなたと会った日の姿が一番好きだから、と答えた。彼が「僕は何故《なぜ》斯う年を取つたんだらう」と言うと、女は「あなたは、其時よりも、もつと美くしい方《ほう》へ方へと御移りなさりたがるからだ」と教えてくれた。彼が「あなたは画だ」と言うと、女は「あなたは詩だ」と言った。——『夢十夜』の番外のようなロマンチックな夢である。絵の女は画面に固定されて動かないが、詩は美しいものを求めて変化するからであろう。

だが広田は、その俤《おもかげ》を大事に守って結婚しなかったのかと問う三四郎に、予想外の返事をした。「結婚のしにくい事情を持つてゐるものがある」として『ハムレット』の例を出し、似たような者も沢山いると答えた。「例へばどんな人です」と追及する彼に以下のような話をする。どうやら広田の素性らしい。

例へば、こゝに一人の男がゐる。父は早く死んで、母一人を頼《たより》に育つたとする。其母が又病気に罹《かか》つて、愈《いよいよ》息を引き取るといふ、間際に、自分が死んだら誰某《だれそれがし》の世話になれといふ。子供が会つた事もない、知りもしない人を指名する。理由《わけ》を聞くと、母が何とも答へない。強ひて聞くと、実は誰某が御前の本当の御父《おとっさん》だと微《かす》かな声で云つた。——まあ話だが、さういふ母を持つた子がゐるとする。すると、其《その》子が結婚に信仰を置かなくなるのは無論だろう。

こういう述懐を聞くと、前述した『坊つちゃん』の出自への臆測もまんざら可能性がないではないような気がしてくる。作中の「俺」は無論結婚していない。

三四郎の他者認識

三四郎が上京してから学んだものは、ほとんどすべて人から教えられたものである。漱石は「『三四郎』予告」で「田舎の高等学校を卒業して東京の大学に這入《はい》つた三四郎が新しい空気に触れる。さうして同輩だの先輩だの若い女だのに接触して色々に動いて来る、(作者の)手間は此《この》空気のうちに是等の人間を放す丈である」と言う。この小説はその通りに展開していくが、東京に無知な三四郎は、出会う人物の言葉をそのままに信じてしまう傾向が強い。与次郎、野々宮兄妹、広田、そして美禰子。美禰子は「ストレイ・シープ」とか「われは我が愆《とが》を知る。我が罪は常に我が前にあり」のように、聖書の言葉を機に応じて口にする才女である。恐らくこれらの語句は、自分の自覚する姿や、弄《もてあそ》ぶ気はなくても三四郎を弄ぶ結果になったことへの謝罪である。だがそれをすら、こういう美辞麗句で表現してしまうところに、西洋文明の風潮に染まりつつ、どこか仮物的な感じがする女性としての美禰子がいる。

「森の女」と名づけられた美禰子の画像の前で、与次郎に絵の出来を問われた三四郎は、「森の女」という題が悪いと言い、ただ口の内で迷羊《ストレイシープ》、迷羊《ストレイシープ》と繰り返した。彼は「森の女」よりも、「迷羊」としての美禰子を悟ったのである。これ以後、漱石の連載小説は、男女の微妙な食い違いを中心として展開することになる。

第八章 『それから』の前後

『満韓ところどころ』

明治四十二年の漱石は、多事多難だった。かつての養父から金を無心され、結局はそこそこの金を遣り、絶縁した。その顚末は後に『道草』に描かれる。六月末から『それから』を東京朝日に連載、胃痛の中で何とか終了したが、執筆直前に彼のいわゆる「遠い朋友」である二葉亭がロシアから帰国中の船で死亡、追悼文を二つ書いた。旧友中村是公が満鉄総裁として帰国、満韓旅行に行く約束をして、大阪朝日の連載小説『?』(長谷川如是閑《にょぜかん》、のちに『額《ひたい》の男』と改題)の批評を書いた後に満韓の旅に出た。

往復四十三日の長旅である。彼の義理堅い性格がよく表われている。旅行中も胃の痛みを感じたが、我慢して旅を続け、帰国後すぐ『満韓ところ〲』を連載した。先に池辺三山が、明治三十四年に満韓視察記を紙上に連載しているので、満韓の旅行記は朝日新聞では二度目ということになるが、池辺が行ったときは北清《ほくしん》事変(義和団の乱)が日露ら八カ国の軍隊出動で鎮圧された後であり、とりわけ日露が撤兵せず、ロシアは満州を支配したので、新たな緊張が生まれていた。これに対して漱石は、日露戦争を経て日本の支配下に置かれた後だから、「平和」

は維持されており、彼は偶然再会した（あるいは是公が案内役として引き留めていた）大学予備門時代の旧友、橋本左五郎東北帝国大農学部教授とともにハルビンまで行った。その間各地に進出していた旧友、教え子に迎えられ、名所や見馴れぬ風俗や風景を楽しみ、接待攻めにはいささか閉口した。旅順では痛む腹を我慢して二〇三高地に登り、「スキ焼」を食べさせられた。その翌日の朝は大量の鶉《うずら》を食べた。何から何まで鶉づくしである。奉天に着いたときは疲れ果てていたが、俳人（元軍人）の佐藤肋骨に会った。実際にはそれからハルビンまで行き、後藤新平の腹心で日露関係の裏面で活躍した夏秋亀一《なつあききいち》（二葉亭とも知人の大陸浪人）の案内を受けるのだが、作品には書かれていない。日記では二十一日に奉天から撫順に行って二十二日にハルビンまで行き、二十五日にまた奉天に戻り、土産物を買って軽便鉄道で安奉線に向かい、安東で乗り換えて南下、蒸汽船で鴨緑江を越え、平壌、京城、仁川を経て帰国の途に就くことになっている。朝鮮の感想は「人悉く白し　水青くして平なり。赤土と青松の小《ちいさ》きを見る。なつかしき土の臭や松の秋」である。

気にかかる部分がある。平壌の宿舎で、ボーイが「此辺《この》では朝鮮語を習ふ訳に行きません。朝鮮人の方で日本語を使ひますから」と言ったことである。朝鮮半島が日本の領土に編入されるのはこの旅の翌年、明治四十三年だが、すでに日本に植民地化されていた朝鮮で、漱石が日本人ボーイの言葉をどう受けとめたか真意はわからない。ただ彼がこの言葉を書き留めたのは、それが朝鮮に住む「日本人」としては当然でも、漱石には驚きの発言だったからだろう。漱石もロンドンでは英語で話した。旅順を案内された彼は、旅順港でも二〇三高地でも、勝利の印ではなく、その無残な足跡を「廃墟」として呆然と眺めた。ホテルから見た港も山も、「淋しいなあ」という感想を抱かせた。彼は日露戦争では日本の勝利を喜んだが、力による抑圧には決して従わない性格だった。

『満韓ところ〴〵』は、撫順で炭坑の最下層まで降りるところで中絶する。案内されて下へ下へと進む漱石は、『坑夫』の話を追体験したわけである。中絶の理由は「まだ書く事はあるがもう大晦日だから一先《ひとまず》やめる」である。続きは未発表。日記にはハルビンで橋本と二人でオーバーを買い、大きすぎるので寸を詰めてもらった話などがあり、発表すればうけたと思うが残念である。

『それから』の行方

話が前後したが、『それから』(明治四十二年六月二十七日―十月十四日)は、予告文に漱石が『三四郎』のそれから先を書いたという説明によって、次作の『門』とともに連作と見なされている。たしかに主人公代助の年頃や、好きな女性が他の男と結婚したという点では『三四郎』と『それから』には共通点があるものの、当の人物たちとその環境は、あまりにも違いすぎる。

第一、代助は次男で、父または兄の金で一人優雅な趣味を楽しむ暮らしぶりである。三千代は両親が世を去った点で美禰子と似ているが、頼りにした兄も死んでいる。彼女は代助と結婚するものと思っていたらしいが、代助は妙な友情心から平岡と三千代を結びつけた。平岡は銀行員で、西日本を転々とした上、支店長の公金横領に絡み、辞職して東京に帰ってきた。代助とは三年ぶりの再会である。だが二人は以前のように快活に喋ることができない。

『それから』題字カット．東京朝日新聞，明治42年8月2日．

代助は父に呼びつけられて家に帰ったが、相変わらずのお説教で、息子の「軌道を支配する権利」があるかのように、「少しは人の為に」なるようなことをしなければいけないと注意した。父には蓄財の能力があり、幕末に困窮した藩の財政を回復したことがある。今は長男に権利を譲っているが、維新後、実業に転じて成功した。父の信念は「誠実と熱心」である。代助は今の世に時代遅れな、と内心思いながら、表向きは黙って御意見を伺っている。彼は父が持ち込む縁談をすべてのらりくらりと逃げ、三十になってまだ独身で、金は父から貰い、音楽会や芝居見物などの趣味を楽しむ結構な身分である。彼は、「食ふ為に働らく」ことを拒否し、「生活以上の働《はたらき》」をしたいからだと平岡に明言している。

漱石は明治四十四年八月、明石での講演「道楽と職業」で、「科学者哲学者もしくは芸術家」でもない限り、「人の為にする」のが職業で、「人の為に」働くことが結果として金銭になり生活を支えることになると言っている。その意味では、代助が「働く」場所は無償の奉仕とか「禅僧の修業」のような「道楽」しかないことになる。代助が平岡と「働く」ことについて議論したとき、代助は「衣食に不自由のない人が、云はゞ、物数奇《ものずき》にやる働らきでなくつちや、真面目な仕事は出来るものぢやない」と断言し、平岡から「君の様な身分のものでなくつちや、神聖の労力は出来ない訳だ。ぢや益《ますます》遣《や》る義務がある」と言い返され、三千代もそれに賛同する。金に困った平岡は、三千代を代助の許に遣って金を借りさせる。だが自分の金を持たない彼は、兄嫁の梅子に借金を申し入れて、結果的にはその半額にも足りない金を三千代に渡すことしか出来ないのである。彼は当時の日本には珍しい「特殊人《オリジナル》」として設定されている。抽象的論理にはすぐれ、具体的な生活問題には無頓着な人物である。だが彼にとって、その意味で「愛」は「金」よりはるかに大切である。

甦る「過去」

代助は学生時代、三千代と兄の菅沼と三人で楽しんでいた時代を思い出した。平岡がそれに参加して「三千代と懇意」になった。この関係は『心』の三角関係と一脈通ずる面がある。

この四人の関係が崩れるのは、菅沼の母が上京してチブスにかかって死亡、菅沼もそれに伝染して死んでしまったからである。三千代は近県の実家の父に引き取られた。平岡が三千代との結婚を望んだとき、代助は実家まで足を運び、父および三千代の同意を取りつけたのである。父は株に失敗して北海道に移住してしまった。三千代は代助が勧めるので平岡と結婚したのである。

代助は自分の頭脳の働きを誇りに思う人物である。だが三千代と再会して以来、彼は自分の心が三千代に吸い寄せられていくのを制止できなかった。彼は「二人の過去を順次に溯《さかの》ぼつて見て、いづれの断面にも、二人の間に燃る愛の炎を見出さない事はなかつた」。彼は三千代のために金を工面して渡した。彼の観測では、平岡の妻に対する態度は、彼らが帰京したときすでに変質していた。夫婦の距離が、自分という「第三者」のために拡がったとは「自己の悟性に訴へて」信ずることが出来なかった。夫婦の心が離れつつある原因として、彼が想定したのは一に三千代の病気と肉体上の関係、二に子供の死亡、三に平岡の遊蕩、四に会社員としての平岡の失敗、五に平岡の放埒《ほうらつ》に基づく経済事情であり、それらを勘案して、代助は、この夫婦はもともと結婚すべからざる相手だったのだと結論した。代助は三千代への気持ちが「自然の愛」だと自覚はしている。だが彼女が平岡の妻である以上、それを表に出そうとはしていない。彼は新聞社に入った平岡に対して、なるべく早く帰って「三千代さんに安慰を与へて遣れ」と言ったり、謀られたとはいえ、佐川の娘と見合いをしたり、赤坂の芸者と一夜を過ごしたりしてもいるのである。

「大地は自然に続いてゐるけれども、其上《その》に家を建てたら、忽ち切れ〳〵になつて仕舞つた。家の中にゐる人間も亦切れ切《きぎ》れになつて仕舞つた。文明は我等をして孤立せしむるものだ」（八の六）と、かつて彼は考えたことがある。そのとき彼は平岡との不仲を予感していた。だが平岡が「家」を持ったのは三千代と結婚したからであり、代助のように気ままに暮らすためではない。代助は自分が三千代の心を動かしたために、平岡が妻から離れていくとは思うことができないが、「同時に代助の三千代に対する愛情は、此夫婦の現在の関係を、必須条件として募りつゝある事もまた一方では否《いな》み切れなかつた」。他の作と同様に、ここでも代助の心の両方向性が指摘されるわけである。彼は種々の人間関係において、常に相手の意に添って当たり障りのない態度に終始し、内心では彼らを軽く見て生きてきた。彼は「感激」とか「熱誠」とか

「純粋」という言葉の裏にある「虚偽」を知っているつもりであった。父の場合が特にそうである。

代助の破綻

代助はついに三千代に愛を告白した。彼は梅雨空の中、三千代が思い出させてくれた白百合の花を買いに行き、部屋に飾った。その香りに「再現の昔」を思い、いつにない安らぎを感じた。そこには「慾得」も「利害」も「自己を圧迫する道徳」もなかった。「雲の様な自由と、水の如き自然とがあつた」。だがこの夢のような気分は、次に来る「永久の苦痛」に消し去られた。

雨に降り込められる中で、代助と三千代は世間から隔絶されたように二人で話をした。彼は「僕の存在には貴方《あなた》が必要だ。何《ど》うしても必要だ」と言い、三千代は泣いた。彼女はなかなか返事をしなかったが、不安や苦痛の泣き顔を続けたのち、「仕様がない。覚悟を極《き》めませう」と答えた。世俗的な条件を一切無視して、ただ男と女の愛だけがあるこの場面は、緊張に満ち美しい。三千代は漱石が創造した女性像の中で、もっとも意に適った女性であろう。気取りも偏見もなく、もちろん金銭欲や世間の目も気にしない。「自然」のまま振る舞う女性である。

この後の結末は記すまでもなく、平岡は「三千代さんを呉れ」と頼む代助に「うん遣《や》らう」と答えるが、三千代が病気で寝ついたから、治ったら遣ると言った。彼は絶交を宣言して去り、代助の父に事の顚末を手紙で知らせた。父の代理で兄が来て、同じく絶縁を言い渡して帰る。孤立無縁の代助は、重症だという三千代を案じて平岡の家のあたりをうろつくが、事態は何もわからない。

小説の始めに、父と平岡から来た二通の手紙が提示されるが、物語はそれを契機として展開し、その二人から縁を絶たれて終わる。その代わりに、代助は三千代の心を取り戻した。どんな犠牲を払っても彼女を得たいと願った彼の恋愛は、当時流行しはじめていた恋愛至上主義と呼んでもいいが、その一方で生活のための金銭の問題も同時に浮上する。それでも恋愛を選んだ彼は、これまでの主張を捨てて、金を得るための職さがしに出なければならない。電車に乗った代助には彼の嫌いな「赤い」ものばかりが目につき、郵便ポストや赤い風船や売り出しの赤旗や赤ペンキの看板などが、頭の中で焔のように回転しながら燃え上がった。彼は「自分の頭が焼け尽きる迄電車に乗つて行かう」と決心した。その後の二人の運命は不明である。

『煤煙』と『額の男』

『それから』の連載が始まる直前まで、東京・大阪の朝日新聞は森田草平の『煤煙《ばいえん》』と、長谷川如是閑の『?』(のち『額《ひたい》の男』と改題)を掲載していた。前者は作者森田とその愛人である奥村はる(平塚らいてう)との恋愛と心中未遂事件に基づく告白小説である。

——妻子ある小島要吉は家族を残して上京、「文学」をめざす。だが妻子が後を追ってきてから生活が乱れ、中学校で英語を教えるかたわら、文学講座の聴講に来た真鍋朋子と知り合い、恋仲となった。だが自立をめざす朋子と衝突することもしばしばで、ついにその解決のため心中を企て、栃木県塩原に行くが、要吉は情死の寸前に「生きること」を選び、そこで二人を探索中の追手に保護される。——

この事件は高学歴の男女の心中未遂として大きく報道され、二人は社会的に葬られそうだったが、漱石はしばらく森田を自宅に匿ってやり、朝日紙上に『煤煙』を発表するよう勧めた。もっとも、鏡子は夏目家に謹慎中の森田は、最初は小さくなっていたが次第に態度が大きくなり、夜遅くまで酒を飲みに行っていたと語っている。『それから』(六の二)に、代助の家の書生の門野《かどの》が連載中の『煤烟』を話題にする箇所があり、「現代的の不安が出てゐる」と賞めるのに対して、代助は「肉の臭《にほ》ひがしやしないか」と問い、「しますな。大いに」という答えに沈黙する場面がある。代助が三千代への気持ちを純粋に心だけの問題としたかったことの例証である。「『煤煙』の序」で、漱石はこれが検閲に触れる可能性を考えて、前半の「要吉が郷里に帰つて東京に出て来る迄の間を、取敢《とりあえ》ず第一巻として」出版した事情を記し、ただしこの小説は前半では事件ばかりが充実して、要吉の「性格が出てゐない」と卒直な感想を述べている。この文の初出は『それから』連載終了後である。

一方『額の男』(新聞初出『?』)は『それから』直前まで大阪朝日に連載された。長谷川如是閑は当時、大阪朝日に在籍していた。この小説は高い識見を抱きつつ無為に暮らす羽仁《はに》を中心に、彼を慕う富佐子、ピアニストの青海《あおみ》、実業家の上遠野《かどの》、羽仁の妹で上遠野の婚約者妙子、羽仁が預っている友人の妹の小夜子という少女らが主な登場人物である(彼女の兄は留学中)。

小夜子は別だが、彼らはみな議論好きで、会えば議論になる場面が多い。個々それぞれの考えは興味深いが、彼らの「生活」が描かれていない難もある。父の遺産を受け継いで東京で生活している羽仁は、「額の男」という題名そのままに、思索に耽り、欲望の実現を第一とする現実社会に批判的である。しかし彼は自分の考えを何らかの形で実行しようとはせず、金持ちになった上遠野が妙子と結婚することにも口出しはしない。富佐子や青海は羽仁びいきで、妹や上遠野に忠告・反論しない羽仁に苛立つが、羽仁はそれが現在の道徳であるからやむを得ないと言うだけである。彼は妹には、「昔の人間は、理想を現実の帰着点と見た」から「近づき得るだけ現実を理想の方へ進ませうとした」、「所が今の現実は理想を背後に見て進」み、「出来るだけ之《これ》に遠ざかるのが進歩だとして居る」と説き、「結婚も否定するのね」という妹の問いには、「否定するほどの価値もない」「便宜上の話」で、それを何と呼ぼうと構わないと答える。彼にとって、人類は「理想としては、男女の絶対的貞操によつて絶滅すべきもの」なのだ。年を取ると人間は死ぬ。だが「夫《そ》れが、死は生命であるといふ証拠」で、「個々の生命の死には細胞が刻々と新陳代謝」するように、「より大なる生命を作《な》す所以《ゆえん》」だと教えられた妙子は泣きそうな顔で沈黙してしまった。小説は羽仁が突然全財産を処分して、「西洋」に行く決意を青海にしたところで終わるが、「自分一個のメッカ、自分一個のジュルサレム（エルサレム）を求めて居る」と言う彼が、為すべき道を求める人だったことだけが明らかになる。青海は「未だ片附かぬもの」があると思った。

漱石は「『額の男』を読む」（大阪朝日新聞、明治四十二年九月）で、「全く篇中人物の意見《オピニオン》其ものゝ興味である」、「あの意見《オピニオン》は、世の中を傍観する頭脳的《インテレクチュアル》な遊芸に似た所がある。キツト（ウィット）は無論有り余る程あるが、惜いかな真正の意味に於ての真理、摯実なる観察としての概括とはどうも受け取り悪《にく》い」「其人物の意見《オピニオン》が篇中人物の関係を動かして来なくてはならない、など正負両面の特色を剔出した。

しかし、漱石自身が、この批判はかつての自作にも共通すると認めたように、『猫』や『草枕』の意見《オピニオン》も、「篇中人物の関係を動かして」はいない。『額の男』の「移ら」ぬ性格を指摘したとき、漱石は、甲野の「道義」によって強引に物語の結着をつけた『虞美人草』を経て、「頭脳的な遊芸」にも似た「意見」を通してきた男が、それを捨てて「行為」に移らざるを得ない小説、『それから』を書き終えたばかりだった。

一方、如是閑に言わせれば、この作は「不満の数々を並べた」(「初めて逢った漱石君」)という『虞美人草』に対する一種の批判だったはずで、それとほとんど同じ人間関係(甲野＝羽仁、藤尾＝糸子、小野＝上遠野、宗近＝青海、糸子＝富佐子)を設定しながら、肝心の羽仁の論理は上遠野や糸子を承服させることができず、問題を解決することができない(あるいはしない)まま放置する。そこには、文明も恋愛もそう簡単には「片附かぬ」という認識がこめられていたのではないか。「文明といふ急行列車」は乗客たちの楽観的な「希望」を載せて走るが、行く先は不明である。「一切を捨てる」ことによって絶対的な「自由」を求める羽仁は、「自分一個のメッカ」を探す「順礼《ママ》」の旅でそこに行きつくことができるのか、これも同様に「?」である。『それから』の代助もまた、「自分の頭が焼け尽きる迄電車に乗つて行かうと決心した」。動機も目的もそれぞれに違うけれども、彼らが時代の「道徳」に逆らって、どこまでも進まなければならないことを痛感させられる作品である。

「朝日文芸欄」創設

漱石のこの年締めくくりの大仕事は、「朝日文芸欄」の創設だった。明治四十二年十一月二十五日から始まり、四十四年十月十二日まで続いた。漱石が統括責任者で、実務は森田草平が編集、小宮豊隆が補助という形であった。吉田精一の『朝日文芸欄』(日本近代文学館編)「解説」が言うように、先行する「国民新聞」の「国民文学欄」にならったものだが、漱石は「煤煙事件」で世間から葬られかけた森田の生計を考えて、この欄を引き受けたらしい。第一回は先述した森田草平『煤煙』前編単行本の序である。森田は『煤煙』を前後編として発表しようと考えていた。

森田草平(左)と小宮豊隆(右).
写真提供：日本近代文学館.

文芸欄は主として文学、美術、演劇などの批評紹介と、「柴漬《ふしづけ》」と題するそれらの世界の余話・裏話の二編で構成されている。主な執筆者は、漱石を筆頭に、森田、安倍能《よし》成《しげ》、阿部次郎、小宮で、その他、漱石の知人、教え子が多い。そのため漱石は門閥を作っているという風評も立ったが、漱石は意に介さなかった。後述するように、文芸欄は池辺三山の退社および漱石の辞表提出を機に消滅した。

閉ざされた門

『門』(明治四十三年三月一日―六月十二日)がこれまでの漱石作品と違うのは、現在宗助・御米《およね》夫婦が、崖下の借屋にひっそりと暮らしていることである。二人には口に出せない過去があった。宗助は京都の学生時代、安井と親しく交わった。安井はある時(おそらく大学二年になる夏休み)横浜へ行き、若い女を連れて帰り、「妹だ」と紹介した。それが御米である。宗助は次第に彼女とも馴染み、三人でよく遊んだ。「事は冬の下から春が頭を擡《もた》げる時分に始まつて、散り尽した桜の花が若葉に色を易《か》へる頃に終つた」。「大風《おおかぜ》は突然不用意の二人を吹き倒したのである」。「彼等は砂だらけになつた自分達を認めた。けれども何時《いつ》吹き倒されたかを知らなかつた」。これらの引用部(十四の十)は、宗助の回想として抽象的な形容で記されているが、要するに宗助と御米は、それと自覚しないままに「恋」に落ち、気がついたときには抜き差しならぬ関係に陥っていたわけである。それが曝露した結果、二人はすべての関係から絶ち切られ、どこまでも「歩調を共にしなければならない事」になった。御米が安井の妹ではないことを薄々知りながら、姦淫の罪を犯した自分を、彼は世間の指弾どおりに受けとめたのである。二人は広島、福岡と流れ歩き、やっと東京に戻ってきたが、口には出さぬもののその前歴を忘れたことはない。

宗助の今の職業は下級官吏で月給は「二十三円以下」である(『全集』注、四十三年三月二十八日「俸給令改正」)。漱石の非常勤講師料一月分より安い。彼は廃嫡は免れたから、父が死んだときその財産を受け継ぐ権利があったはずだが、叔父の佐伯《さえき》はその遺産を整理してくれた後、急死してしまった。叔母の話では、邸宅を売り払い宗助に渡した二千円(ただし千円は弟小六の学費として預る)以外に四千数百円が残ったそうだが、叔父は神田の表通りに家を立て、小六の財産にしようとした目算が狂って、新築の家は火事で焼けてしまったという。『心』の「先生」は父の死後、父の実弟である叔父に不信感を持ち、友人に家財を売ってもらったため難を逃れ、働かない生活をしているが、宗助は財産の処置すべてを叔父に任せたために、貧乏暮らしをせざるを得ないのである。宗助が叔父の死後受け取ったのは、「抱一《ほういつ》」と落款のある屏風だけであった。

『門』題字カット.
東京朝日新聞, 明治43年4月5日.

大家の坂井

この屛風が縁で宗助は崖上に住む大家《おおや》の坂井と親しくなる。漱石得意の、ふとしたことが縁で人と人を結びつける展開である。宗助は坂井家に入った泥棒が崖から投げた手文庫を持って行き、そのゆったりとした人柄を知った。彼は三十五円まで釣り上げて売った屛風が八十円で坂井の手に渡ったことを知って驚くが、寮を出る小六が同居することになれば、売れるような金目のものは屛風しかなかったのである。

御米は結婚以来、病気がちで、よく床に臥せることがある。彼女は転居のたびに妊娠したが、いずれも失敗した。易者は、あなたには子供はできないと宣告し、彼女を失望の淵に落とすが、彼女は健気《けなげ》に振る舞う。同居することになった義弟の小六ともうまく付き合えるようになり、宗助はときどき坂井の許へ話に行き、貧しくとも平穏な生活が続くように見えた。だが運命はそう簡単に二人を許しはしなかった。

暮になり、人並みに新年を迎えるために、彼は床屋に行った。彼は「ぼんやりした掛念《けねん》」を心に抱いたまま床屋の「冷たい鏡のうちに、自分の影を見出した時、不図《ふと》此影は本来何者だらうと眺めた」。平凡な生活には似合わない疑問である。その帰り道、彼は坂井家に立ち寄った。そこは相変わらず陽気な笑い声に充ちていたが、「一人妙な男が」交じっていた。甲斐の国から反物を背負って売り歩く織屋である。宗助は主人の坂井に勧められて御米のために銘仙の反物を三円で買ったが、家に帰る間、気がかりだったのは、織屋の「油気のない硬《こわ》い髪の毛が、何《ど》ういふ訳か、頭の真中《まんなか》で立派に左右に分けられてゐる様《さま》」だった。「何ういふ訳か」という表現に、彼が避けてきた記憶の甦りがこめられている。前述した彼の過去の回想に、安井は「髪の毛を長くして真中から分ける癖があつた」と記されている。

運不運はいつも隣り合わせである。正月七日に、宗助の経済状態を察していた坂井は宗助を呼び、書生が兵役に取られていなくなったので、小六を書生に寄越さないか、と申し出てくれた。ありがたくそれを受けた宗助は、その代わりに主人の弟が学生時分から手を焼かせ、今は蒙古にいて、妙な仕事をしている「冒険者《アドヴェンチュアラー》」だという話を聞かされた。今東京に帰っていて、蒙古王の一人に貸すために二万円の借金を申し込んで来た、明後日の夜来るから一緒に会ってみないか、と誘われたのである。弟さん一人かと聞くと、弟の友達で安井とかいう男が一緒だと言うので、宗助は「蒼い顔をして坂井の門を出た」。

蒙古はいくつもの王家に分かれていたが、特にカラチン王は親日家で、北京警務学堂（警察学校）の川島浪速《なにわ》は日本の蒙古進出を考え、カラチン王と視察のため日本へ行き、「日本の事業家とこの王様とを組み合せて蒙古へ手を伸ばして一仕事興してみる考」を二葉亭に洩らし、成功したら君はそちらを担当して欲しいと言ったという(『二葉亭四迷全集』坪内雄蔵宛書簡)。カラチン王は明治三十六年来日し、同年末、河原操子《みさこ》が同王室の教育係として赴任した。『門』の作中年代の下限を官吏増俸の件から四十三年春とすれば、蒙古の「冒険者《アドヴェンチュアラー》」は、さらに増えていたはずである。

禅修業

安井の名を聞いて以来、宗助は不安に押し潰《つぶ》されそうな日々を過ごした。役所の仕事も手につかず、安井が来るという当日は、牛鍋店で酒を飲んで遅く帰った。彼は安井の件を御米にも話さず一人苦しんだ。「天が波を打つて」伸び縮みし、「地球が糸で釣《つ》るした毬《まり》の如くに大きな弧線を描いて空間に揺《うご》」く「魔の支配する夢」も見た。坂井からはその後何も言ってこなかったが、彼はこれまでの「忍耐」の生活から「積極的に人世観を作り易《か》へなければならな」いと決心し、「心の実質」を太くするために坐禅を学ぼうと決心した。

同僚の知人から紹介状を貰い、役所を病気欠勤して、彼は鎌倉で十日ほど禅修業に励んだ。おそらく漱石が明治二十七年末から二十八年はじめにかけて体験した、鎌倉円覚寺での禅の修業がそのまま適用されているが、公案として出された「父母未生《みしょう》以前本来の面目」とは何かという題さえ同じである。先述したようにこれは漱石が参禅以来、いつも念頭から離れなかった難問である。当然、宗助の答えも老師から一蹴され、彼は空しく帰宅せざるを得なかった。

円覚寺惣門．明治20–30年代．小説『門』では主人公の宗助が参禅，かつて漱石自身も訪れた．写真提供：鎌倉市立図書館．

自分は門を開《あ》けて貰ひに来た。けれども門番は扉の向側にゐて、敲《たた》いても遂に顔さへ出して呉れなかつた。たゞ、「敲いても駄目だ。独りで開けて入れ」と云ふ声が聞えた丈《だけ》であつた。（中略）彼は前を眺めた。前には堅固《けんご》な扉が何時《いつ》迄も展望を遮《さえ》ぎつてゐた。彼は門を通る人ではなかつた。又門を通らないで済む人でもなかつた。要するに、彼は門の下に立ち竦《すく》んで、日の暮れるのを待つべき不幸な人であつた。（二十一の二）

帰宅後の宗助の生活は、表面上、以前と何も変わらない。御米はもちろん、坂井も小六も同様である。安井は何事も知らずに蒙古へ帰り、役所では「みんなから病気はどうだと聞かれた」。今回の「雨雲」は辛うじて頭に触れずに通り過ぎたが、「是に似た不安」は、これからも繰り返されるだろうという「虫の知らせ」が宗助にはあった。「それを繰り返させるのは天の事であつた。それを逃げて回るのは宗助の事であつた」と記す漱石には、「天意」のままに動かされる人間の姿が、無力な憐れむべきものと見えていた。『それから』の代助は「天意に従ふ代りに、自己の意志」に殉ずる(三千代を諦める)か、「天意には叶ふが、人の掟に背く恋」を選ぶかの選択に迷った。人間の「意志」はしばしば間違いを選択する。『門』の宗助夫婦のケースをこれに当てはめれば、二人は当然、後者である。だが彼らは「意志」を確認するいとまもなく、突発的な「嵐」に襲われたという説明がなされているだけである。その意味では二つの区分は代助の頭脳で考え出されたにすぎず、強いて言えば後者の「天意」のいたずらが宗助夫婦には働きかけたと言うべきだろう。夫婦は世間の復讐は恐れるが、今の自分たちの関係が間違っているとは思っていない。一旦起ってしまった出来事は、どこまでも「継続中」(『硝子戸の中』)で、時々表面に浮かび上がる。宗助も予測するように、同様の試練はふたたび宗助を襲うかもしれない。春が来てありがたいと言う御米に対して、「うん、然し又ぢき冬になるよ」と答える宗助は、縁側で爪を切っている。小説は冒頭の場面に戻って終わるのである。人生もこのようなものかという感を禁じえない。

『門』の題名は小宮豊隆によると、漱石が面倒くさくなって、森田草平に適当に考えてくれと依頼したものらしい。森田は小宮と相談し、机上の『ツァラトゥストラ』をいい加減に開くと、「門」という言葉があったのでそれに決めたという。出来すぎた話だが、どんな題でもそれに合致したものを書いてみせるという、当時の漱石の自信が感じられる。

第九章　修善寺の大患

胃病悪化

『門』執筆中も漱石の胃痛はたびたび起った。原稿執筆が終わるや否や、彼は麴町区(現在の千代田区)一丁目にあった長与《ながよ》胃腸病院で診察を受けた。院長長与称吉は高名な内科医、弟は作家の長与善郎である。漱石の日記(四十三年六月九日)には「便に血の反応あり。胃潰ヨウの疑あり」とある。続いて十三日にも血便が甚だしく、外出歩行と謡を禁止されたが、止められると逆にやってみるのが彼の性癖である。帰宅後、夕食前後に、彼は謡を二曲うたい、「是で悪くなれば自業自得也」と記している。六月十六日に入院加療が決まり、十八日に入院したが、院長の長与は病中で、杉本副院長が指揮に当たっていた。朝日新聞からは上野精一、池辺三山、杉村楚人冠《そじんかん》ら幹部をはじめ、弓削田秋江や石川啄木らの知人、森田、小宮、松根東洋城らの弟子たちはもちろん、噂を聞いた愛読者を含めて連日多数の見舞客が訪れた。鏡子は子供たちの世話もあり、相談を兼ねてほぼ一日置きくらいに現われた。兄や姉も見舞いに来て、病室はまるで夏目家の応接室のように賑わった。漱石は退屈する暇もなかっただろうが、食事が「三度々々半熟玉子一個。牛乳一合」、朝はこれにパン二切れ、昼は刺身、夜は玉子豆腐や煮魚と決まっていたから、漱石は飽きてウンザリした心持ちを日記に記した。折よく帰国中の中村是公が、立派な楓《かえで》の盆栽をくれたのは眼の保養になっただろう。

治療は出血が止まって二週間後から、腹部をコンニャクで蒸すのである。その跡は「火ぶくれの様に色が変る」と言われたが、彼は腹だから差し支えないと承知した。七月から二週間コンニャク療法をし、膏薬《こうやく》でその跡を治療、硝酸銀の薬を飲み続けて、胃は快方に向かった。

その間に死亡した患者もいたし、退院した患者もいた。漱石は看護婦からさまざまな患者の様子を聞いている。二階の病室からは日比谷公園が見え、景色がよかった。彼はそれを眺めながら原稿を書き、外出を許されるとまず床屋に行き、日比谷や銀座を散歩した。退院は七月三十一日、一等の入院費は十日ごとに三十七円五十銭、それに派出看護婦会からの付添い看護婦代三円五十銭(五日分)、コンニャク代二十七銭である。約百七十円の費用を要したことになる。

修善寺温泉へ

彼は退院後一週間、自宅で安静にしていたが、東洋城の誘いで修善寺温泉で湯治することにした。東洋城は北白川宮の御用係となり、若宮の随行係として自分もそこに行くからと誘ったのである。出発は八月六日、新橋駅で東洋城の分と二枚切符を買って待ったが、彼は来なかった。この旅は最初から付きがなかった。車掌が東洋城の電報を持ってきて国府津《こうづ》か御殿場で待ち合わせることになった。当時の東海道線は、国府津から御殿場経由で沼津に行く。沼津から三島へ、三島から大仁《おおひと》へ、そこからは人力車でやっと修善寺の菊屋別館に着き一泊、翌日は本館に移らされ、東洋城が談判した結果、十日まで三階の十畳間に泊まることになった。漱石は疲労して早くも「胃常ならず」と日記に書いている。夜十時になって東洋城が来て、一時間ほど話して帰った。翌八日には胃痙攣が始まり、便通はあったが、夜も発作があったので、これなら胃腸病院にいた方がよかったと後悔した。

八月九日から豪雨になった。伊豆鉄道(現在の西武・伊豆箱根鉄道)が止まるという噂もあり、泊り客は動けなくなった。雨は降り続き、十二日になって漱石は胆汁と酸液を一升ほど吐き、水と牛乳しか飲めなかった。東洋城が夏目家へ病状を通知、いつでも来られるよう支度せよと連絡したが、すぐ電報で取り消した。漱石が妻を呼ぶに及ばずと言ったのだろう。夏目家にはまだ電話がなかった。十六日の日記には「苦痛一字を書く能はず」とだけあり、二十日になって十七日からの状態が覚え書きにされているが、十七日吐血、「熊の胆の如きもの」を吐くとある。東洋城は慌てて朝日新聞に連絡し、朝日社会部記者の松崎天民が長与病院を訪ねて相談の結果、同院医師の森成麟造《もりなりりんぞう》が派遣された。朝日からは漱石の教え子の坂元(旧姓白仁《しらに》)雪鳥《せっちょう》が同行し、漱石滞在中の事務を担当した。森成が診たところ、漱石の病勢は「甚だ険悪の兆」があった。彼は松崎、坂元と協議し、大至急、鏡子に来てもらうことにした。

鏡子は子供たちが母(鏡子の母)と一緒に海水浴に茅ケ崎《ちがさき》へ行っていたので、それを迎えに行き、箱根にいた妹と弟も無事横浜の家に帰ったから、母を横浜へ送り、自分は茅ケ崎に一泊するつもりだった。そこへ修善寺からの電報が回送されてきたという次第である。鏡子は子供たちを茅ケ崎の家主に頼み、母を追って横浜へ行ったが、遅くなって汽車がないので翌二十二日の午後修善寺に到着した。森成は長与院長の病気が心配で、帰京したかったが、鏡子の抗議と院長名のそこに留まるべしとの電報で、漱石に専念することになった。漱石は二十一日の夜には窓辺まで蒲団を引きずって花火を見、二十二日夜には坂元、森成、鏡子が水瓜を食べるのを見ていた。自筆の日記は八月二十三日で一旦途切れる。八月二十四日から九月七日までは、鏡子が書いたものである。ただし、八月二十一日ごろから中絶までの日記の記述は、鏡子や森成の回想と食い違う点もある。

二十日に最終列車で来た朝日の渋川玄耳は、池辺と相談してどんなことでもしてやると言ったが、「来て見れば夫程《それほど》にもな」い、と言った。

八月二十四日夕方に長与病院の杉本副院長が来て診察、別室で森成、坂元らと食事にかかる

伊豆修善寺温泉の菊屋旅館「大患の間」．漱石は胃潰瘍の療養で宿泊中に病勢が悪化し，一時危篤状態に陥った．『漱石写真帖』より．

ころ、漱石は鏡子に「彼方《あっち》へいつてゝくれ」と言った途端、ゲエーッと不気味な音を立てて鼻から出血し、鏡子につかまって大出血を始めた。彼は仮死状態に陥ったのである。鏡子の悲鳴と大声を聞いて、杉本、森成らが駆けつけたときは、漱石は鏡子の膝に突っ伏して、顔面蒼白、あたりは血だらけであった。「御気分は？」と問いかけると「ハァ楽になりました」と微《かす》かに答えたが、十分ほど経つと、またゲエーッと響く空《から》嘔吐があり、脈拍が止まった。森成は「搔《か》き挘《むし》らるる如き苦悶と、尻が落ち付かない様な不安」とに圧迫されたが、狼狽しては駄目だと思い、病体を蠟細工とみなして、「コレデモカ？　コレデモカッ！」と注射を続けた。鏡子筆の日記では、カンフル注射十五と食塩注射である。そのうちに、検脈をしていた杉本が、突然「脈が出て来た!!」と狂喜して叫んだ。森成も喜びのあまり両眼から涙がこぼれた。

両医師はこれからどう処置すべきかをドイツ語で話し合った。そのとき突然、漱石は目を開いて、「私はまだ死にませんよ」と言ったそうだ。「何《ど》うして斯《か》く迄皮肉に出来上つて居る病人であらう」と森成は書いている。リンゲル液はあったが、注射器が壊れかけのものしかなかったので、それを「唯一の武器」として、彼はリンゲル液を体内に送った。

「死」からの生還

漱石はこの得難い体験を「天賚《ブリス》」として、『思ひ出す事など』(とぎれとぎれで、明治四十三年十月二十九日—四十四年二月二十日)を東京・大阪両朝日に連載した。彼は当日の夕方から翌朝までのありさまを残らず記憶していると思っていた。だが妻が代わりに書いた日記を読んで、自分が「実に三十分の長い間死んでゐた」ことに愕然とした。急に胸苦しさに襲われた彼は、「折角親切に床《とこ》の傍《わき》に坐つてゐて呉れた妻」に、暑いからもう少し退いてくれ、と「邪慳に命令した」。彼がこんな反省の言葉を妻に関して用いることは滅多にない。彼は寝返りを打とうとして脳貧血を起し、妻の浴衣《ゆかた》に吐血したことも、坂元が「奥さん確《しっ》かりしなくては不可《いけ》ませんと云つた」ことも、何も覚えていない。

多少の意識が戻ったのは、おそらくは二人の医師が脈を取りながら、ドイツ語で交わした会話を聞いたときである。二人は「弱い」「駄目だらう」「子供に会はしたら何《ど》うだらう」などと話していたという。彼は生と死との関係が「如何にも急劇で且《かつ》没交渉」なことを深く感じた。「生死」とは「大小」などと同様に一括りにされるが、これほど「唐突なる懸け離れた二象面《フェーゼス》が前後して」自分を捉えた以上、それらを同性質のものとして関係づけることがどうして出来よう。彼は若いころから生死に敏感だったが、それが切実な問題として住みついたのは、この大病以来である。

「生を営む一点から見た人間」は、相撲取りが四つに組んで静かに見えるのと同じで、腹部は波打ち、背中は汗だらけである。命のある限りこの苦しみが続くとすれば、人間は「精力を消耗するために」生きているようなものだ、と考えてきた彼は、病気になって、それが覆されたことを自覚した。多くの人々の親切が、「住み悪《にく》いとのみ観じた世界に忽ち暖かな風」を吹かせたからである。彼は病に謝し、「余のために是程《これほど》の手間《てま》と時間と親切とを惜まざる人々に謝した。さうして願はくは善良な人間になりたいと考へた」。

漱石は十月十一日に特製の担架に乗せられて帰京し、そのまま長与病院に移った。雨中の出発だったので、担架は白布で覆われ、彼は日記に「わが第一の葬式の如し」と記した。三島からは一等室を一輛借り切った。

長与病院は病室を改装して待っていた。だが院長に会うことは出来なかった。翌日鏡子に聞くと、院長は先月五日に亡くなり、森成医師が帰京したのは、その危篤と、葬儀のためであることがわかった。「治療を受けた余は未だ生きてあり治療を命じたる人は既に死す。驚くべし」。大塚保治夫人で作家の大塚楠緒子も十一月に死亡した。

逝く人に留まる人に来《きた》る雁

面会謝絶だったが見舞客は相変わらず多かった。彼は「願ふ所は閑静なり、ざわつく事非常に厭なり」と日記に書いた。一等患者三人のうち、二人は死亡、漱石だけが生きて翌年二月二十六日に退院した。

第十章　講演の旅に出る

博士号辞退

文部省が漱石に博士号を授与すると決めたのは、彼が帰京してまだ入院中の二月のことである。彼は以前から、単に博士号を取得するために勉強するような学者を軽蔑していたから、鏡子が持参した通知を見て、ただちに辞退を申し出た。彼は明治四十四年二月十九日の東京朝日新聞で、これまでの博士号を持つ人々の「博士会」が、森槐南《かいなん》、夏目漱石、幸田露伴、佐佐木信綱、有賀長雄の五人を文学博士に推薦したことを知っていた。

小生は今日迄たゞの夏目なにがしとして世を渡つて参りましたし、是から先も矢張りたゞの夏目なにがしで暮したい希望を持つて居ります。従つて私は博士の学位を頂きたくないのであります。

正面切っての辞退の言葉である。当時の文部省専門学務局長は、彼と大学予備門で一緒だった福原鐐二郎である。文部省は漱石の意志を無視して、四月になって一方的に学位記を送ってきた。漱石はすぐにそれを返送した。福原は漱石を訪問して、受け取るよう説得したが、漱石は譲らず物別れになった。文部省は再度、福原の書簡とともに学位記を送った。「已《すで》に発令済《ずみ》につき」辞退の方法はない、というのである。漱石も再度これを返送した。漱石の言い分は次のとおりである。

「小生は学位授与の御通知に接したる故に、辞退の儀を申し出《い》でた」。「学位令の解釈上、学位は辞退し得べしとの判断を下すべき余地」がある。それにもかかわらず、「小生の意志を眼中に置く事なく、一図に辞退し得ずと定められたる文部大臣に対し、小生は不快の念を抱く」ことを言明する。「小生は目下我邦《わがくに》に於《おけ》る学問文芸の両界に通ずる趨勢《すうせい》に鑑《かんが》みて、現今の博士制度の功少くして弊多き事を信ずる一人《にん》」である云々。

彼は「博士問題の成行」(東京朝日新聞、四十四年四月十五日)を公表し、自分の意思を説明するとともに、「博士制度は学問奨励の具として、政府から見れば有効に違ひない。けれども一国の学者を挙げて悉《ことごと》く博士たらんがために学問をすると云ふ様な気風を養成したり、又は左様《さう》思はれる程にも極端な傾向を帯びて、学者が行動するのは、国家から見ても弊害の多いのは知れてゐる」と付け加えた。

彼が博士号を辞退したことはすぐに新聞で報道され、昔からの友人や新しい知人らが多数賛成してくれた。もちろん博士号を拒否したことを残念がった者もいる。その中で昔、一高で英語を習ったマードック先生から、「真率に余の学位辞退を喜こぶ旨が書いてあつ」て嬉しかった。「今回の事は君がモラル、バックボーンを有してゐる証拠になるから目出度《めでたい》」と言うのである。マードックはスコットランド生まれの日本史研究家で、オックスフォードで古典および近代各国語を学び、明治二十二年から四年間、一高の教師を務めた。その後南米へ行き、再来後は、第四、第七高等学校教師をしながら、長大な『日本歴史』を執筆しつつあった。彼の書簡には「辞任の必ずしも非礼でない」実証として、グラッドストーン（英国の元首相。一八〇九―一八九八）の伯爵辞退や、ハーバート・スペンサー（英国の哲学者。一八二〇―一九〇三）の大学総長辞退の例を挙げ、「吾等が流俗以上に傑出しやうと力《つと》めるのは、人として当然である。けれども吾等は社会に対する栄誉の貢献によつてのみ傑出すべきである」と書かれていた。

漱石のマードック先生に関わる文章は、東京・大阪の両朝日新聞に四十四年三月に発表された。二月から動かなかった博士号問題が、四月になって突然再燃したのは、漱石がマードックの手紙を借りてその辞退を一般に公表したことも一因だったに違いない。学位記は漱石から再度文部省に返され、宙に浮いたまま有耶無耶《うやむや》になった。

漱石は五月にも「文芸委員は何をするか」を朝日文芸欄に書き、政府が計画している文芸院の創設に反対した。文学者たる者、政府機関に管理されては、次第に筆先が鈍《にぶ》り、自由な考えが書きにくくなるからである。「自己」を原点とする漱石の面目躍如たるものがある。

講演の旅

この年（明治四十四年）は小説を連載することがなかったが、諸方から講演を依頼されることが多かった。六月には信濃教育会の依頼で長野へ行き、講演した。鏡子は病後の身体を心配して、彼が嫌がるのを押して随行した。十七日長野で投宿、夜には、郷里高田に帰って医院を開業した森成が訪ねてきて、母校の高田中学での講演を依頼した。

長野の講演は十八日午前、その前に善光寺に参詣し、偶然東京朝日の松崎天民に出会った。演題は「教育と文芸」である。文学を「ローマンチシズム」とナチュラリズムの二種に大別し、前者は「昔の徳育」と、後者は「現今の事実を主とする教育」と相通ずるという点に主意がある。だがそれらの文学は無関係に存在するわけではなく、「自然主義」も「日本の文学の一部に表はれた様なもの」ではない。人間の心に「ローマン主義の英雄崇拝的情緒的の傾向の存する限り」、それを無視して「人間の弱点許《ばか》りを示すのは、文学としての真価を有するものでない」。「人間の弱点」を写しても、「之に対する悪感」や「倫理的の要求」が生まれるような文学でなければならないというのが彼の主張である。教育も同様で文学の二傾向と「密接なる関係」を持つと断言する結論となっている。

この講演ののち、夫婦はすぐに高田へ向かい、森成の新居に宿泊した。高田には「一筋に細長い町」だという印象が残った。高田中学の講演は午前九時開始、聴き手は中学生が中心であるため、話は簡単である。活字化に際しての題目は「高田気質を脱する」である。要するに、ある土地で生まれ育った人間は、たとえば高田で生まれると「高田気質」に染められるが、できるだけ今のうちから「愛郷心」に縛られて終わらずに、広い視野を持ち、「日本人」、さらには「世界的人物になる様な人格を造つたら良いと思」う、と言うのである。「もう時間がありませんから」、「要領を得ませんが」終わりますと結んでいる。雨の音が激しく響く講堂だった。

次の講演「我輩の観た「職業」」(六月二十一日)は、長野に集まった教育者たちの中で、諏訪の人物が依頼したものらしい。十九日昼に高田を発ち、雨中の汽車で直江津から新潟県の五智《ごち》に行き、和倉楼《わくらろう》に宿った。五智の国分寺には五智如来があり、昔、親鸞上人が流罪にされた謫《たっ》居《きょ》の跡もあった。夜には高田に帰り、二十一日早朝七時に高田出発、松本へ行き松本城、諏訪湖を見物、諏訪小学校で「我輩の観た「職業」」の題で講演、即日帰京した。

細かなスケジュールを記したのは、それが、かなりの強行軍だからである。ここでの講演は――時代が進むにつれて職業が分化、細分化し、「専門以外の智識」を持たない「不具者《ママ》」が増えてくる。同業者の同盟はあっても、異なる業界との交流はない。この「分科的孤立を救ふ」には演説会もいいが、「更によい方法」は文学を読むことである。文学は「道楽」のように見えるが、他の職業と同様、「人に利益を与へる」ことによって金を稼ぐ仕事である。文学を読んで「人類の接触点」を増やして欲しい――。最後に漱石は、「相成可《あいなるべ》くは私の書いたものを」という言葉を「行きがけのお駄賃として」追加している。

彼の講演は、単刀直入に本題に入らず、挨拶や冗談を言って時間稼ぎをしているのかと思えば、それがいつの間にか本題への導入になっている特徴がある。聴衆の質に応じて、出来るだけ平易な言葉を用い、巧みに比喩を用い、古今の故事を引用して聴き手の理解を援ける。その意味では、彼の講演は彼の小説執筆から会得した技術の結果とも言えるし、逆に講演が『門』以後の小説文章を育てたと言うことも出来るだろう。この年の彼は、八月に大阪朝日の連続講演会にも出かけた。

大阪朝日の講演会

ここでそれらの内容すべてに触れることは出来ないが、まず題名と場所を示すと、

一、「道楽と職業」(明石、八月十三日)
二、「現代日本の開化」(和歌山、八月十五日)
三、「中味と形式」(堺、八月十七日)
四、「文芸と道徳」(大阪、八月十八日)

の四回である。

「道楽と職業」は、基本的には、六月に諏訪で行った講演と同趣旨である。それを精密にして、特に「道楽」である文学の性格を委しくしたものと言っても差し支えない。「職業」については「私此《こ》の間も人に話したのですが」という断わりがあるが「道楽」の方は時間のせいで簡単に済ましたので、改めて話すことにしたのだろう。もちろん、こちらの方がわかりやすい。

彼の前座として、当時大阪朝日に在籍した牧放浪《ほうろう》が「満洲問題」の題で講演した。聴衆の中には、福井出身で東大英文の学生、漱石の大ファンだった林原耕三(当時は岡田の姓)がいた。彼は明石まで漱石の講演を聴講に行き、まもなく漱石本の校正をするようになった。

「現代日本の開化」

十四日に大阪から和歌山に行き、和歌の浦に泊まった。和歌山へ車で行く途中から雨となり会場は蒸し暑さで堪えられないほどだった。この講演は彼の講演の中でも最もよく知られたものである。例によって本筋に入る前に、前座の牧放浪が「夏目君の講演は其《その》文章の如く時とすると門口から玄関へ行く迄にうんざりする事がある」と紹介したが、それを引き合いに出して、本題にはなかなか行きつかない。題は東京で決めてきたと言い、まず「開化」の定義をするものの、定義には変化する物事を固定してしまう傾向があるから、明確な定義は避け、ぼんやりと他のものと区別して、固定の害を免れるのが「私の希望」だと言う。漱石の基本的な考え方の一つである。

「開化は人間活力の発現の径路」だと彼は定義し、さらにそこには「根本的に性質の異つた二種類の活動」があると言う。活力を消耗する「積極的」活動と活力を節約しようとする「消極的」活動である。生活のための労働は「義務的」であるが、人間には、「人から強ひられて已を得ずする仕事」は出来るだけ「手軽に済ましたいといふ根性」があるから、それが郵便や汽車・電話などの「活力節約の工夫」となって開化の原動力となる。これに対して活力を任意に消費しようとする精神は、その「道楽」的精神、「自我本位」に基づいている。画家などの芸術家、学者らがそれによって生まれる。しかし、文明開化の現在、両者の絡み合い、生活の発展によってこれまた、逆に苦痛をも伴うものになっている。

この展開が一般的な「開化」であるが、日本の開化は異なる傾向を持っている、と彼は指摘する。それは西洋諸国が「内発的」に発展したのに対して、日本の開化は西洋の圧力によって「急に自己本位の能力」を失い、急激に西洋文化を取り入れざるを得なかった「皮相上滑《うわすべ》りの開化」である。西洋が百年かかって徐々に発達したのに較べて、四十年でその結果だけを輸入し、続々と入ってくる「新しさ」を誇るならば、「上滑り」になるまいと「踏張る」人間ほど神経衰弱に陥らざるを得ないだろう。ではどうすればよいかと問われても、自分には「気の毒と言はんか憐れと言はんか」、「出来るだけ神経衰弱に罹《かか》らない程度」に「内発的」に変化していくより仕方がないと悲観的な見通しを述べて終わる。

日本には富士山があるとか、日露戦争に勝って「一等国」になったと喜ぶのは、愚かなことである、と説く漱石は、すでに『三四郎』の広田先生に同じ言葉を吐かせていた。漱石の講演はいつも警世的意図に充ちていて、現代にも十分通用する部分が多い。なお講演後の宴会中風雨が激しくなった。この体験は『行人』に応用されている。

「中身と形式」

十五日に気の進まない宴会に出て、和歌の浦に泊まったので、十六日にはすぐ大阪へ帰り、明日の講演に備えなければならない。午後一時ごろ大阪着、夜は料亭「川卯《かわう》」で「慰労会に出席する筈なり」で、日記は中絶している。時間のある限り、名所見物、講演、宴会が続き、台風にも襲われたのだから、漱石の疲労度はかなりのものだったはずである。予定の講演は堺と大阪とまだ半分残っている。翌日は堺に出かけて講演である。前座は、五高の教え子で大阪朝日社員の高原蟹堂《かいどう》が「樺太《からふと》奇談」の題で話した。彼はこの連続講演の間、漱石の世話をしていた。明石に行った日に、午前中箕面《みのお》を案内したのも彼である。

堺の講演の要旨は、すべての現象や行為において、「形式は内容の為の形式であつて、形式の為に内容が出来るのではない」、「内容が変れば外形」も「自然の勢ひで変つて」くる、という点にある。善悪や、上下、優劣などの基準も時代の推移につれて変わらざるを得ない。「型」なるものがなぜ存在するかというと、「内容実質を内面の生活上経験することが出来ない」けれども、それを容《かたち》の上で認めたい欲求が、形式を生み出すのだという。「型」自体が独立して存在するわけではなく、それは設計図と家の関係だと説明されている。

漱石は口に出さなかったが、これはかつて子規と争った「文章の定義」とよく似ている（第二章参照)。漱石はエッセンスとしてのアイデアが先にあり、そこからレトリックが生ずると考えたのに対して、子規はレトリックがすべてであり、アイデアはそこに含まれていると主張したが、ここでは時代の変遷に重きを置いたために時間もなく、「文学」の基本にはあえて触れなかったのだろうと推測しておきたい。

「文芸と道徳」

最後の講演は大阪の中之島公会堂で行われた。その基本には、前述、信濃教育会主催の「教育と文芸」があり、それを種々の例を挙げて拡大したものである。たとえば長野では時代思想の変化について、「これは物理化学博物などの科学が進歩して物をよく見て、研究して見る、かういふ科学的精神を、社会にも応用して来る。又階級もなくなる交通も便利になる」と簡単に説明しただけだが、大阪ではこの三点が『全集』で四ページ弱、「教育」を「道徳」に変更したので、昔の人はすぐ責任を感じて切腹したとか、昔は駕籠《かご》で五十三次を越したが今は手紙一本で用が足せる、また「階級が違へば種類が違ふ」という社会通念があり、「摸範的な忠臣孝子」が実在すると信じられた等々の例が列挙された。ロマンチシズムと自然主義の交替による理想主義から自然主義への変化、理想的人間像から人間の弱点の表出へなども同様である。

しかし、大阪ではその相違と同時に、関連性が委曲を尽して語られる。長野では「人間の人間らしい所の写実をするのが自然主義の特徴」と規定して、その弊害が教育や文学にも表われはじめ、「日本の自然主義」は「甚だしく卑しむ可きものになつて来た」が、本来の「自然主義」はそんな「非倫理的なもの」ではなく、「彼等」は自然主義の欠点のみを示したのであって、どんな文学でも決して倫理範囲を脱してはならず、「倫理的渇仰の念を何所にか萌さしめなければならぬ」と力説した。大阪ではさらに厳しく、「近来の日本の文士の如く根柢のある自信も思慮もなしに道徳は文芸に不必要であるかの如く主張するのは甚だ世人を迷はせる盲者の盲論と云はなければならない」、と強く批判した。浪漫主義とか、自然派とはそれらの特徴的一部分にすぎず、「道徳的分子」は直接間接にかかわらず作品に含まれていると彼は主張する。現在は「個人主義」の時代だから、「個人」は「自由の悦楽」を得て満足すると同時に、「社会の一人としてはいつも不安の眼を睜《みは》つて他を眺めなければならない」。これも漱石の思考の中心にある考えである。

入院騒動

猛暑の中で頑張りすぎたためか、宴会攻めのためか、漱石は胃痛のためこの直後から大阪東区今橋にあった湯川胃腸病院に入院した。院長湯川玄洋は、ノーベル物理学賞受賞者の湯川秀樹の岳父である。大阪朝日は責任を感じ、販売部長だった小西勝一を中心にして全力で対応した。朝日の連絡を受けて、鏡子が東京から駆けつけた。鏡子は病室に入るなり菓子箱を見つけ、駅まで迎えにきた高原に、「大阪ではお菓子なぞ病室に入れることを許すのか」と詰《なじ》ったという。漱石は苦笑して「まあさう云はんでも好《よ》かろ、自宅《うち》を出る時、お前はお守札なぞ衣嚢《かくし》へ入れてくれたが、それでもかうして病気になつたからな」と言った。幸い病気は大事に至らず、夫婦は九月十四日に帰京した。長谷川如是閑「初めて逢つた漱石君」によれば、今度の胃病の原因は、明石で飯蛸《いいだこ》を全部平らげたことが原因だそうだ。出された物を残さず食べ切るのが、以前からの彼の食癖である。

痔の手術

帰ってからすぐに痔の手術をした。手術を施したのは肛門科の開業医、佐藤恒祐《こうすけ》である。当時は痔や生殖器は主として皮膚科が扱い、肛門科ではなかった。佐藤が漱石を受け入れたのは、修善寺で漱石を治療した森成医師と、夏目家の家庭医だった須賀保《たもつ》とが仙台医専の同窓で、佐藤とも同窓だった縁による。佐藤と須賀とは碁敵《ごがたき》で、須賀の家で碁を打っていたときに夏目家から電話で診療を頼まれたのである。漱石は入院するのを嫌がったので、最初の一ヵ月は訪問治療、その後、翌年四月までは通院して治療を受けた。病名は肛門周囲膿瘍《のうよう》である。切開して膿《うみ》を出したので歩ける程度には痛みは消えたが、最初の切開から一年後には、痔の中が腫れて痛くなり、再手術で全快した。一週間の入院である。この再手術の件は、『明暗』冒頭の津田の手術に応用されている。

ひな子の死

四十四年十二月八日の日記に「佐藤さんへ行く　痔が癒るのやら癒らぬのやら実以て厄介である」が、同十二日には「痔瘻《じろう》の分泌少なくなる。（中略）膏薬を入れても痛からず却つて心地よし」と変わる。朝日からの打診もあり、彼は小説のことを考えなければならぬと思いはじめた。だが、その直前の十一月二十九日には、五女のひな子が夕食中に急死、執筆中の二月末には彼がもっとも信頼していた池辺三山が急死した。ひな子は前年三月生まれ、桃の節句の前日に生まれたので「雛子《ひなこ》」と名づけられ、可愛い盛りであった。そのとき漱石は、訪ねてきた中村古峡と面談中で騒動を知らなかった。鏡子が大声で、大変ですと書斎に告げたときは、ひな子はすでに息絶えていた。原因は不明だが、幼児によくある、いわゆる引きつけらしい。雨が降る夜の出来事で、漱石も鏡子も呆然とした。だが漱石の家は分家で、一度も葬儀をしたことがないので、本家の和三郎(直矩)に頼んでその菩提寺である小石川の本法寺に葬った。鏡子の回想によると、漱石は儀礼的な葬式は嫌いで、特に真宗は虫が好かなかったから、通夜に来た僧にも憮然としていたそうだ。この葬儀の次第は、次作の『彼岸過迄』の「雨の降る日」にくわしく取り入れられることになる。

朝日の内紛

朝日新聞社では明治四十二年に東京・大阪両朝日に評議会を設け重要事項を決定する場として位置づけていた。四十四年九月三十日に、村山龍平社長から、池辺の健康がすぐれないので、主筆を辞め、客員として今まで通りの待遇を受けることが公表された。池辺も簡単に挨拶した。池辺辞任の発端はその前に開かれた評議会で、弓削田《ゆげた》秋江が漱石を主筆とする「文芸欄」の傾向を批判し、特に当時掲載中の森田草平『自叙伝』(『煤煙』の続編)の反道徳性を非難した。これに対して池辺は漱石の文芸欄を擁護したが、弓削田から、文芸欄を擁護するのは「情実」だと言われるに至って怒りが爆発し、「それなら僕は責を負つて辞職するから、君もやめ給へ」(『上野理一伝』)と言い返した。一座は沈黙し、村山が池辺と話し合った結果、三十日の決定が通知されたのである。言うまでもなく、池辺は朝日新聞が大をなすに当たっての功労者であり、彼を失うことは対社会的にも損失であった。

漱石の辞表

池辺の辞意を聞いたとき、漱石は痔疾の治療中であった。池辺から十月四日に辞任の件を聞いた彼は、まず弓削田に手紙を書き「調停」に当たろうと考えた。しかし、それがもはや不可能と知って、直接の責任者である自分が辞めるべきだと考え、池辺に辞表を郵送したのである。提出直前に、彼は鏡子に朝日を辞めることになるが、生活費は大丈夫かと聞き、鏡子は「何とかなるでせう」と答えたそうだ。以前の漱石ならば妻に相談なく事後通知で済ませただろうが、大患後の彼は、妻の誠意ある看病に、自分の「我」をむき出しにする弊はなくなったようだ。結局辞表の件は、池辺や渋川、弓削田らの説得によって、「四方八方へ心配をかけても済まぬ儀と心得」(池辺三山宛書簡)撤回した。朝日文芸欄は、その一週間前に自身で評議会に出席し、廃止を決めた。野村伝四宛書簡(十一月二十二日)には、「東京の社でも少々ごた〳〵があつて僕もとう〳〵出やう(「辞《や》めよう」の意)としたがみんながとめて呉れるのでまあ思ひとまつた」「森田は已《や》めて貰つた、森田と僕の腐れ縁を切るには好い時機なのである」と書いた。小宮豊隆には、原稿を返却し、「文芸欄は君等の気焔の吐き場所になつてゐたが、君等もあんなものを断片的に書いて大いに得意になつて、朝日新聞は自分の御蔭で出来てゐる抔《など》と思ひ上る様な事が出来たら夫《それ》こそ若い人を毒する悪い欄である」と書いた。

朝日文芸欄は千五百字ほどの短文批評欄だが、漱石が森田の才能を見込んで編集を手伝わせたのが逆に仇《あだ》となった。殊に漱石の大病ごろから、森田が漱石の検閲を経ず、一存で掲載したものもあり、漱石を不快がらせていたからである。執筆数はもちろん漱石が筆頭で、『思ひ出す事など』の連載三十二回や、前出「マードック先生」関係の文などは、文芸欄が初出である。当然、森田、小宮、阿部次郎、安倍能成ら門下生の文も多数ある。執筆者の多くは漱石の友人、知人だが、その中で筆子のピアノの先生だった中島六郎(長耳生)の文にはひどい語彙上の誤りが二つもあり、漱石は森田を叱責した。なお文芸欄には四十三年七月十六日まで「柴漬《ふしづけ》」という名の外国文学紹介欄が、毎回ではないが付随していた。

彼岸を越えて

漱石は年末近くになってようやく連載小説のことを考えはじめた。題名は『彼岸過迄』で、四十五年一月二日から東京と大阪の両朝日新聞に連載された。一日には「彼岸過迄に就て」なる文章で、「「彼岸過迄」といふのは元日から始めて、彼岸過迄書く予定だから単にさう名づけた迄に過ぎない実は空しい標題《みだし》である」と断わった。だがこの作のメモ（断片五六B）には、「〇鎌倉、蛸取、小坪」「明石」「〇子供の死。葬、火葬場、骨拾」「〇小川町停留所」などの語があり、彼がまず実生活で体験したこれらの事項を作中に使用する目算だったことが明らかである。鎌倉や小坪の蛸取りは「須永の話」で、「子供の死」から「骨拾」は千代子の話す「雨の降る日」で物語化され、最後に小川町停留所は、田口から、女連れの中年男の関係を観察し報告せよと命じられた敬太郎が、電車の到着を待つ場所である。ただし、このメモと線で区切られた登場人物の名は、整然と展開どおりに記されているが、松本の妻の名が仙《せん》となっていて（単行本ではお多代）執筆中に書かれたと推測される。

『彼岸過迄』題字カット．東京朝日新聞，明治45年2月9日．

漱石は「かねてから自分は個々の短篇を重ねた末に、其の個々の短篇が相合《あいがっ》して一長篇を構成するやうに仕組んだら、新聞小説として存外面白く読まれはしないだらうかといふ意見を持してゐた」が、「此の「彼岸過迄」をかねての思《おも》はく通りに作り上げたいと考へてゐる」（「彼岸過迄に就て」と、連載前に述べている。先に示した登場人物名の順序は、それを改めて確認したものだろう。それぞれの人物から話を聞き、全体を統括的に示す人物として、好奇心旺盛だがまだ就職口のない敬太郎が、最初に登場する。彼は冒頭の「風呂の後」で、同宿の森本から嘘とも真実《まこと》ともつかぬ冒険譚を聞かされて刺激を受け、下宿代を踏み倒して突然大連へ逃げた森本の遺物、「自分の様な又他人《ひと》の様な、長い様な又短かい様な、出る様な又這入る様な」ステッキを持って、「冒険」に出発することになる。友人の須永から紹介されたその叔父の実業家・田口の依頼によって、小川町三丁目で電車を降りる男女の二人連れを観察するためである。このステッキは森本の手造りで、細い竹に蛇の頭が握りに彫《ほ》られ、胴から下はなかった(この趣好を漱石は、ロンドン時代に知人の渡辺春渓が横浜から持参したステッキから応用した)。敬太郎は老婆の占い師の言葉から、その遺物を思い出したのである。このステッキはたしかに敬太郎に好運をもたらすが、同時に、楽天的だった彼は、結果的に人生の不可解さに導かれてしまう。このステッキの柄のように、AであるとともにBであるという正反対の要素を一つにした構文が、この作には頻出する。

たとえば須永の家へ行ったとき、ちらりと見えた女性の背中を思い出す敬太郎は、「離れてゐて合ひ、合つてゐて離れる様な日向日蔭の裏表を一枚にした頭」を田口家に対して抱いていたし、小川町の停留所で見かけた女性(やがて田口の長女・千代子と判明)は、「其鋭敏に動かうとする眼を、強ひて動かすまいと力《つと》め」ていた。鎌倉の田口の別荘に母を置いて、一人汽車で帰ってくる須永は、小説的な三角関係(自分と千代子と高木)に陥るのを避ける決心をした自分を「半分は優者で半分は劣者」だと思い、自宅で『ゲダンケ』(ロシアの作家・アンドレーエフの小説)を読んだ。友人が「華々《はなばな》しい行動と同じく華々しい思慮が伴なつてゐるから」と、行動に欠けた彼に勧めたもので、自我を絶対とする主人公が、その結果として自己に忠実に、親友を殺害する綿密な計画を立て、実行する。主人公は狂人として強制入院させられるが、それも計算の内で、主人公「自分」は精神病院の中でこの顚末を記す。須永はこの小説を読み終わって、何の「顧慮なく一心に振舞《ふるま》」う主人公が「大いに羨ましかつた。同時に汗の滴《したた》る程恐ろしかつた」。

母を送ってきた千代子が、須永家出入りの髪結いに髪を結ってもらう場面がある。髪結いは島田を勧め、「貴方《あなた》何が好き」と須永に問う千代子に、「旦那様も島田が好きだと屹度《きっと》仰《おっ》しゃいますよ」と繰り返した。髪結いは母から須永の「結婚相手」としての千代子の話を聞かされていたのだろう。須永が「ぎくりとした」のはもちろん「旦那様」の呼称である、同時に亡母が島田に結っていたからでもある。彼はそれを松本からすでに聞いていた。だが千代子は平然として、「ぢや島田に結《い》つて見せたげませうか」と笑った。この言葉を「此女の虚栄心」と彼は受け取り、「神経質」な拘《こだわ》りを承知の上で二階に去った。彼は彼女が当然のように「強奪する嘆賞の租税を免かれた積《つもり》でゐた」。だが千代子が髪を見せに二階に上がってきたとき、彼は「大変美くしく出来たよ。是から何時《いつ》でも島田に結《ゆ》ふと可《い》い」と、夫のような口を利き、言葉を交わしているうちに、「何時《いつ》の間《ま》にか昔と同じ様に美くしい素直な邪気のない千代子を眼の前に見る気がし出した」のである。「島田髷」にも高島田、文金島田、つぶし島田など、各種あるが、彼女はどんな島田を結ったのだろう。

「須永の話」は、彼女がただ髪を見せに来たのではなく、鎌倉に帰る挨拶に来たことを知ったときに急転して終わる。須永がつい、この二日間口にしなかった高木(鎌倉の別荘に来ている)の名を出してしまったからである。それを聞いたときの千代子の眼は、初めて見せた「一種の侮蔑《ぶべつ》」で輝いた。千代子は、そんなに高木が気になるのか、と高笑し、「貴方は卑怯だ」と罵った。彼は「卑怯」と言われた意味が理解できず、反論し、千代子はなぜ「愛してもゐず、細君にもしやうと思つてゐない妾《あたし》に対して嫉妬」するのかと言い返して、須永を沈黙させた。

敬太郎が須永の「恐れない女と恐れる男」の告白を聞いたのは、彼が田口の関係する会社に就職後のことだから、二人が大学を卒業(七月)した翌年の春である。千代子が話す宵子《よいこ》の死と葬儀の次第を聞いたのは、その少し前、「梅の音信《たより》の新聞に出る頃」である。だが宵子の死と葬儀は十一月のことであり、漱石の五女ひな子の急死と同様である。この部分の語り手が形式的には千代子でありながら、三人称で書かれたのも、その死に立ち会った千代子の性情を客観的に表わしたかったからであろう。「折々坊主になりかけた高い樹の枝の上から、色の変つた小さい葉が一つづゝ落ちて来た。夫《それ》が空中で非常に早くきり〳〵舞ふ姿が鮮やかに千代子の眼を刺激した。夫が容易に地面の上へ落ちずに、何時《いつ》迄も途中でひら〳〵するのも、彼女には眼新らしい現象であつた」(「雨の降る日」)という火葬場へ行く風景も、漱石日記と同様である。

ただしここで指摘しておきたいのは、敬太郎がこの葬儀の件を知らなかったことである。つまり敬太郎が田口家の人々と馴染みになったのは、前年の暮ごろからということになる(田口家の正月のカルタ会に彼は加わっている)。これらの条件から考えると、森本の話と田口との関係、および三つの「話」は、彼が聞いた順序どおりだが、その内容は須永と千代子の成長、特に須永に関してどんどん過去に遡るのである。

「松本の話」

「あの事件なら其当時僕も聞かされた。しかも両方から聞かされた」と、松本は敬太郎に言う。「彼等は離れる為に合ひ、合ふ為に離れると云つた風の気の毒な一対」だと断定した。須永はみんなが知っていて自分だけが知らないことがあるのが苦しみの種だと松本に迫り、松本は、お前は父が小間使と関係して生まれた子だと打ち明けた。異常なまでに母に愛されて育った須永は、次第に退嬰《たいえい》的な青年となっていった。彼は松本が評するように、「世の中と接触する度に、内へとぐろを捲き込む性質《たち》」を持つ人物である。千代子に対しても、彼は彼女が自分一人を全身全霊で愛することを願っている。だが彼女は社交的で、誰にでも愛嬌を振りまく女性である。ただ一度二人の仲が最接近したのは、家族中が外出し、彼女が病気で寝ていたとき、たまたま訪問した須永と奇妙な電話遊び、電話のベルが鳴り、千代子が受話器を取り、「相手」への言葉を須永に教え、須永が相手に返事をした(当時の電話器は、受話器と発声部分は分かれていた)ときである。風邪で声が出ないという理由で、千代子が耳、須永が声を担当することにしたのである。話が際《きわ》どくなって須永が受話器を奪おうとしたときに、千代子は受話器を切った。現在のような自動電話ではないので、電話のベルはおそらく電話局からのもので、千代子は一旦電話を申しこみ、それを切ってから須永を呼んだ可能性が高い。漱石は電話のベルが嫌いで、ようやく付けた電話の受話器を外しておき、電話局から注意されたこともあった。

松本の判断では、甥の須永は「自我より外《ほか》に当初から何物も有《も》つてゐない男で」、その苦しさから脱出するには、外部の風物に関心を持ち、心を解放しなければならないと須永に教えた。彼の実母は産後にすぐ死んだことも、その名はお弓であることも、髪は島田だったことも問われるままに答えた。須永が鎌倉から帰ったときから二日ほど、小間使の「作《さく》」と話し、何も考えず素直な彼女を「尊とい」と感じたのも実母との関連であろう。

「松本の話」は卒業試験を終えた須永が、関西方面に旅に出て、京都、宇治、箕面《みのお》、明石などから毎日のように手紙、葉書を寄越したこと、その引用で終わる。すべて漱石がかつて見物した土地である。箕面からの手紙には新聞社の友人が連れて行ったと記され、そこにいた婆さんが、もう一人の八十六の婆さんの頭を剃っていた光景と老婆の会話は漱石の日記のままである。須永の感想には「百年も昔の人に生れたやうな暢気《のんびり》した心持がしました。僕は斯《か》ういふ心持を御土産に東京へ持つて帰りたいと思ひます」と書いてあった。明石では部屋から夜の海を見て、母から聞いた綾瀬川の舟遊び(銀扇を開いて水中に投げる)を思い出したり、朝起て、西洋人の男女が海中で遊んでいる光景が報告されている。須永の手紙を読んで松本は安心した。

これら千代子、須永、松本三人の話の配列が巧妙なのは、敬太郎が聞いた順序とは逆に、話の内容が須永の遠い過去まで遡ることである。千代子の話は須永や敬太郎の大学卒業前年の晩秋、須永の話は幼少期から卒業前年の夏まで、松本の話は須永の出生の秘密にまで及ぶ。千代子は須永との仲を話さなかったし、須永も千代子との仲は話したが、実母のことは打ち明けなかった。彼女は須永家の小間使だったから、須永が戸籍上の母に熱愛され、松本の安堵の裏で、密かに実母への気持ちを抱いていることもやむを得ないだろう。

『彼岸過迄』には、全体を改めて統括する敬太郎の結論が、「結末」として加えられている。彼は世間を知ろうとして歩きまわり、話を聞いてまわったが、その「役割は絶えず受話器を耳にして「世間」を聴く一種の探訪に過ぎなかつた」と結論するのである。だがその一方で、彼には「突如として已《や》んだ様に見える此劇《この》が、是から先何《ど》う永久に流転して行くだらうか」という感慨があった。一旦起ったことは、表面に出なくとも生き続け、突如として現われることもあるだろう。それは「過去」に対する漱石の考えでもあった。

なお本作執筆中に、池辺三山が大切に守ってきた老母の死を迎え、彼自身も後を追うように二月二十八日に急死した。『彼岸過迄』は漱石が表向きに言う「無意味な題」ではなく、もともとひな子の霊を弔《とむら》う意図があったらしいが、そこに池辺が加わった。だから本書の単行本初版(春陽堂刊)には、「此書を/亡児雛子と/亡友三山の/霊に捧ぐ」という献辞が巻頭にある。

第十二章　心の奥底を探る

明治天皇崩御

明治時代は天皇の薨去《こうきょ》に従って、四十五年七月三十日で終わり、同日から元号は大正となった。四月末に『彼岸過迄』の連載を終えた漱石は多少時間の余裕が出来て、能楽会に行ったり、音楽会に行ったりした。五月二十五日に「水上飛行器の飛行を挙行する」という案内があり芝浦の埋立地へ行ったら、中止と紙が張ってあり、その無責任に呆れた。行啓能(皇后、皇太子)では、お伴の臣下や観客らの無礼に腹を立て、ついでに皇太子らは喫煙し自分たちは禁煙なのにも腹を立てた。この能楽会の件は『行人《こうじん》』に取り入れられる。六月には中村是公の「自働車」で向島へ行き諸方を見物、子供のために借りた鎌倉材木座紅《べにが》ケ谷《やつ》の家にも行った。この家も『行人』に登場する。

七月二十日に「天子重患の号外」を見、三十日に崩御が公示された。日記には同日の日付の改元詔書やその後の朝廷、政府の行動、葬儀の次第が延々と残されている。彼は政府や官僚は嫌いだが、皇室は敬愛していた。「皇室は神の集合にあらず。近づき易く親しみ易くして我等の同情に訴へて敬愛の念を得らるべし。夫《それ》が一番堅固なる方法也。夫が一番長持のする方法也。

政府及び宮内官吏の遺口もし当を失すれば皇室は愈《いよいよ》重かるべし而《しか》して同時に愈臣民のハートより離れ去るべし」との意見が、漱石の考える皇室である。それが現在の皇室のありかたと一致しているのは驚くべき識見と言えよう。

夏は主として是公と遊び、日光や塩原温泉を廻り、九月には痔の再手術を受けた。この入院手術の記録(日記)は全面的に『明暗』の冒頭に描かれることとなる。

画家の津田青楓《せいふう》と親しくなったのもこの年のことである。津田(華道家、西川一草亭の実弟)は四十三年にパリ留学から帰り、夏目家と近い高田老松町に住んでいた。小宮豊隆の紹介である。彼はのちに京都の伏見に家を持ち、京都に遊んだ漱石を案内し、『道草』や『明暗』の装幀をした。

『行人』の兄弟

『行人』(朝日新聞、大正元年十二月六日―二年四月七日。休載。続稿、同九月十八日―十一月十五日)は、兄の長野一郎と弟の二郎とを通じて、人間の他者との関係を徹底して探ろうとした小説である。兄は考えれば考えるほど妻の心を「所有」することができず、周囲の人物(家族)を困惑させ、恐れさせている。大学教授の彼は、学問も知識もあるが、妻のお直の「心」がわからない。彼は論理的に物を考える人物だが、逆に論理でしか考えることが出来ない人物である。普段は物静かだが癇癖は強い。一方、弟の二郎は、快活で誰からも好かれる楽天家であるが、兄には一目置いて接している。

物語は長野家の小間使であるお貞《さだ》の縁談の相手を見定めるために、二郎が使者として大阪に行ったことに始まる。二郎は友人の三沢と高野山に登るつもりだったが、三沢は二郎が来る前に胃腸を傷め、入院中だった。二郎は長野家の元《もと》書生だった岡田(お貞の縁談の斡旋者)から、母が兄夫婦と大阪へ来ることを聞いて驚いた。お貞の件を決めた後、彼は三人と和歌山に行き、和歌の浦に泊まった。

翌日、彼は兄に誘われ、その地の東照宮で、兄から思いもかけぬ質問を受けた。兄は「お直は御前に惚てるんぢやないか」と言ったのである。このあたりから物語は急転回し、二郎は兄の命令的な口調に逆らえず、やむを得ず和歌山にお直と二人で行って、彼女の本心を探る役を引き受けさせられる。彼の知っている嫂《あによめ》は、「持つて生れた天然の愛嬌のない代りには、此方《こっち》の手加減で随分《ずいぶん》愛嬌を搾り出す事の出来る女」だった。「不幸にして兄は」、それと「同じ気質

『行人』の題字カット．名取春仙画．東京朝日新聞，大正2年2月19日．

を多量に具《そな》へてゐた」。彼らは、自分が必要とするものを表わすことが出来ない「お互に対して」それを求めている、というのが二郎の見た二人だった。

だが嫂と和歌山へ行き、大嵐となって仕方なく宿へ泊まった彼は、落ち着き払って、嵐にも動じない、義弟と夫婦同様に扱われても平然たる彼女を見た。彼は彼女の強さを実感した。だが彼女は、その前に料亭で中食《ちゅうじき》を取ったとき、兄さんにもっと親切にしてあげて下さいと頼むと、自分はもう「腑抜」で「魂の抜殻」なのだと言って涙を流した。一方でいつ死んでもいい決心をしている、これから嵐の海中に飛びこんでみせる、と宣言して彼を驚かせた。「淋しい笑ひ方」は、いつも彼女が見せる顔である。彼は嫂がわからなくなった。

「帰ってから」の章で言葉の端にちらっと出てくるが、彼は「固《もと》から少し姉さんと知り合だつた」のである。彼女と兄がどういう縁で結婚したのかは一切不明だが、彼女が気難しい夫と舅《しゅうと》姑《しゅうとめ》に仕え、小姑のお重までいる家庭に入ってから、気安く話せる二郎と親しんだのは自然の勢いだっただろう。その結果は「神経質」な一郎を苛立たせ、挙句《あげく》に二郎の別居という変化をもたらすが、食卓を明るくする役割を果たしていた彼の別居は、長野家の食事風景を淋しいものにしてしまったのである。

この物語は「帰ってから」の章からさらに深刻化し、一郎の神経を気遣う家族は、三沢を通じて、一郎を旅行に連れ出してもらった同僚のHさんの長い「報告」の手紙によって、打ち切られてしまう。

漱石の小説は、「小説だから事件は描く」が、事件そのものよりもそれに直面した人間の心の変化が中心である。ここでも「死ぬか、気が違ふか、夫《それ》でなければ宗教に入《い》るか。僕の前途には此《この》三つのものしかない」(「塵《じん》労」)と呻く一郎は、Hさんが手紙を書いているときには「ぐう〳〵寝てゐ」るだけである。論理の力で「神」を得ようとする彼には、それが「信」の力でしか得られないこともわかっているのである。

嫂の来訪

二郎の下宿へ、彼岸の中日《ちゅうにち》の翌晩、突然訪ねてきたお直は、最近の夫婦間の「気不味《きまず》さ」を打ち明けたが、その「近因」については一言も口にしなかった。彼女は「親の手で植付けられた鉢植」のように、「誰か来て動かして呉れない以上」、「立枯《たちがれ》になる迄凝《ぢっ》としてゐるより外《ほか》に仕方がない」と訴えた。これを二郎への「動かして」欲しいという願いと取り、二人の恋愛説を唱える論者もいるけれども、二郎はそれを聞いて、逆境に堪える「女性《にょしょう》の強さ」を感じると同時に、この強さが「兄に対して何う働くかに思ひ及んだ時」ひやりとした。『それから』でもそうであったように、漱石が描く嫂と義弟(代助)とは憚《はばか》らずに物が言える仲なのである。それは「道徳」の範囲の中で、義理の姉、義理の弟として、肉親以上に本音を吐ける関係だった。

行く人

「行人」とは行く人の意であることに間違いはない。ただ子細に考えると「行」は十字路の象形で、白川静によると「交叉する道」だという。それを考慮すれば、一郎は十字路で妻の気持ちも考えず強引に自分の方向へ進もうとする男であり、お直はこの道はおかしいと思いながら、黙って夫に従い、疲れ果てた妻である。そして二郎は、兄とお直の進行方向が違っていることを正そうとしながら、ついにそれを「傍観的」に見るしかなかった男なのである。

なお『行人』が中断したのは、漱石の神経衰弱とともに、持病となった胃潰瘍がまた悪化したからである。軽快するには二カ月を要した。中絶の穴は、中勘助の「生立《おい》ちの記」=『銀の匙』が埋めることになった。

『心』の「黒い影」

『心』はその一部分が教科書にもよく使われ、高い評価を受けてきた小説である。一般には、

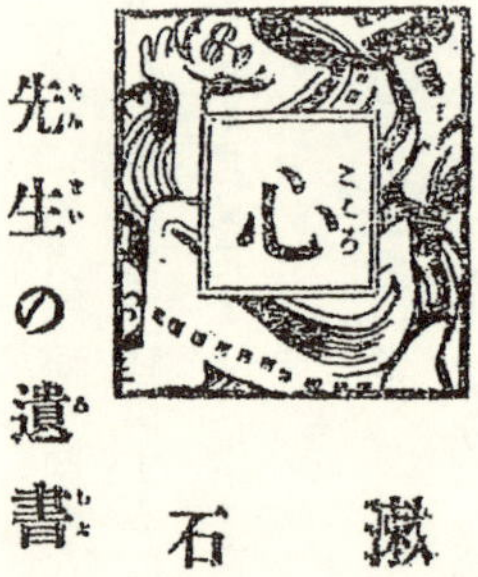

『心』の題字カット．東京朝日新聞，大正3年5月21日．

単行本初版の目次に記された「上　先生と私」「中　両親と私」「下　先生と遺書」と区分された『こゝろ』が流通しているが、他の作品同様、ここでも新聞連載の初出(東京朝日新聞、大正三年四月二十日—八月十一日)に従うことにする。初出では『心　先生の遺書』が表題であり、青年は帰郷後も先生のことを思い続けているのだから、その方が出来上がった作品にふさわしいようにも思われる。内容は周知のとおり、青年「私」が全体の語り手で、鎌倉の海水浴場で「先生」に出会った「私」が、何度もその自宅を訪問するうちに「奥さん」とも親しくなるが、帰郷中に「先生」から遺書を送られ、愕然として汽車に飛び乗り、車中で遺書を読むところで終わっている。荒筋は簡単だが、漱石作品の中でもこの作は読めば読むほど人間の「心」が複雑に浮かび上がってきて、読後感がいつも多少ずれる。以下、従来も問題とされてきたことを中心に、それらについて触れておきたい。

登場人物の名

この作は「私は其人《その》を常に先生と呼んでゐた。だから此所《ここ》でもたゞ先生と書く丈《だけ》で本名は打ち明けない」という文で始まる。それは「世間を憚かる遠慮といふよりも其方《そのほう》が私に取つて自然だからである」という。「余所々々《よそよそ》しい頭文字抔《など》はとても使ふ気にならない」彼の傾倒ぶりはそのようなものだったのだろう。だが彼は先生の奥さんには、先生の発言の中で「お静《しず》」と名を出している。また彼の父の呼び名は単に「父」だけだが、母は父から「お光《みつ》」と呼ばれている。問題は「K」で、彼は先生と同郷の親友で、自分の下宿にまで連れてきて同宿するくらいだから、どこかで名前が出てきてもいいのだが、「奥さん」も「お嬢さん」もKと呼んでいる。もちろんこれは先生の遺書の中のことで、先生が自殺した彼の名を頭文字で示したことは理解できる。だがそれは、語り手の「私」の価値観では、「余所々々しい」文字になるはずなのだ。先生の遺書は「私」が読んで、保存しているのだが、彼はこの頭文字に違和感を感じなかったのだろうか。

さらにわからないのは、先生の遺書の最後にある、「私が死んだ後でも、妻《さい》が生きてゐる以上は、あなた限りに打ち明けられた私の秘密として、凡《すべ》てを腹の中に仕舞つて置いて下さい」という願いである。「私」がこの手記を書いたことは、奥さんが死んだことを意味するのだろうか、または「私」が約束を破ったことになるのだろうか。この結末については、「奥さんは今でもそれ(秘密)を知らずにゐる」とあるから、約束は守られているし、「奥さん」も健在である。この青年と「奥さん」が結婚したという臆測まで出た記憶があるが、「子供を持つた事のない其時《そのとき》の私」という記述から見て、彼は結婚して子供がいるらしい。もしそれが彼と「奥さん」の子供だとしたら、彼は妻や子のためにも、この秘密を書くはずがない。彼がこの先生に関する回想を書き始めたのは、おそらく彼が大学を出て数年後であろう。「若い私」が強調されているように、鎌倉での出会いは高等学校の生徒、先生宅の留守番をしたときは「既に大学生」とあり、卒業論文の件で書物を借りたり、卒業祝いまでしてもらって帰郷後に、先生は自殺するのだから、少なくとも丸三年は先生の許に通っていたわけである。

乃木大将夫妻の自殺

乃木将軍が明治天皇の跡を慕って妻の「静」とともに殉死したのは、御大葬の当日(九月十三日)である。青年の私が東京帝大の卒業式に出席したのは明治四十五年七月十日、明治天皇は例年通り行幸された(『全集』重松泰雄注)。この指摘どおり、「私が帰つたのは七月の五、六日」で、この設定は時間的におかしいのである。作中では、先生が妻に「殉死」しようかと冗談めかして言うのも、その当時のこととされ、「私」の重病の父が新聞を読んで「あゝ、あゝ、天子様もとう〳〵御かくれになる。己《おれ》も……」と言ったのは、田舎の新聞でも九月十三日と推定される。父は乃木の自殺も新聞で知り「大変だ大変だ」と言った。先生と父と、自分を育ててくれた二人を、「私」はほぼ同じ時期に失うことになる。だが「私」はそのどちらの死にも立ち会うことが出来なかった。彼は瀕死の父を九州から上京した兄に任せて上京したが、車中で読む遺書には「此《この》手紙があなたの手に落ちる頃には、私はもう此世には居ないでせう」と書かれているからである。「先生と私」「両親と私」と呼ばれている章は、大恩ある二人の死を見届けることが出来なかった悔恨の文でもある。

明治天皇大葬の儀当日の状景．大正元年 9 月 13 日．『明治天皇御大喪儀写真帖』より．

「過去」が持つ意味

「私」は先生の「過去」を知りたかった。だが先生は「今は話せない」と断わりながら、それを小出しにして、青年の興味をさらに高めた。先生は十数年の間、妻にもその事情を話さずに生きてきたという。だが自分の過去を隠すことは、それを誰かに知って欲しいという願望を裏面に持つことがある。その意味では、まだ若く、真っ直ぐに自分に向かってくる青年は、告白の相手として先生に育てられたのである。「恋は罪悪」であり、かつ「神聖なもの」だとか、「自由と独立と己れとに充ちた現代に生れた我々は、其犠牲としてみんな此淋しみを味はわなくてはならない」とかである。近づくなと言われれば言われるほど、近寄ってその秘密を知りたいと思うのは、ごく自然な感情だろう。

「おれが死んだら」という暗示めいた言葉が、青年の前で奥さんに発せられたのは、青年「私」の卒業式の日の晩餐の後、「私」にとっては最後の対面となった機会である。最初は冗談のような口調だったので、奥さんもわざとたわいのない返事をしていたが、先生がそれを繰り返すので、奥さんは気にして、「後生《ごしょう》だからもう好い加減にして、おれが死んだらは止《よ》して頂戴《ちょうだい》」と懇願した。「先生は庭の方を向いて笑つた。然しそれぎり奥さんの厭がる事を云はなくなつた」。だが先生は庭の方へ向いていて、顔の表情はわからない。「私」はこの「おれが死んだら」というその晩の記憶を郷里で思い出しているが、それは「笑を帯びた先生の顔と、縁喜《えんぎ》でもないと耳を塞《ふさ》いだ奥さんの様子」であって、「庭の方を向いて笑つた」先生の顔ではない。奥さんは最初のうちは夫の「笑を帯びた口調」に合わせて、深刻な問題を打ち消そうとするため、「何《ど》うするつて、仕方がないわ、ねえあなた」と私に向かって「笑談らしく」言った。だが繰り返される言葉に、不吉な感じがした妻を見て、先生は顔を見せずに、声だけで笑い、妻の不安を払ったのである。この夫婦が演じた暗闘、あるいは共演の寸劇を青年が理解できなかったことは、彼が顔を背けた先生の笑いを郷里ではなかなか思い出さず、父から「おれが死んだら、御前《おまえ》は何《ど》うする」と言われたと母から聞いても、屋敷の始末や自分の将来を案じるだけだった。彼がそれを思い出したのは、父から直接に「おれが死んだら、どうか御母さんを大事にして遣つてくれ」と言われたときである。しかし先生の場合は「単純な仮定」で、父の場合は目前の「事実」であった。彼は口先で父を紛《まぎ》らわせた。

Kの死

この小説には「私」の父や先生を含めて、明治天皇、乃木夫妻、先生の両親、K、合計八人の死または死期が描かれている。そのうちの半数が自殺とは、異様な多さである。『行人』の一郎もそうだが、このころの漱石がいかに死に関心を持っていたかが明らかだろう。『心』の主たる登場人物で、生きているのは語り手の「私」と、先生の奥さんだけである。

「先生と遺書」によると、Kは先生と同郷の生まれで真宗の寺の次男。養子に行ったが養家の希望する医科に進まず、「私」と同じ科(文科大学のおそらく哲学科)に進んだため勘当され、実家からも縁を切られて、勉学一筋の貧乏生活に甘んじていた。見かねた先生が無理強いにKを同宿させてから、この「悲劇」は始まった。先生は早くもそこのお嬢さん(後の奥さん)に恋していたが、女には無縁と考えていたKが、自分と同じように彼女に憧れるとは考えもしなかったのである。自分が好意で図ったことが、逆に思いもよらない悪い結果を生む。頭で考えた未来は往々にして土台から崩れるのである。

ちゃぶ台という食卓

先生は、無口で人見知りをするKを一家と馴染ませるため、丸い折りたたみの食台を考案し、お茶の水の家具屋で作らせた。明治三十年代初めのころである。当時の家庭の食事は、一間《ひとま》に集合することは同じでも、各自の銘々膳で(蓋付きのものは箱膳と呼ばれた)、食べ終わったらお茶(お湯)で茶碗をすすいで箱に収めておくのである。晩年の漱石は一人で夕食を取ることも多かったが、互いの顔を見ながら、食べるちゃぶ台では、当然、会話もはずむはずだった。先生が発明したというのはもちろん仮構である。

小泉和子『家具と室内意匠の文化史』(法政大学出版局)によれば、その出現年代は確定できないが、明治三十年代初めから徐々に庶民の家庭に普及したらしい。折り畳めるので場所を取らず、盛りつけにも手数を省けて清潔だからである。念のために言えば、『門』の宗助夫婦が、久しぶりに会う弟の小六との食事で囲んだ食卓は、ちゃぶ台ではなく、座敷机である。彼は父の遺品の残りとして、それを寝室兼用の座敷に置いていた。最近でも「ちゃぶ台」の例としてこの場面が挙げられているので、改めて注意を喚起しておきたい。『門』の家主、坂井の発言では、「食卓《ちゃぶだい》」は台所で使用される程度のものにすぎなかった。

言うまでもなく、『心』の先生がこの食卓を考案したのは、Kを当時流行の「家族団欒《だんらん》」の中に誘いこみ、自分と同じように「家庭」を味わわせてやろうと思ったからだが、薬は効きすぎた。先生は、母親の留守中にKの部屋で話しこんでいるお嬢さんや、外でもKの後から付いて来るお嬢さんを見てしまったのである。お嬢さんのこの態度が、先生の、Kに優しくという依頼を実行したのか、一向に求婚しない先生に業を煮やした母親に示唆されたのか、またはKが本当に気に入ったのか、それはわからない。だが結果として嫉妬に狂った先生は、Kを問い詰め、彼がお嬢さんに恋し、「道」との分裂に苦しんでいることを知った。

彼がそれを誰にも話していないことを聞いた先生は、Kを出し抜いて母親に「御嬢さんを私に下さい」と申し込み、簡単に承諾された。あの子が嫌がる所へ私が遣《や》るはずがない、というのが、本人の心を確かめなくてよいのかと質《ただ》したのに対する返答である。先生はその直後から自分の卑怯な言動を恥じ、それを知ったらKがどうするかと怖れて、夕食でも言葉少なだったが、何も知らぬ母親はこの慶事を五、六日後にKに話し、Kは「左右《そう》ですか」と言い、御祝を上げたいが金がないから上げられない、と追加したそうだ。先生が「おれは策略で勝つても人間としては負けたのだ」と感じ、一方では「今更Kの前に出て、恥を掻かせられるのは、私の自尊心にとつて大いな苦痛」だと思い、明日まで待とうと決心したのは土曜の夜、その夜にKは頸動脈を切って自殺してしまったのである。

『それから』の代助は、三千代を平岡より先に愛していたと言い、その妻を平岡から奪おうとしている。『門』の宗助も安井の妻を奪った。漱石は男二人に挟まれた女との三角関係を好んで題材にした。遺作の『明暗』でも、かなりいい加減な結婚をした津田の心の底には、つねに清子が住んでいる。だがこの三作では女性はすでに結婚しており、『心』のように未婚ではない。ここでは勝利が形式的で、実質的には敗北だと「勝者」が断言するのである。

漱石の描く男性はみな潔癖だが、『心』の先生は、その度合いが頂点に達した感がある。卒業式の日の晩餐で見たテーブル・クロスは真白《まっしろ》で、Yシャツのカラーやカフスと同じで、「白ければ純白でなくつちゃ」と先生は言った。「私は精神的に癇性で」「それで始終苦しいんです」。「考へると実に馬鹿々々しい性分だ」という言葉を、聞き手の「私」はよくはわからず、奥さんもわからなかったようだ。だが先生の遺書では、叔父の横領はもちろん、不正は決して許さず、お嬢さん時代の妻の、自分の真面目な質問に「たゞ笑つてゐる」態度にいたるまで嫌いだった。先生の自殺は、Kが自殺したことへの贖罪というより、自分がたった一人で、妻にもそれを打ち明けられない文字どおりの孤独感の結果だったようだ。

乃木将軍は妻とともに死んだ。だが先生はたった一人で死んだ。「妻に衣食住の心配がないのは仕合せです」と記す先生には、残される妻の心を思いやる気持ちはなかったのだろうか。

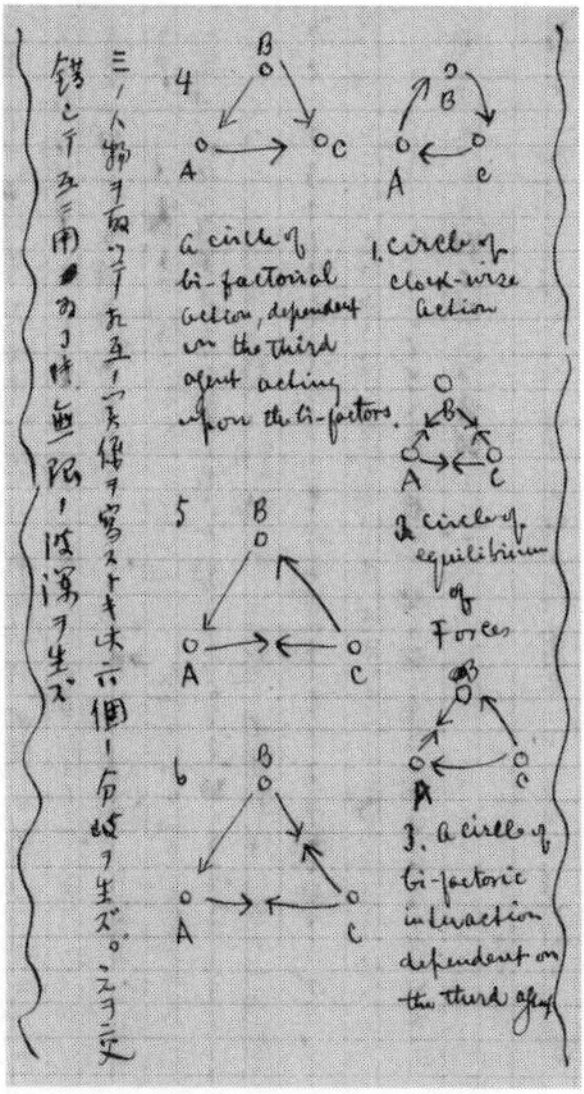

三角関係が物語に生じさせる波瀾について考察した漱石のメモ．東北大学附属図書館蔵．

夫婦といえども人間は所詮一人なのか、それともKを自殺に追いやることになった「女」という存在が発する、無意識の媚態《びたい》を忘れられなかったのだろうか。徹底した自己中心の「個人主義」の結末を青年に提示して、『心』は結ばれる。男と女の葛藤を中心に描いてきた『それから』以来の問題は、主人公の自殺によって一応の結論が出た。だが彼らは漱石の脳裏に浮かんだ人物たちであり、似ている部分はあっても漱石その人ではない。彼はそれ以後、『硝子戸の中』や『道草』で、改めて自分の過去を振り返ることになる。

第十二章　生きている過去

『硝子戸の中』

『硝子戸の中』は大正四年一月十三日から二月二十三日まで、東京・大阪の両朝日新聞に連載された随想集である。休載日もあり、全三十九回。第一回は、昨年暮から風邪を引き、書斎に閉じこもった自分が、第一次大戦や不景気の中で「自分以外にあまり関係のない詰らぬ事を書く」という申し訳が添えられている。たしかに雑談的な性格もあり、一見気楽に書いているようだが、その内容は大部分が生と死、過去の自分に関わる現在の心境を記した重さが含まれている。寺田寅彦に宛てたこの年の年賀状(印刷)の余白に、彼は「今年は僕が相変つて死ぬかも知れない」と書きつけていた。

彼を訪ねてくる客は相変わらず多かった。その中には四、五回も来て身上話をする女性もいた。「女の告白は聴いてゐる私を息苦しくした位に悲痛を極めたもの」だった。女は、もし先生が小説化するなら、「其女《その》の始末を何うなさいますか」と問うてきた。生か死かの選択である。困った彼は、「生きるという事を人間の中心点」とするならば、そのまま生きることを、「美しいものや気高いものを一義」として考えれば、問題は別だと答えた。「もし生きてゐるのが苦痛なら死んだら好いでせう」とは、現に自分が生きている以上、決して口にできない言葉だった。夜の十一時を過ぎて、女を送って出たとき、彼は「勿体《もったい》なう御座います」と感謝する女に、「そんなら死なずに生きて居《い》らつしやい」と言って別れた。苦しい話を聞かされた彼は、「其夜却つて人間らしい好い心持を久し振に経験した」。自分が助言者として彼女を説得したからではない。「死は生よりも尊《たっ》とい」と信じつつ、「依然として此生《この》に執着してゐる」自分と同様に、女を二つの間《はざま》で苦しめ続けたくなかったからである。彼の推測では、恋愛の痛手による彼女の苦痛は、「凡てを癒《いや》す「時」の流れ」が解決すると判断したのである。だがそれは「時」が彼女の大切な記憶をぼかして行くことでもあった。ここでの彼は、「遂に此不愉快に充ちた生といふものを超越する」ことが出来なかった。

『心』のKを書き終わった漱石は、彼女の悩みがKのように「道」を貫くことができない苦痛とは別種であることを知ったのである。この女性の件は、「凡庸な自然主義者」としての自分を「証拠立てたやうに見えてならなかつた」という自分への半信半疑で終わる。彼は、肉体は消え失せても精神は不滅だと信じようとしていた。

飼犬のヘクターや「猫」、講釈師、二代目田辺南龍の死を手始めとして、彼の回想は二人の兄や母、従兄の高田庄吉などに進んでいく。記憶は断片的ながら、彼は「比較的明瞭」に過去を思い出している。逆に言えば現在の立場から過去を作り出している。母の記憶なぞは彼の卓抜な比喩に従えば、「水に融けて流れかゝつた字体を、屹《きっ》となつて漸《やっ》と元の形に返したやうな際どい」記憶の断片にすぎない。それも「常に大きな老眼鏡を掛けた御婆さん」として思い出すだけである。しかし彼は苦しい夢を見たときに、母が「心配しないでも好《い》いよ」と言ってくれたことを、「全部夢なのか、又は半分丈《だけ》本当なのか、今でも疑つてゐる」と記しつつ、「実際」にあったことだと思わずにいられないのである。

継続中

第三十回に描かれるT君(寺田か)との会話は、漱石の「過去」に対する姿勢を示して秀逸である。来客の多くが「御病気はすつかり御《お》癒《なお》りですか」と尋ねる。何度も同じ質問をされるので、彼は「えゝまあ何《ど》うか斯《か》うか生きてゐます」と答えることにしていた。T君が来たから、「癒《なお》つたとも云へず、癒らないとも云へず、何《なん》と答へて好《い》いか分らない」と語ったところ、T君は、それは癒ったとは言えず「まあ故《もと》の病気の継続」だと教えてくれた。それ以来、彼は「病気はまだ継続中です」と答え、欧州の大戦を引き合いに出すことにした。「所詮《しょせん》我々は自分で夢の間に製造した爆裂弾を、思ひ〳〵に抱《いだ》きながら、一人残らず、死といふ遠い所へ、談笑しつゝ歩いて行くのではなからうか」という気持ちを抱いて、彼は「天」の許すかぎり生きていくのである。病気も過去も継続中である。

家計簿

『硝子戸の中』を書く前年の十一月、鏡子の妹の夫、鈴木禎次の父が死亡した。その葬式に漱石夫妻は列席したが、かねがね鏡子が実家のことに関係するのを嫌がっていた漱石は、式が終わるとすぐに帰ってしまった。たとえば「鈴木」から届いた伊予紋の折詰を、三重吉にしては立派だと思いながら食べ、鈴木家の逮夜《たいや》の折詰だと知ったとき、今日は青島陥落《チンタオ》の翌日の御馳走だから、「実にうまい」といった記事は、いかにも子供っぽい意地っ張りの性格を表わしている。そのころの日記には、鏡子をはじめ下女らに対する不満が長々と書きつけられている。ついには鏡子の家計がだらしないので、家計簿は自分が付けると言い出し、実際に大正三年十二月から翌年三月までの家計簿が手帳に残っているが、風呂屋代四銭に至るまで精《くわ》しい。下女の給金や八百屋、肴屋などは通帳で月払いだから楽だが、吸取紙や小包代などよくメモしたものだ。「榛原《はいばら》」が三度出てくるが書画用の和紙を買ったのだろう。銀座通りに現存する紙屋である。『硝子戸の中』は、こんな実生活上の細かさと対照的に、ぼんやりと庭を眺め、過去の追憶に耽る漱石の両面を映し出すようだ。

京都旅行

津田青楓が京都の伏見に移転し、来遊を誘ったので、彼は大正四年三月十九日に出発した。宿は青楓の兄で華道家の西川一草亭が探してくれた木屋町御池《おいけ》の「北大嘉《きたのだいか》」である。京都は何回か来ているが、物見遊山は初めてである。着いた翌日は西川兄弟と一力《いちりき》(万亭《よろずてい》)の大石忌《おおいしき》を見に行った。大石内蔵助が吉良の眼を欺くため、一力で遊蕩した故事を摸した人形装置である。漱石は歌舞伎の不自然さが好きではなかったので、それほど感心したとは思われない。そこで知り合った祇園の茶屋、大友《だいとも》の女将・磯田多佳《たか》とは気が合い交流が始まった。出入りの芸者、君菊(野村きみ)、金之助(梅垣きぬ)も集まった。日記によれば、漱石の腹痛はすでにこの日の夜から始まっていた。二十二日には雨中宇治方面へ出かけ、翌日には「腹工合あしく且天気あしゝ」と記さざるを得なかった。二十四日には「気分あしき故明日出立と決心」したものの、その翌日に「大友」で世話になった礼の会をしようと宿から歩いて行き、そこで腹痛激しく臥《ふ》せってしまった。電報が打たれ、鏡子が駆けつける散々の始末であった。

幸い病は何とか治り、大阪の実業家、加賀正太郎がお多佳の紹介で依頼してきた別荘名を考えるために、乙訓《おとくに》郡山崎(現在、大山崎)まで行った。その山頂の宝積寺《ほうしゃくじ》の大黒は関西では有名で、祈禱をして打出の小槌で叩いてもらうと金持ちになるという。鏡子はそこから見る風景が気に入り、以後毎年のように通ったと回想している。漱石は京都を知らない鏡子のために市内の名所を案内して、四月十七日に帰京した。

第十二章 『道草』から『明暗』へ

「道草」は寄り道か

『道草』は大正四年六月三日―九月十四日、東京・大阪の両朝日新聞に連載されたが、漱石のロンドンからの帰国以後、『猫』で文名が上がった明治三十七年初頭までの実生活に基づく、「自伝体小説」のようにも読める。だが簡単に自伝体として割り切るには、意識的にさまざまな操作が行われているようである。この作は健三の第三子(モデルは三女の栄子、明治三十六年十一月三日出生)に、母親が「好《い》い子だ〳〵」と「赤い頬に接吻した」ところで終わるのだが、そうすると健三が戸籍を取り戻すに当たって、養父の島田に渡した文章「今後とも互に不実不人情に相成ざる様心掛度《たく》と存候」が、兄や義兄の斡旋で戻ってきたのも同年ということになる。

だが、たとえば「二十一」で健三が「もう少し働らかうと決心」して、「月々何枚かの紙幣を得ることになったのは、明らかに漱石の明治大学出講(三十七年九月から)に基づいている。「金の力で支配出来ない真に偉大なものが彼の眼に這入つて来るにはまだ大分間があつた」(五十七)も執筆時点での批評だろう。『道草』では登場人物のすべてが批判にさらされている。

健三夫婦の仲も、姉夫婦もしっくりとはいかない。健三と御住《おすみ》はよく言い争いをし、お互いを批判し合うが、健三にとっては妻は夫に従うべきものであり、御住の言い分では健三の言い分が形式的で、実際的でないのである。姉のお夏は喘息持ちで、夫の比田《ひだ》が生活費のすべてを握り、為《し》たい放題の生活をしても、それを口には出せない。健三の兄は妻と死別、離別で、三度目の妻を迎えて暮らす気の弱い男である。彼は子供の病気ですっかり財産を使い果たしてしまい、何かあれば、すぐ健三を頼りにする。島崎藤村の『家』(明治四十二―四十三年)でも同様だが、当時の作家の一族には、作家商売は、資金なしで金が入ってくると思っている人々が多い。

平素彼らとあまり交際をしていない健三は、「昔の男」、養父の島田と出会い、その処置を兄や比田に相談したことによって、一族との往来が重なることになる。島田が健三宅を訪問するようになり、彼は自分の「過去」を回想せざるを得ない。

『道草』題字カット．東京朝日新聞，大正4年7月22日．

しかし彼の「過去」は、島田の養子となった過去だけではない。兄や比田夫婦ら血族との関係も作の半ばを占める。御住との結婚生活も同様である。彼は自分がどうして今の自分になったのかを疑い、未来がどのように開かれるかを探りたいのである。血族の中で比田の妻・お夏が比較的重い位置を占めるのは、そのモデルの姉が「幼時に里子に出された」漱石を可哀想だと取り戻してくれた、言い伝えのためだけではない。漱石が祇園で病んでいたときこの姉が危篤で、まもなく死亡したからでもある。せめて牛乳を毎日飲みたいという姉のために、漱石は小遣いを毎月四円ほど渡していた。だがその金さえ、時には夫に取り上げられ、愚痴をこぼす姉を、彼は愚かだが不憫な人だと思っていた。

兄が風邪を引いたとき、健三は残される家族のことを「ただ活計《くらし》の方面からのみ眺める事があつた。彼はそれを残酷ながら自然の眺め方として許してゐた。同時にさういふ観察から逃れる事の出来ない自分に対して一種の不快を感じた」。こういう両面的な観察や理解は、ここでも繰り返される。それは冒頭の「遠い国の臭《におい》」ですでに始まっている。彼は「早く其臭《そのにおい》を振ひ落さなければならない」と思う一方で、そこに「潜んでゐる彼の誇りと満足」には気がつかなかったのである。

一族の中で高学歴の彼は、「教育の力を信じ過ぎてゐた」。その結果、身内の人々を理屈で屈服させようとしてきた。だが姉が「訳の解《わか》らない実意立《じついだて》」をして「却つて夫を厭がらせる」強さを知ってから、自分にも似ている性分があることを反省した。比田は比田で「極端に近い一種の個人主義」者だったから、妻の好意からの干渉を、お節介として嫌ったのであろう。では健三夫婦はどうなのであろうか。彼もまた学問に没頭し、自分勝手に暮らしていることに気づいたのである。しかし反省はしても、自分の妻に対する見方を変えることはしなかった。

妻という存在

健三は女には天性の「技巧」があると信じていた。島田だけではなく、彼と離婚したお常までがやってくるようになった。昔は「母」と呼んだ、彼女の「淡泊《あっさり》」しない「技巧」的性質を健三は覚えていた。だが現われたお常は、「予期に反して寧《むし》ろ平静」だった。彼女は今の自分の境遇を話して、健三から五円貰って帰った。それが癖になり、彼はお常が現われるたびに五円を「俥代《くるまだい》」として渡すようになった。

お常が帰った後、健三夫婦はまた口争いをした。妻が「夫の執拗」を笑ったからである。健三は「己《おれ》が執拗なのぢやない、あの女が執拗なのだ」と言い張った。ここでは「丸で違つた人」になって現われた以上、「昔の考《かんがえ》を取り消すのが当然」とする妻の方が実際的であり、「違つたのは上部《うわべ》丈《だけ》で腹の中は故《もと》の通りなんだ」と主張する健三の方が独断的に見える。だが彼は、「批評が中《あた》つてさへゐれば独断的で一向差支《さしつかえ》ない」と一般論に持ち込み、面倒になった妻は「私《わたくし》と関係のない人」と話を打ち切った。この夫婦は争いになると夫が理論で妻を屈服させようとして「女の癖に」という気持ちになり、妻は妻で「いくら女だって」と反抗するが、面倒になり「当面の問題」を投げ出してしまうのである。こういう些細な問題の積み重ねが、二人の間に溝を作っていく。この件では、「御互《おたがい》の腹の中にある蟠《わだか》まり」や「非難に理由のある事も亦《また》御互に認め合わなければならなかつた」と評されている。次作『明暗』につながる考え方である。

妻は夫が風邪を引くと手厚く看病し、妻がヒステリーを起すと夫は心配でいつまでも付き添っている。出産時には腹をさすり、予定より早かったために産婆が間に合わず、胎児を取り出すことさえした。心の内には優しいものを持ちながら、日常ではそれを面《おもて》に出せない健三と、必要以上のことをあまり口にしなくなった御住とは、たしかに変わった夫婦である。

小説は島田に百円を渡して縁を切った健三と御住の会話で終わるが、「まあ好《よ》かつた。あの人だけは是で片が付いて」と喜ぶ妻に、彼は「世の中に片付くなんてものは殆んどありやしない。一遍起つた事は何時《いつ》迄も続くのさ。たゞ色々な形に変るから他にも自分にも解らなくなる丈《だけ》の事さ」と苦々しく言う。妻は赤ん坊を抱き上げて、「おゝ好い子だ〳〵。御父さまの仰《おっし》やる事は何だかちつとも分りやしないわね」と言い、子供の赤い頬に接吻した。

過去を忘れられない健三の苦い気持ちと、現在の幸せに浸る妻とが対照的である。漱石にとって、女性には理解できない一点があり、男同士の方が気兼ねなく話せる相手だったようだ。過去の回想は「道草」ではない。人生そのものが「道草」の連続なのである。

なお『漱石全集』別巻に、関荘一郎「『道草』のモデルと語る記」(雑誌「新日本」大正六年二月一日)が収録されている。この筆者が偶然塩原と後妻の「かつ」が住む芝神明の家に下宿し、塩原から当時の話を聞いたとある。それによると、中学校、高等学校の費用も塩原が出したというが、事実かどうかはもちろんわからない。

漱石の日記には、兄と義兄(高田)から、塩原が訴えを起すと聞く条りがある。「情」で金を遣ったにもかかわらず、金だけに執心する目的の人間は屑である旨の強い怒りの表明である。

第十四章　明暗のかなた

「点頭録」の決意

大正五年は漱石最後の年である。彼はその新年を迎えた感想を「点頭録」の最初に記した。「振り返ると過去が丸で夢のやうに見える」。彼は数え五十歳になった。人生わずか五十年と考えられた時代である。過去は「一の仮象に過ぎない」とも思われるし、現在のさまざまな思いは、「刹那の現在からすぐ過去に流れ込む」のだから、同様に現在は瞬間に未来を生み出すものでもある。しかし、それを認識するのは「我」であり、「我」がすべての現象を「認識しつゝ絶えず過去へ繰越してゐる」と思えば、「過去は夢所《どころ》ではない」。明らかに一刻一刻の「我を照しつゝある探照燈のやうなものである」と彼は考える。生きることに対するこの「二つの見方が、同時にしかも矛盾なしに両存して」、この「一体二様の見解を抱いて」、自分は全生活を「大正五年の潮流に任せる覚悟」で、眼前に展開する月日に対して「自己の天分の有り丈《たけ》を尽さうと思ふ」。これが年頭に当たっての彼の所感である。彼はこれまでも全力で生きてきたが、この表明には、どこか最後の灯《ともしび》を掻き立てるような決意が表われている。

漱石が続いて記したのは軍国主義に対する感想であり、第一次大戦のドイツに代表される軍国主義と「多年英仏に於て培養された個人の自由」を重んずる思想との対決が、興味の中心であった。すでに「私の個人主義」と名づけられた講演(学習院、大正三年十一月)をした彼は、もちろん連合国が勝ち、ドイツは負けると思っていた。だがドイツがまだ優勢で、イギリスが急拠、徴兵制を敷いたのに驚いてもいる。彼はドイツにより広められた「時代錯誤的精神」が、「自由と平和を愛する」英仏にも浸透しつつあることを悲しみ、ドイツの政治家トライチケが鼓吹した軍国主義、国家主義を批判していくのである。その軍国主義、国家主義は、ドイツ統一には有効だったかもしれないが、それを他国に及ぼすのは、無意味どころか有害であると説くあたりで「点頭録」は中絶している。腕がリューマチのため「原稿などをかくのが非常の苦痛と努力」を要すると、編集部の松山忠二郎には書簡で断わった。痛みは暮から始まり、続けて机に向かうことが困難だったのである。

点頭とは「頷《うなず》く」の意だが、ここではそれを拡大して、彼が認めた世間の風潮を指すと思われる。その意味では任意の自由な題であるから、書こうと思えば再開することも出来たのだろうが、彼には連載小説の重責があった。

まずリューマチの痛みから逃れるため湯河原温泉に行き、中村是公と会い、半月ほど滞在した。腕がかなり良くなって、四月から五月にかけて綿密な糖尿病の検査をし、体調を整えた彼は『明暗』の執筆に取りかかった。

明と暗の交錯

『明暗』とは文字どおり明と暗、真実と虚偽、理解と不可解、優劣など対照的な命題が表裏に貼りつき、その関係が時と場合に応じて逆転するこの小説を象徴する題名である。中心は津田とお延《のぶ》の夫婦関係にあるが、彼らを取り巻く叔父たち、藤井夫婦と岡本夫婦や、藤井家の書生だった小林、岡本の娘・継子《つぎこ》や津田の勤務先の重役(社長?)吉川の夫人もそれぞれ主要な人物たちである。津田夫婦の両親はともに京都に住み、他の人々は東京で暮らしている。

奥まで続く病

物語は、結婚して半年ほどしか経たない津田とお延が、何かぴったり合わない不安、または不満を感じはじめたころに始まる。津田は漱石と同じく痔疾に悩み、一度患部を切除したが、再発したので会社から帰宅の途中で医院に寄り、医者から、痔疾は「まだ奥がある」ので、切開手術をするよう言い渡された。ふたたび電車に乗ったが、何か不安である。「此《この》肉体はいつ何時《なんどき》どんな変《へん》に会はないとも限らない。それどころか、今現に何《ど》んな変が此肉体のうちに起りつゝあるかも知れない。さうして自分は全く知らずにゐる。恐ろしい事だ」。そう考えた彼は、突然、「精神界も同じ事だ」と心中に叫んだ。彼は「彼《あ》の女」がなぜ「彼所《あすこ》へ嫁に行つたのだらう」という疑問を引き起した。「さうして此己《このおれ》は又何《ど》うして彼《あ》の女と結婚したのだらう。それも己《おれ》が貰はうと思つたからこそ結婚が成立したに違《ちがい》ない。然し己は未《いま》だ嘗《かつ》て彼《あ》の女を貰はうとは思つてゐなかつたのに」。津田は自分の言動が、いつも自分の意志によるものだと思っていた。彼は当世風の人物で、本心と反対の事を言うことも、お世辞を使うことも厭わない性格だった。だが別の男と結婚した「彼《あ》の女」は、彼の「自尊心」を甚だしく傷つけたのである。

彼は電車を降りて考えながら自宅に向かった。

お延の性格

彼を待つ「細君」は、色白で細い一重瞼《まぶた》で、「漆黒」の瞳《ひとみ》を持っていた。彼はそこから発する光に引きつけられることもあり、逆に「突然何の原因もなしに」、その光から「跳《は》ね返される事」もあった。二人は京都の実家に帰省中に、津田の父から書物を借りてくるよう頼まれたお延が、津田家へ行ったのが最初の出会いである。津田の父は留守で、津田には探し出せず、翌日津田がわざわざ持ってきてくれたのである。お延は結婚の対象として、「空想と現実の間には何等の差違を置く必要がない」ことを津田に感じた。要するにお延の方が積極的で、津田は消極的だったわけである。お延は岡本の叔父に頼み喜び勇んで津田と結婚した。だが半年以上経った今では、空想と現実は違うものだと感じはじめている。だが自分の直感に自信を持ち、岡本の叔父からもそう思われている彼女は、その気持ちを誰にも打ち明けることができなかった。

「作中の呼び名」

この作は『道草』同様に夫と妻の問題を大きな脈絡としている。だが『道草』では、健三は「健三」として登場するが、妻の御住は「妻君」と記され、本名は滅多に現われない。その意味では、健三は御住を自分の下位にあるものとしてしか考えていないのである。これに対して『明暗』では、津田とお延は対等の立場で相対している。ここでは「お延は……した」「お延は……と言つた」という表記が、「彼女」を凌ぐほど多いのである。「お延」は、女として男と同等の一体化を願う妻のプライドを持った呼び名である。長い葛藤の末、漱石はついに夫と同じ権利で自己を主張する女性に達した。もっともそれは「新しい女」的声高《こわだか》なものではなく、巧妙な手管で夫を搦《から》め捕《と》る才能ではあるが。

二人が出会ったのは、おそらく正月前後である。お延が希望しても、津田には結婚の前提として、まだお延は知らない「彼《あ》の女」、清子の問題がある。従来も指摘されてきたように、去年の暮に小林医院(当時は肛門科と泌尿生殖器科を兼ねた医院があった)で偶然会った友人の関がその結婚相手らしいから、津田と関の間に「異常な結果」を生じさせた清子と関の結婚は、今年の一月か二月ごろであり、津田の結婚はその直後ということになる。小林医院にはうつむいて顔を上げない患者たちが並んで座っていた。彼らは梅毒のような性病に冒されていたのだろう。その中で関は平気で津田に声をかけ、津田と「性《セックス》と愛《ラヴ》」を論じた。関は結婚に当たって性病をすぐに治療しておく必要に迫られていたらしい。

二人の叔父

藤井は津田の父の弟である。京都の父は官吏で各地を転々としたので、津田と妹のお秀《ひで》は、おそらく中学校や女学校時代から藤井夫婦の世話になった。藤井は「端的な事実と組み打ちをして働らいた経験のない」「迂闊な人生批評家」であると同時に、「一面に於ては甚だ鋭利な観察者」だった。「一種の勉強家」であると共に一種の不精者に生まれ付いた彼は、文筆業として当然貧乏だった。彼の息子と岡本の息子は同級生である。

藤井家に入院報告をしに行った津田は、そこで小林と久しぶりに出会う。この小林は藤井家で書生をしていたことがある。師を見習って貧乏であり、評論家を志しているらしいが芽が出ず、貧民階級に同情している。まだ父から仕送りを受けて「贅沢」な生活をする津田に批判的である。津田は父から今月は仕送りしない旨の手紙を受けとり、困惑して事情説明の返事を出したが、まだ父の返事は来ない。小林の妹のお金《きん》は現在、藤井家の女中で、結婚話が起っている。だが小林はそれを知りつつ、朝鮮(当時、日本の植民地)の某紙に出稼ぎに行かざるを得ない身の上だった。

津田はお金《きん》が見も知らぬ男と結婚することを「何だか不真面目《ふまじめ》」と言い、恋愛結婚、ないしは交際結婚を主張するが、藤井の叔母から反撃され、座が白ける。叔母の意見では、結婚は「妙《みょう》なもの」で、「見ず知らずのものが、一所になつたところで、屹度《きっと》不縁になるとも限らないし」、「此人《この》ならばと思ひ込んで出来た夫婦でも、末始終《すえしじゅう》和合するとは限らない」ということになり、何か津田夫婦に当てつけている感じがする。叔父は叔父で、他人の娘には「父母といふ所有者」があり、「惚れるとか愛し合ふとかいふのは、つまり相手を此方が所有してしまふといふ意味」だから、「既に所有権の付いてるものに手を出すのは泥棒ぢやないか」という奇抜な意見を出す。

入院前日で、叔母の折角の料理も遠慮して、このあたりの不味《まず》いパンで我慢した津田は、小林と一緒に藤井家を出、坂を下った。別れ道で小林にもう少し飲もうと誘われて、病気だから嫌《いや》だと断わった津田は、「そんなに厭か、僕と一所に酒を飲むのは」と絡まれて、「そんなに厭であつた」にもかかわらず、「丸で反対な決断を外部《そと》へ現《あら》はした」。小林は酔いに任せて「下等社界」への同情を喋り、津田はうんざりしてそれを聞いていた。

この小林が小林医師と同姓で紛らわしいのは、偶然ではない。漱石が思案の末に同姓にしたのである。小林医師は八百五十倍の顕微鏡で細菌を見せ、肉体の奥を手術した。これに対して朝鮮に都落ちする小林は、この夜、送別会をすると心にもない約束をした津田に、やがて正真正銘の貧民を見せ、その心を手術しようと企むのである。

一方、お延の叔父・岡本は血の繫がった叔父ではない。岡本と結婚した叔母のお住が血縁である。だが岡本は、肉親以上にお延の才気ある性格を愛した。岡本は実業家だが、糖尿病のため今は第一線から退き、悠々自適の生活をしている。娘の継子は、お延と姉妹同然に生活していた。お延が津田と結婚したいという意志を告げたとき、岡本は反対はしなかったが、津田の人物を好まなかった。それをお延が聞いたのは叔母の口からである。藤井の叔母がお延を好まなかったと同じく、岡本も津田的才子を好まず、才気煥発のお延の幸福を見守っている。お延の縁談は実質的には岡本が親代わりとして、古い友人の吉川に持ちこんだらしい。岡本と吉川はともにイギリス留学の経験がある。継子の見合いの相手も留学帰りである。

入院中の津田とお延

津田が入院手術したのは日曜日、お延は岡本から芝居見物に来るよう誘われていた。手術が長くなり芝居に行けなくなっては困ると、お延は朝から盛装して津田の目覚めを待った。お延は病室で、手術が終わったら芝居に行ってもいいでしょう?と甘えるように言い、津田は妻の楽しみを病室で奪うのも可哀想に思い、それを許した。だが幕間の夕食会は継子の見合いで、吉川夫人がリードする会話は、お延を無視して進行した。彼女は面目を失なった気分で家に帰った。

彼女は翌日、これまでにない寝坊をして、部屋を片付けてから公衆電話へ行き三ヵ所へ電話をした。まず小林医院で夫の容態を聞き、今日は見舞いに行かないと伝えてもらった。次は岡本にこれから行きたい旨を述べ、最後に津田の妹お秀に津田の状態を「一口報告的」に告げた。

苦手のお秀

お延とお秀とは一歳違い、お秀が年上である。お延はこの義妹が何となく好きでなかった。お秀は器量好みの堀に望まれて嫁いだが、堀は道楽者で、小林医院で性病を治療したこともある。彼は楽天的で、自分が「自由に遊び廻る代りに、細君にも六《む》づかしい顔を見せない、と云つて無暗《むやみ》に可愛がりもしない」男だった。堀家にはその母、弟と妹、「親類の厄介者」までいたから、お秀は気苦労が絶えなかった。彼女は夫よりも自分が産んだ子供だけに関心があった。彼女が不満を打ち明ける相手は京都の両親だけであった。

『明暗』連載時の挿し絵から．名取春仙画．東京朝日新聞，大正5年9月2日．

お秀は藤井の叔父の影響で、理屈っぽい女となったが、兄の津田と衝突することは避けていた。「何かいふ兄よりも何も云はないお延」を彼女は心の中で非難していた。兄が父から金を貰うのも、お延が派手好きなのが原因だと彼女は思いこんでいた。お延は津田から貰った宝石の指環を見せびらかすかのように見せていたからである。父親に告げ口をするかのように、兄夫婦の生活を報告したのも、「正義」感の裏に小姑《こじゅうと》的不快さが生じたからだろう。お延の指環を発見したのはお秀であり、堀が保証人になったため、父が津田に送金していることを知らなかったお延は、「自分が何《ど》の位《くらい》津田に愛されてゐるかを、お秀に示さう」として、攻撃される原因を作ってしまったのである。

お延の決心と見舞客

前日、岡本から小切手を貰ったお延は、留守中に、小林が古オーヴァーを貰いにきたことを聞いて不思議に思った。帰りの電車で何か「目眩《めまぐる》しい影像《イメジ》を一貫してゐる或《ある》物を心のうちに認めた」が、彼女は個々の「団子《だんご》」を貫く「串を見定める事」が出来なかった。彼女はその夜、両親に手紙を書きながら、自分の不安がどこから生じるのか知ろうとした。しかしその「大根《おおね》の正体は何うしても分《わか》らなかつた」。彼女は岡本家で、継子に「自分の斯《こ》うと思ひ込んだ人を飽《あ》く迄《まで》愛する事によつて、其人《そのひと》に飽迄《あくまで》自分を愛させなければ已《や》まない」と公言したのである。彼女は両親に「幸福さうに暮してゐる二人の趣」を書いた。

　状況はどんどんお延に不利な方向に進みつつある。早く目覚めて津田の所へ行こうとしていた彼女は、小林が古オーヴァーを貰いにきたのに時間を取られた。お延は下女のお時が電話で津田に確認する間、嫌味とも取れる饒舌や、津田の過去をほのめかす小林の言葉に悩まされた。お時は電話が通じず、医院まで聞きに行ったのである。小林は「恥を恥と思はない男として、一旦云つた事を取り消す位《ぐらい》は何でもありません」と言ってそれまでの言葉を取り消し、帰って行った。お延は悔しさに泣き伏し、津田の書斎を調べたが「過去」を知る手掛かりは何もなかった。

女の闘い

津田の病室には、先ず近所に住むお秀が見舞いに来た。津田の変化はお延が原因だと思い込むお秀は激しく津田を批判し、ようやく病室に近づいたお延に、兄さんは「嫂《ねえ》さんを大事にしてゐ」ながら、「まだ外にも大事にしてゐる人があるんです」という声が聞こえた。お延の登場で一旦収まりかけた兄妹の口論は、物のはずみで再燃し、激昂したお秀は自分勝手な津田夫婦に自分の「親切」の意義を教え、夫のではない自分の金だと断わって紙包を置いて去る。

夫婦だけのときには相手の心を量ったり、平気で偽るこの二人は、お秀という共通の敵を前にして、久しぶりに共闘した。お延は岡本から貰った小切手を津田に渡し、絶対に「必要なものは、あたしがちゃんと拵《こしら》へる丈《だけ》」だと誇らしげに言い放った。

彼ら夫婦はこれらの親族や友人の中で、自分たちだけは他に捉われず気ままに生きようとしている。彼らは計算高く、お秀に言わせれば自分の得になることとしかしない。お延は津田を

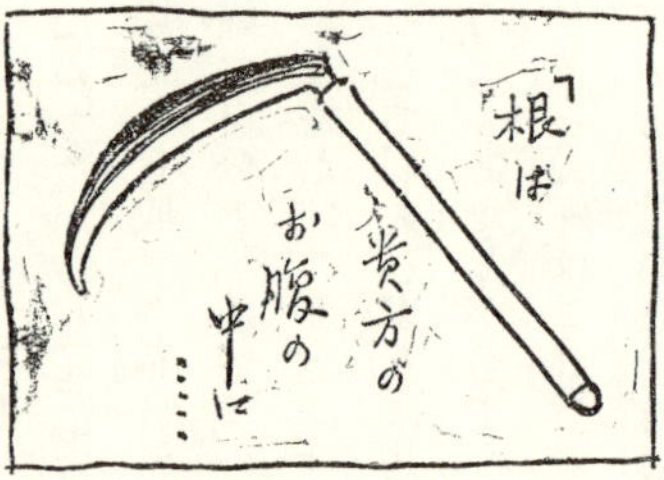

『明暗』連載時の挿し絵から．名取春仙画．東京朝日新聞，大正5年10月30日．

「愛」しているかも知れないが、そこには自分の選択の失敗を笑われたくない面子《メンツ》の要素が交じっている。彼女はお秀との言い争いを放置するのは不味《まず》いと思い、翌日、津田の入院先に近い神田の堀家にお秀を訪ねるが、お延は昨日の喧嘩後に、お秀が藤井家に訴えることは予測していたが、彼女がまず吉川夫人を訪ねたことを知らない。津田は見舞いがてら金を無心に来た小林からそれを聞いて愕然とした。夫人が今にも来て、お延と顔を合わせることを恐れたのである。

津田は車夫に、今日は来なくていいという手紙を持たせ、自宅のお延に届けさせた。だがお延はすでに家を出ていた。銭湯に行っている間にお秀が来たことを下女から聞いたお延は、医院への順路にある堀の家に寄って行こうと考えを変えたのである。それは、父と親しいお秀との交際を絶つことが出来ない津田の望みでもあった。だがお延は、両家の関係よりも、お秀から津田が隠しているらしい過去の女性関係を知りたかったのである。そのために夫婦の「愛」を話題にしたお延は、相手があまりに観念的で、雑誌の一般的知識しかないことを軽く見すぎた。

たとえば岩野清子(泡鳴と結婚時代)「恋愛と個人主義」(「新潮」大正四年十二月)には、「恋愛は男女の平和な併合ではなく、互に他を征服しようとする争闘」、つまり「同化の戦ひ」だという説があるが、さらに一歩を進めて、お延が自分は全身で愛し愛されたいのだと言ったとき、形勢は逆転し、お秀から、そんな夫がこの世にいるわけはない、あなたが「実例をお見せになる丈《だけ》なの。其方《そのほう》が結構だわね」と軽蔑され、屈辱感を抱いて堀家を出た。

改められた末尾

この女のスリリングな闘いに言及したのは、この章の末尾は、漱石が送稿の翌日、朝日から取り戻して書き直したからである。最初の原稿は、「彼女(お延)は病院へさへ寄らずにすぐ家へ帰つた。さうして其所《そっち》に彼女を待つ津田からの手紙を始めて読み下した」とあった。初稿に従えば、「来るな」という手紙を帰宅して見たならば、彼女がすぐに津田のところへ行き(堀家と医院とは十分内外)、彼を問いつめるのは必然である。事実、「百四十四」のお延はそのとおり行動している。だがそれでは彼女が吉川夫人と出会わざるを得ないので、その後の展開、夫人の津田への説教や、保養の旅の勧め、およびその間にお延を「教育」するなどの長話も不可能になる。漱石はそう考え直して、改稿したに違いない。

定稿「百三十一」は、お延とお秀が「戦つてゐる間に、病院では病院なりに、また独立した予定の事件が進行した」と始まる。「予定」というのは、お延が吉川夫人はきっと見舞いに来ると断言し、津田もそれを期待していたからである。お延は病院の近くまで行って、お秀と吉川夫人が、気脈を通じて、何か自分に対する「謀計《はかりごと》」をめぐらしているのではないかと勘づき、偶然にも、お秀からの電話で慌てて病院を出た吉川夫人らしき姿を電車の中に見かけた。不安になった彼女は、態勢を立て直すべく一旦家に帰って津田の手紙を読み、不審を晴らすために津田の許に向かうことになる。その結果、津田はお延に追及され、やっと吉川夫人が来たこと、退院後、夫人の費用で温泉に行けと勧められたことだけを白状するのである。もちろん、そこに清子がいることは決して言わなかった。

この日の午前、津田は病室の窓から向かいの洗濯屋の方を眺めた。「一本の柳の枝が白い干《ほし》物《もの》と一所になつて軽く揺れてゐた。それを掠めるやうに懸け渡された三本の電線も、余所《よそ》と調子を合せるやうにふら〳〵と動いた」。一見ただの風景のようだが、この日のこれ以後の展開を思い合わせると、それは柳の枝であるお延と干物である津田、電線は彼らを批判する小林・お秀・吉川夫人の暗示だったように見えてくる。『明暗』はそういう深読みを許す奥の深い小説である。

地名を消された作中空間

津田は小林に約束した金を渡すために、「東京で一番賑やかな大通り」に出向かなければならなかった。彼は「優者の特権」を保つために遅れて行った。ところが、待ちくたびれていると思った小林は、道路を隔てた四つ角の向こう側で一人の青年と立ち話をしていた。そこは強い光に当たらない陰の場所だった。そこへ「自働車」が来て、そのヘッド・ライトが二人の満身を照らした。暗部が光に照らされ、「明」に転ずる一瞬である。見知らぬ青年は、まもなくレストランで小林から紹介されることになる、貧乏で場所に相応しくないみすぼらしい画家だった。津田はそこで、ある青年が小林に宛てた手紙を読まされ、「土の牢の中」で苦しみ、「日光」が当たらないような身の上を知る。レストランの明るい光景は、逆に津田の心に暗い影を落とす。

もう一つ注意しておきたいのは、「東京で一番賑やかな大通り」という表現である。銀座と言えば済むのに、なぜこういう面倒な言い方をするのだろう。これから津田が清子と会いに行く温泉も、「一日掛りで東京から行かれる可なり有名な其温泉場」であり、「軽便」への乗り換え、軽便の「基点に当る停車場」などと、その行程はくどいほど精密に書かれながら、駅の名そのものは記されない。登場人物の住所も、津田家をはじめ、藤井、岡本、吉川の住所も書かれていない。ただ一つ記されるのは病院がある神田であり、それに付随して「同じ区内にある津田の妹の家」という間接的な記述で、お秀の住まいも辛うじて神田にあると推測されるだけである。『彼岸過迄』は敬太郎がいくつもの実名の地を歩きまわるのが特徴だった。これに反して『明暗』は登場人物の実在感が補強される現実の街並みをあえて消し去り、長たらしいとも言うべき説明的な表現を採用したのである。

もちろんそのすべてがそうだというわけではない。津田の痔疾が発病した荒川堤やお延が思い出す日比谷、霞が関の光景や、二人で買物をした銀座などは克明に書きこまれている。だがこれらの場所は副次的に与えられる情報にすぎず、津田の痔疾がどこで発病しようと、お延の記憶に銀座が残っていようといまいと、それは小説の主な展開とは関係がない。津田がお愛想で藤井の叔母を誘う帝劇は実名だが、継子の見合いの場はただ「劇場」と記されている。藤井の娘たちの嫁ぎ先も同様である。

いわばこの小説空間は、円周の外部が実名で縁取られるに対して、その内部は空白のままぼかされ神田(小林医院、堀家)だけが示されるにすぎない。医院が漱石の入院した小川町の医院を借用したとすれば、津田、藤井、岡本、堀、吉川の家は、「堀端を沿ふて走る」電車(外堀線)とそれに連結する「川沿の電車」を軸に配置されるが、それらはお互いの方角、距離によって関係づけられている。小林の下宿はこの軸と直角に交わる方角に位置するらしい。それは「世の中がない」と自称する彼に相応しい。「吉川の私宅《うち》」は、津田の自宅と「反対の方角」にあり、それは彼と結婚したお延との関係を表わすようであり、藤井・岡本両家が「川沿の電車」で行ける同方向にあるという説明も、それが実際には小石川区小日向台地方面にあるらしいということよりも、両家が吉川夫人の家とは対極にあって、生活上の相違はあっても「陰陽和合即陰陽不和」の説の一致に示されるように、二人の叔父が甥と姪との恋愛結婚を危ぶみつつ見守っていることと結びつく。

「神田」の位置

これらに対して、神田にある堀家の位置はやや複雑である。兄妹は性格的に合わないとは言え、お秀が、親しい藤井家に行くには、津田の家を通り越して行かねばならないからである。津田夫婦とお秀との表裏相反した関係はここに象徴的に表われている。「神田」は津田の入院した医院があり、お秀が津田夫婦の贅沢さを父に発信した場所、つまり物語の原動力となる場所であった。銀座が「東京で一番賑やかな」と形容されるのも、実際の銀座そのものというよ

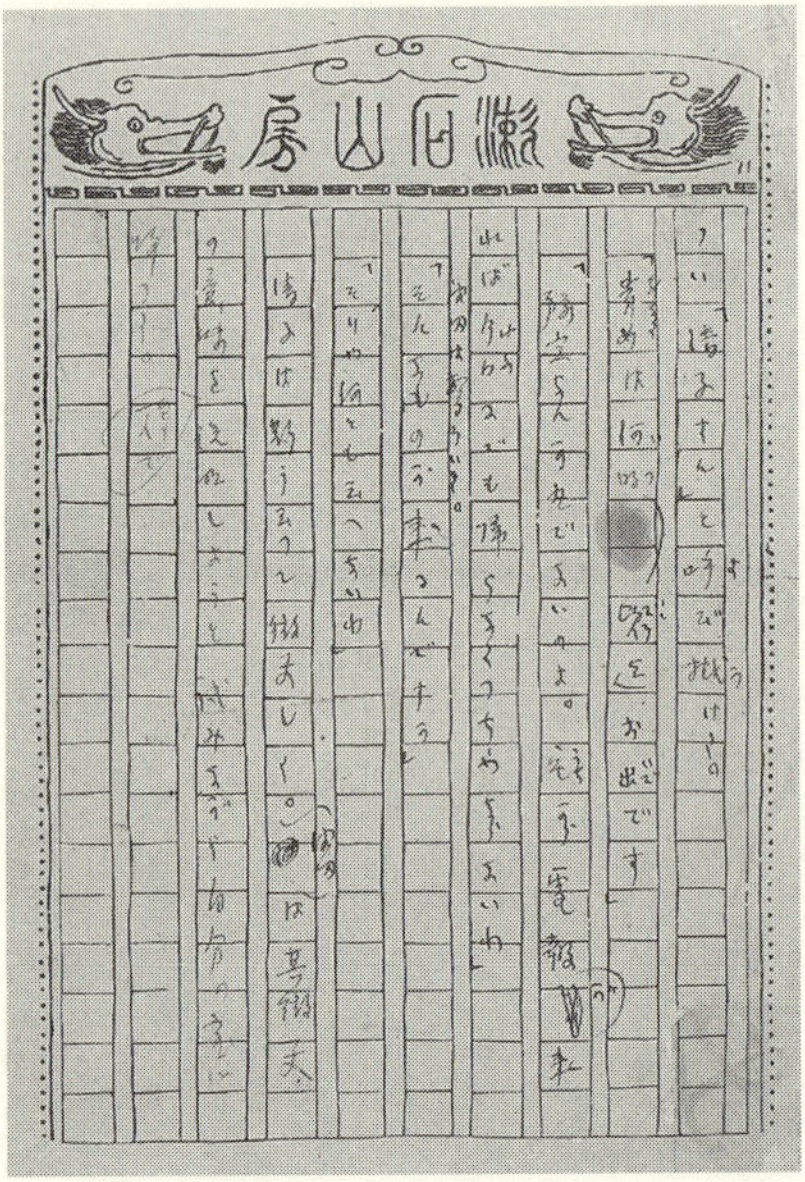

『明暗』直筆原稿．漱石絶筆となった第188回の最終頁．日本近代文学館蔵．

り、津田の序列的感覚を示し、藤井からの帰り道に小林と飲んだ、「厭《いや》に陰気な所」ではないことを見せつける津田の気持ちを表わすためであり、銀座の個性的な性格ではない。彼が小林を待たせて「視覚の満足」を味わったのは、はなやかなショーウインドーが「たゞ都会的で美くしいといふ丈に過ぎなかつた」。

温泉行き

津田は一緒に行くと望むお延を説き伏せて、一人で温泉に行き清子に会うが、物語は二人の正式の対面で中絶するので、その結末がどう着くのかは不明である。漱石の書簡には、『明暗』

はもうすぐ終わると記されたり、もう少し時間がかかると反対の記述もあり、どちらも可能性がありそうである。

宿に着いて風呂上がりの津田は複雑な帰り道に迷い、階段の上の部屋から風呂に入ろうと出た清子とばったり出会い、硬直する清子を見た。だが翌日、正式に部屋を訪れたとき、彼女は平然として津田と会い、「昨夕はあゝで、今朝は斯《こ》うなの」と言い、ここで会ったのは偶然だと偽る津田に、「訳さへ何へば、何でも当り前になつちまふのね」と答える。彼女は自然体で、津田は自分と別れた理由を問う間もなく、一旦自分の部屋に帰る——。清子の態度は「自然」である。津田のように、技巧を凝らす性格ではないし、お延のように、あくまでも意志を貫こうとする女性でもない。津田に対して「貴方《あなた》はさういふ事をなさる方なのよ」と昨夜の出会いを語る彼女の言葉は、津田が求める別れた理由の一端だったのかもしれない。お延はどうなるのか。漱石は木曜会で、『明暗』は「随所に埋めてある芋を、段々に掘り出し乍《なが》ら行く」のだと語ったそうである(松岡譲「『明暗』の頃」)。夫婦の行く末は、清子は、「芋」は顔を出しかけたが地中に残された。

第十五章　晩年の漱石とその周辺

芥川龍之介、久米正雄らの入門

木曜会のメンバーも次第に変わり、鈴木三重吉、松根東洋城らに代わって、芥川龍之介、久米正雄らのほか、和辻哲郎、赤木桁平《こうへい》らが出入りするようになった。古参のメンバーと違って、彼らは遠慮せずに漱石と議論し、漱石もまたそれを喜ぶようだった。彼らに言わせたいだけ言わせた上で、最終的には漱石が勝つのである。周知のように、漱石は芥川・久米宛に、午前中『明暗』を執筆、「大いに俗了された心持」になり午後は漢詩を作ると手紙を書いた。そこに引用されているのも有名な詩句である(『全集』漢詩一四一)。

仙を尋ぬるも　未だ碧山《へきざん》に向かつて行かず
住みて人間《じんかん》に在りて　道情足る
明暗双双　三万字
石印を撫摩《ぶま》して　自由に成る

全集の訳注によれば、仙界を訪れようという興味はあるが、まだ奥深い山に向かってはいない。この俗界にいても脱俗の気持ち(道心)は十分にある。明と暗は表裏のように対をなしている。その明暗が織りなす長篇を書いていている。手許の石印を撫でさすっているうちに、原稿は自然に出来上がっていく。――

芥川龍之介(右から２人目)と久米正雄(左端).
大正５年．写真提供：日本近代文学館.

執筆中の自由な境地が示されているが、実は『明暗』には書き損じの原稿も多く、訂正、書き足し箇所も多数ある。訳注が言うように、『碧巌録』第五十一則の頌に「明暗双双底《なん》の時節ぞ」とあり、「明と暗が対をなすとは、いかなる時のことか」と説明されている。『明暗』はまさに意図どおりの作品である。

漱石は芥川の『鼻』を賞賛し、友人たちから貶《けな》されて、くさっていた彼を勇気づけた。彼の回想談話「夏目先生」には、「先生は一寸《ちょっと》したことでもよくおこった」とあり、『文芸的な、余りに文芸的な』の「夏目先生」には「機嫌の悪い時には先輩の諸氏は暫《しばら》く問はず、後進の僕などは往生だつた」とある。

この時期の漱石は蠟石《ろうせき》を摩《さす》りながら執筆する癖があった。中国へ行った菅や、絵画の相棒で外交官の橋口貢は、みごとな蠟石を送ってくれた。

多忙な彼が、続けて芥川・久米に第二信、三信を送ったのは、並々ならぬ好意を示している。第二信では、焦ってはいけない、牛のように「超然」として、「人間」を押せ、「文士を押すのではない」と訓した。三信では二人の作品を評し、芥川には「芋粥」の批評をさらに書き送った。彼は自然主義の作品に不満を持つ、新しい世代の彼らに期待したのである。彼らと一高で仲間だった菊池寛は、京大に移っていて、後から芥川らに連れられて漱石山房に行った。彼は「先生と我等」でその日の思い出を書いている。彼はほとんど口を出さず芥川や漱石のやりとりを聞いていたが、漱石の弟子たちに対する「温情」は身に沁み、「世の中で得がたい経験をしたやうな気がして、二、三日は幸福であつた」という。

二人の禅僧

漱石に会いに来た人々の中で、異色なのは二人の禅僧、富沢珪堂《けいどう》と鬼村元成《きむらげんじょう》である。年下の鬼村が本好きで、『猫』を買ってきて、面白いからと読むことを勧めた。神戸の祥福寺で一緒に修業していた彼らは、その面白さや、浮世離れした会話に魅せられ、漱石に手紙を出した。大正三年四月のことである。律義な漱石はすぐ返事を書いた。鏡子によれば、漱石は彼らの手紙を一括別置して保存していたそうだが、現在は所在不明である。漱石は最初、読者に出すような礼を書き、同時に、「あなた方の修業」の差し支えにならない程度で「御やめなさい」と、相手の立場に配慮したが、「私は時々あなたの手紙を下さるのを読みたい」と希望した。彼らは夏目家の住所を知らなかったので、朝日新聞社宛に出したのである。追伸で漱石は、手紙が重量超過であることを知らせた。いかにも漱石らしく、それに対する不満ではなく今後の交際上への親切な注意である。

鬼村は胃腸を悪くして出雲の寺で養生していたようだが、大正四年一月には神戸へ戻った。富沢の方も一時、胃を悪くして岡山近辺の寺に移り、そこから手紙を寄越した。彼は「墓場には一抱ある椿かな」などの句を書いてきたらしい。漱石は椿の句を面白いと賞めた。

大正四年四月、文通開始から一年後の鬼村の手紙は、禅宗の修業生活を書いてきたらしい。漱石は京都旅行中で返事が遅れたことを詫び、禅僧の生活を面白く読んだことを述べて、「私は禅学者ではありませんが法語類(中略)は少し読みました。然し道に入る事は出来ません。たゞの凡夫で恐縮してゐます」と記した。

なぜか軌を一にして、富沢も病気が治まり、神戸に帰ったらしい。数日後に富沢からも手紙が届いた。二人は和尚の考えで、「修業」のため祥福寺と関係する別々の寺へ出された感じがある。漱石は祥福寺の開山は誰で臨済宗の何派に属するか、和尚の名はと尋ねている。自分は禅僧とあまり交際はないが、禅僧が好きだ、と卒直に記した。

二人が名古屋で修業、研修の会へ行くことになり、その終了後上京したい、が泊めてくれるかとの手紙に返事を書いたのは、九月二十五日である。彼は鏡子の了解を得た上で快諾し、東京駅からの道順を教えた。小説執筆中で時間はないが、小遣いを上げる程度のことは出来ると記した。上京が近づいた十月十八日の鬼村宛書簡は、精細に東京駅から自宅までの道順を説明している。

富沢の「〝風呂吹きや頭の丸き影二つ〟」(『全集』別巻収録)によれば、二人は離れの子供たちの勉強部屋に泊めてもらい、毎日五円の小遣いを貰って東京を見物し、食事も一緒にした。鏡子には帝劇へ連れて行ってもらったともいう。日光へ行ってみたいと言えば、すぐ費用を出してもくれた。この文の題となっている「風呂吹きや……」の句は、彼らが火吹竹を吹き、風呂を沸かす様子を詠んだ句らしい。二人は夏目家に一週間滞在して帰った。帰って一月ほどして「臘月接心《ろうげつせっしん》」(十二月に一週間、昼夜坐禅を組んで心を集中させる行事)があり、それが終わったのが十二月八日で、神戸の街へ出てふと見た新聞に、漱石危篤の記事があった。富沢は涙をぽろぽろ流しながら町を歩いた。漱石はその翌日死去した。

この文は昭和四十年になって、富沢の語るところを筆記したものである。彼はもう一つ昭和三年版全集月報に「漱石氏の禅」を発表している。それによれば、漱石の禅は円覚寺の釈宗演和尚の下で参禅して、悟ったかどうかはわからないし、わからなくてもよい、悟りは本人自身のものであり、他から穿鑿《せんさく》すべきものではないのだと、言う。その意味で漱石は「悟つた人」でも「悟らない人」でもない。「たゞの凡夫で恐縮して」いながら、「空手《くうしゅ》にして筆を執《と》り、空手にして無絃の琴を弾じ、妙機妙用に逍遥しつゝ、明暗双々の境地に安住」していたと彼は見るのである。彼は昭和四年以降、漱石ゆかりの鎌倉円覚寺の帰源院住職となった。

死の床

漱石は『明暗』執筆中、かなり元気だった。東大の真鍋嘉一郎に連日尿を届け、糖尿の検査をしてもらいながら、血糖値も下がり、八月には和辻哲郎宛に「此《この》夏は大変凌《しの》ぎいゝやうで毎日小説を書くのも苦痛がない位《くらい》」だと手紙を送っている。十月下旬には夜、富沢・鬼村の相手をし、十一月十六日の木曜会にも出た。十一月二十一日に午前中『明暗』第一八八回を執筆し、夜は築地精養軒で開かれた、辰野隆の結婚式に夫婦で出席した。新婦は何かと世話になってきた山田三良《さぶろう》夫人の妹なので、断わっても断わり切れず、出席することにした。これ以後は鏡子の『漱石の思ひ出』に頼るしかないが、この披露宴はなぜか列席者が男女別々の席で、鏡子も遠くから漱石を見守っていたというのである。鏡子が気にしてそっと見ると、漱石は前にあった好物の南京豆《ピーナッツ》をしきりに食べていたそうだ。

その日は無事帰宅したが翌二十二日に胃潰瘍が再発した。当初は近所の医者や、驚いた山田夫人が紹介した医学士などに見てもらったが、漱石の希望で、以前に出会って約束した、東大の真鍋嘉一郎が主治医となることに決まった。真鍋は松山中学時代の教え子である。大学を休講して治療に専念したらしい。やや持ち直したかと思った二十七日には喰べ物の要求がひっきりなしになり、夜十二時ごろ、「頭がどうかして居る、水をかけてくれ」と妙なことを呻《うな》るように言い、「うむ」という呻《うめ》きとともに眼が白眼になり失神してしまった。腹部は大きく膨らみ、内出血を起したのである。こうなっては世間に隠しているわけにもいかず、病状を発表することにしたが、鈴木三重吉、森田、野上、小宮らが交替で夜番をし、看護婦も以前修善寺で頼んだ老練な看護婦を頼んだ。だが十二月二日に便器にまたがって、いきんだ途端に二度目の大出血があり、意識不明となった。ときどき意識は回復したが、六日には死相が現われるよう

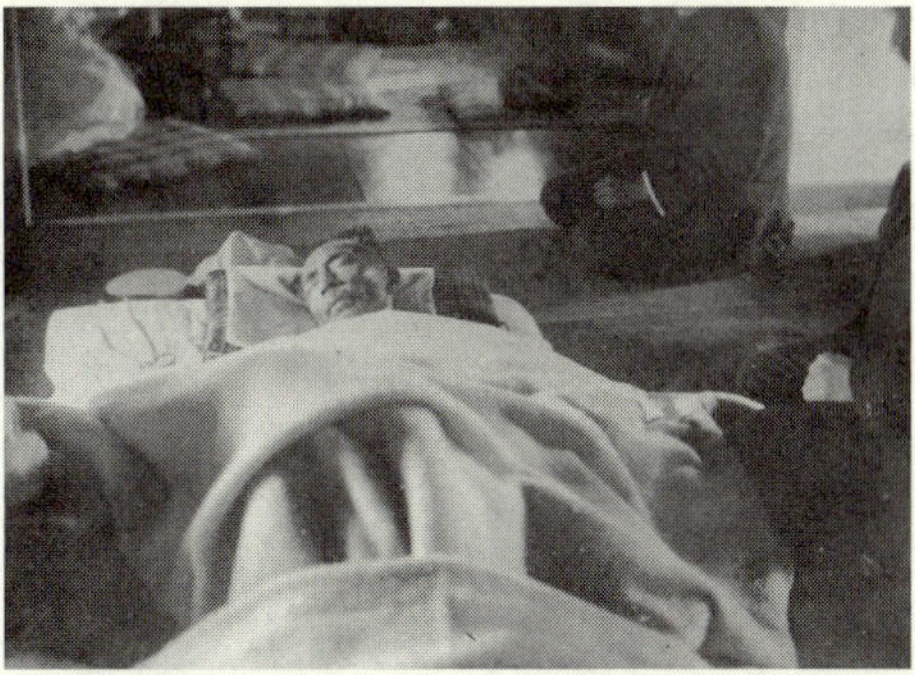

死の床にある漱石．大正5年12月9日．東京朝日新聞写真班撮影．

になった。

子供たちがどこから聞いて来たのか、死にそうな人の写真を撮ると治ると言ってきかないので、朝日の写真班に頼んで隣室から写真を撮ってもらった。生前最後の写真である。八日の夜には真鍋も絶望的であることを告げた。九日になって、中村是公がぜひ会わせろと言って最後の対面をした。「中村だれ？」と言うので、是公さんですよと教えると「あゝよしよし」と呟いた。臨終の一時間ほど前に来た高浜虚子が、「夏目さん」と呼びかけると、「ハイ」と返事をし、「僕高浜ですが」と名乗ると、「有難《ありがと》う」と言ったのが最後の言葉である。午後六時四十五分、漱石は他界した。自分では孤独だと思っていた彼が、妻子、友人、門下大勢にみとられて旅立ったことは、彼の強情だが真実を貫く気持ちが周囲に理解されていたからだろう。

彼の遺体は鏡子の依頼で翌日、東大病院で解剖された。執刀者は長与又郎である。葬儀は十二日、彼の嫌う真宗を避け、青山斎場で行われた。導師は彼と縁のある円覚寺の管長・釈宗演が務めた。彼が最後に大声で「喝！」と言ったとき、満座は粛然とした。戒名は「文献院古道漱石居士」である。墓は雑司ケ谷の墓地にある。

「生死を透脱する」ことが彼の願いであり、「死が僕の勝利だ……死は僕にとりて一番目出度《めでた》い、生の時に起つた、あらゆる幸福な事件よりも目出度い」と大正三年秋ごろから、彼は弟子たちに語ったという（松浦嘉一「木曜会の思い出」）。生は苦痛に満ちているのに死の世界にはそれがないからである。死は万人に訪れるものであって、それを回避することはできない。だがその関を越えれば、肉体は消滅してもその意志は残り、万人に働きかける。それが漱石の到達した最後の結論だった。

臨終間際に娘たちが涙を流したとき、父漱石はやさしく、もう泣いてもいいんだよと言ったそうだ。彼はしばしば子供たちにも怒りをぶつけ、泣くなと怒る人物だった。筆子は父の不合理な怒りに泣くと、そのことでまた泣くなと叱られていた。死に際して彼は本来の持ち前を表に出し、優しい本性を示すことができたのである。

漱石略年譜

和暦	西暦	年齢	主な出来事
慶応三	一八六七	1	旧暦一月五日、夏目直克・千枝夫妻の五男として江戸牛込馬場下横町に生まれる。本名、金之助。
慶応四・明治元	一八六八	2	塩原昌之助・やす夫妻の養子となる。
七	一八七四	8	戸田学校に入学。
八	一八七五	9	塩原夫妻が離婚。
九	一八七六	10	塩原姓のまま夏目家に戻される。市谷学校へ転校。
十一	一八七八	12	市谷学校を卒業、錦華学校に入学・卒業。
十二	一八七九	13	東京府第一中学校に入学。
十四	一八八一	15	実母・千枝が亡くなる。東京府第一中学校を中退、二松学舎に転校する(翌年に中退)。
十六	一八八三	17	大学予備門受験のため、神田駿河台の成立学舎に入学。
十七	一八八四	18	大学予備門に入学。中村是公らと交友をむすぶ。

十九	一八八六	20	胃病を患い、学年末試験を受けられず落第。
二十	一八八七	21	長兄大助・次兄直則が死去。江の島へ遠足に出かける。
二十一	一八八八	22	夏目姓に復籍。第一高等中学校本科に入学、英文学を専攻する。
二十二	一八八九	23	正岡子規と交友をむすぶ。子規の『七艸集』に漢詩九首を添え、「漱石」の号を初めて用いる。
二十三	一八九〇	24	一高を卒業。帝国大学文科大学英文学科に入学。
二十四	一八九一	25	三兄直矩の妻登世が亡くなる。
二十五	一八九二	26	東京専門学校の講師となる。高浜虚子と出会う。
二十六	一八九三	27	帝国大学英文科を卒業、大学院に進む。東京高等師範学校より英語授業の嘱託を受ける。
二十七	一八九四	28	鎌倉円覚寺に参禅、釈宗演より「父母未生以前本来の面目」の公案を与えられる。
二十八	一八九五	29	愛媛松山中学に英語教師として赴任。「愚陀仏庵」と名づけた下宿に療養中の子規を迎え同居。子規らの句会に参加。中根鏡子と婚約。
二十九	一八九六	30	熊本第五高等学校に赴任。鏡子と結婚。
三十	一八九七	31	友人の米山保三郎が死去。実父の直克が死去。
三十一	一八九八	32	鏡子が自殺をはかる。
三十二	一八九九	33	長女筆子が誕生。

三十三	一九〇〇	34	文部省より英国留学を命じられる。ロンドンでクレイグ博士の個人授業を受けはじめる。
三十四	一九〇一	35	次女恒子が誕生。池田菊苗と同宿。カーライルの旧宅を訪れる。
三十五	一九〇二	36	神経衰弱が進む。土井晩翠と同宿。子規が死去。十二月五日帰国の途に就く。
三十六	一九〇三	37	一月二十四日東京に帰着。五高教授を免官、一高および東京帝大文科大学に就任。藤村操が投身自殺。三女栄子が誕生。
三十七	一九〇四	38	新体詩「水底の感」を記す。「ホトトギス」に俳体詩を発表する。
三十八	一九〇五	39	『吾輩は猫である』を発表。虚子宛書簡に「とにかくやめたきは教師、やりたきは創作」と記す。四女愛子が誕生。「倫敦塔」「カーライル博物館」「幻影の盾」などを発表。
三十九	一九〇六	40	「趣味の遺伝」『坊っちゃん』『草枕』『二百十日』を発表。木曜会を始める。
四十	一九〇七	41	『野分』を発表。教職を辞し東京朝日新聞に入社。『文学論』を出版。長男純一が誕生。『虞美人草』を朝日紙上で連載。
四十一	一九〇八	42	『坑夫』を連載。失踪事件後の森田草平を自宅に住まわせる。『夢十夜』を連載。『三四郎』を連載。次男伸六が誕生。
四十二	一九〇九	43	『文学評論』を出版。二葉亭四迷が客死。『それから』を連載。満州・朝鮮を旅行、『満韓ところどころ』を連載。朝日文芸欄を創設。

四十三	一九一〇	44	『門』を連載。五女雛子が誕生。胃潰瘍のため長与胃腸病院に入院。退院後、療養先の修善寺菊屋旅館で一時危篤状態に陥る。帰京後、長与病院に再入院。『思ひ出す事など』を連載。
四十四	一九一一	45	文学博士号を辞退。長与病院を退院。大阪朝日主催の講演会で関西をまわる。痔の手術を受ける。池辺三山が朝日を退社。文芸欄を廃止し、森田草平を解任。五女雛子が急死。
四十五・大正元	一九一二	46	『彼岸過迄』を連載。池辺三山が死去。痔の再手術。『行人』の連載を開始。
二	一九一三	47	胃潰瘍が再発、強度の神経衰弱。『行人』の連載が完結。
三	一九一四	48	『心　先生の遺書』を連載。胃潰瘍が悪化し臥床を余儀なくされる。学習院で講演を行う(「私の個人主義」)。
四	一九一五	49	『硝子戸の中』を連載。京都旅行中に胃潰瘍が再び悪化、滞在を延ばした後に帰京。『道草』を連載。
五	一九一六	50	「点頭録」を発表。『明暗』の連載を開始。胃に大内出血が起り人事不省に陥る。十二月九日永眠。『明暗』の連載が第一八八回をもって中絶。

あとがき

漱石・夏目金之助の生涯は、大部分が明治時代に属するが、その始まりは慶応、終わりは大正である。特に出生期が短期間とはいえ、江戸時代だったことは、小谷野敦が言うように、考慮する価値があろう。明治も十年代までは、「文学」も漢詩文・和歌俳句が優勢だったからである。彼は少年期には漢詩文を好み、晩年に至るまでそれを捨てなかった。いわば彼の精神には、文明開化による西洋的論理性の下に、すでに「江戸的」な感性が宿っていたことになる。その点を考慮して、本書の年代は、西暦ではなく年号を用いた。

青年期の初めには、「個人」思想が輸入され、拡がった。養家と実家の間で宙ぶらりんだった塩原金之助は、帰属すべき場所を持たない「一人」となり、「個人」として生きざるを得なかった。だがその意識が強すぎた彼は、結婚後、自分の家族もまた、それぞれに「個人」だという認識を持つには時間を要した。

本書が主としてめざしたことの一つは、彼が友人、弟子との対他意識ばかりでなく、妻子、特に妻の鏡子と対等に接しようとする変遷であり、その分岐点はやはり修善寺の大患にある。もちろんここで対等とは、穏やかな関係のみを意味するわけではない。この変化の過程は、彼の作中でも跡づけることができる。『彼岸過迄』(明治四十五年)以下、その淋しさは徐々に肥大化し、表面にせり上がってくるが、それが男性だけでなく、結婚した妻たちにも現われるのが、晩年の作の特徴である。その中で、夫の心を確実に摑み、淋しさから脱け出ようとするお延(『明暗』)の決意は、結末は不明ながら、新しい境地を示すものとなるはずだった。

以上は本書が辿ったおおよその見取図だが、岩波書店の『漱石全集』(平成五年版)を読み直す作業は、時間に追われて苦しくもあり、同時にこれまで気づかなかった小部分の意味を発見して、楽しくもあった。漱石に関する参考文献は、小宮豊隆、江藤淳をはじめ無数にあるが、ごく少数を除いて読み返す時間がなかった。一つには視力、体力の低下のためでもある。本書中に先行文献と重なる個所も多々あると思うが、著書名を一々記すことができなかった失礼をお許しいただきたい。なお本書が「漱石没後百年記念」の一隅に何とか滑りこめたのは、新書編集部の永沼浩一氏、および校正者の方々の御尽力のお蔭である。改めて感謝の意を表したい。

平成二十八年、秋たけなわ

十川信介

十川信介

1936-2018 年
学習院大学名誉教授
専攻—近代日本文学
著書—『二葉亭四迷論』『島崎藤村』ともに筑摩書房,
『明治文学 ことばの位相』『近代日本文学案
内』『円朝全集』(編集・校注),『漱石追想』(編
集),『漱石全集』(『明暗』注解)いずれも岩波書店,
ほか多数

夏目漱石　　岩波新書(新赤版)1631

2016 年 11 月 18 日　第 1 刷発行
2023 年 11 月 24 日　第 4 刷発行

著 者　十川信介《とがわしんすけ》

発行者　坂本政謙

発行所　株式会社 岩波書店
〒101-8002 東京都千代田区一ツ橋 2-5-5
案内 03-5210-4000　営業部 03-5210-4111
https://www.iwanami.co.jp/

新書編集部 03-5210-4054
https://www.iwanami.co.jp/sin/

印刷・精興社　カバー・半七印刷　製本・中永製本

ISBN 978-4-00-431631-2　Printed in Japan

岩波新書新赤版一〇〇〇点に際して

ひとつの時代が終わったと言われて久しい。だが、その先にいかなる時代を展望するのか、私たちはその輪郭すら描きえていない。二〇世紀から持ち越した課題の多くは、未だ解決の緒を見つけることのできないままであり、二一世紀が新たに招きよせた問題も少なくない。グローバル資本主義の浸透、憎悪の連鎖、暴力の応酬――世界は混沌として深い不安の只中にある。

現代社会においては変化が常態となり、速さと新しさに絶対的な価値が与えられた。消費社会の深化と情報技術の革命は、種々の境界を無くし、人々の生活やコミュニケーションの様式を根底から変容させてきた。ライフスタイルは多様化し、一面では個人の生き方をそれぞれが選びとる時代が始まっている。同時に、新たな格差が生まれ、様々な次元での亀裂や分断が深まっている。社会や歴史に対する意識が揺らぎ、普遍的な理念に対する根本的な懐疑や、現実を変えることへの無力感がひそかに根を張りつつある。そして生きることに誰もが困難を覚える時代が到来している。

しかし、日常生活のそれぞれの場で、自由と民主主義を獲得し実践することを通じて、私たち自身がそうした閉塞を乗り超え、希望の時代の幕開けを告げてゆくことは不可能ではあるまい。そのために、いま求められていること――それは、個と個の間で開かれた対話を積み重ねながら、人間らしく生きることの条件について一人ひとりが粘り強く思考することではないか。その営みの糧となるものが、教養に外ならないと私たちは考える。歴史とは何か、よく生きるとはいかなることか、世界そして人間はどこへ向かうべきなのか――こうした根源的な問いとの格闘が、文化と知の厚みを作り出し、個人と社会を支える基盤としての教養となった。まさにそのような教養への道案内こそ、岩波新書が創刊以来、追求してきたことである。

岩波新書は、日中戦争下の一九三八年一一月に赤版として創刊された。創刊の辞は、道義の精神に則らない日本の行動を憂慮し、批判的精神と良心的行動の欠如を戒めつつ、現代人の現代的教養を刊行の目的とする、と謳っている。以後、青版、黄版、新赤版と装いを改めながら、合計二五〇〇点余りを世に問うてきた。そして、いままた新赤版が一〇〇〇点を迎えたのを機に、人間の理性と良心への信頼を再確認し、それに裏打ちされた文化を培っていく決意を込めて、新しい装丁のもとに再出発したいと思う。一冊一冊から吹き出す新風が一人でも多くの読者の許に届くこと、そして希望ある時代への想像力を豊かにかき立てることを切に願う。

（二〇〇六年四月）

文学

随筆

高橋源一郎の飛ぶ教室　高橋源一郎
江戸漢詩の情景　揖斐高
読書会という幸福　向井和美
俳句と人間　長谷川櫂
知的文章術入門　黒木登志夫
人生の1冊の絵本　柳田邦男
レバノンから来た能楽師の妻　梅若マドレーヌ　竹内要江訳
二度読んだ本を三度読む　柳広司
原民喜　死と愛と孤独の肖像　梯久美子
声優　声の職人　森川智之
生と死のことば　中国の名言を読む　川合康三
正岡子規　人生のことば　復本一郎
作家的覚書　髙村薫
落語と歩く　田中敦
文庫解説ワンダーランド　斎藤美奈子
俳句世がたり　小沢信男

日本の一文30選　中村明
ナグネ　中国朝鮮族の友と日本　最相葉月
子どもと本　松岡享子
医学探偵の歴史事件簿ファイル2　小長谷正明
里の時間◆　芥川仁　阿部直美
閉じる幸せ　残間里江子
女の一生　伊藤比呂美
仕事道楽 新版　スタジオジブリの現場　鈴木敏夫
医学探偵の歴史事件簿◆　小長谷正明
もっと面白い本　成毛眞
99歳一日一言◆　むのたけじ
土と生きる　循環農場から◆　小泉英政
なつかしい時間　長田弘
ラジオのこちら側で◆　ピーター・バラカン
面白い本　成毛眞
百年の手紙　梯久美子
本へのとびら　宮崎駿

ぼんやりの時間◆　辰濃和男
思い出袋◆　鶴見俊輔
活字たんけん隊　椎名誠
道楽三昧　小沢昭一　神崎宣武聞き手
文章のみがき方　辰濃和男
悪あがきのすすめ　辛淑玉
水の道具誌　山口昌伴
スローライフ　筑紫哲也
森の紳士録◆　池内紀
沖縄生活誌◆　高良勉
シナリオ人生◆　新藤兼人
怒りの方法◆　辛淑玉
伝言　永六輔
四国遍路◆　辰濃和男
嫁と姑　永六輔
親と子　永六輔
夫と妻　永六輔
愛すべき名歌たち　阿久悠
活字博物誌　椎名誠

岩波新書より

芸術

カラー版 名画を見る眼Ⅱ　高階秀爾
カラー版 名画を見る眼Ⅰ　高階秀爾
占領期カラー写真を読む　佐藤洋一／衣川太一
水墨画入門　島尾新
酒井抱一 俳諧と絵画の織りなす抒情　井田太郎
平成の藝談 歌舞伎の真髄にふれる　犬丸治
K-POP 新感覚のメディア　金成玟
ベラスケス 宮廷のなかの革命者　大髙保二郎
ヴェネツィア 美の都の一千年　宮下規久朗
丹下健三 戦後日本の構想者　豊川斎赫
学校で教えてくれない音楽◆　大友良英
中国絵画入門　宇佐美文理
瞽女うた　ジェラルド・グローマー
東北を聴く　佐々木幹郎
黙示録　岡田温司
ボブ・ディラン ロックの精霊　湯浅学
仏像の顔　清水眞澄
柳宗悦　中見真理
ヘタウマ文化論　山藤章二
小さな建築　隈研吾
コルトレーン ジャズの殉教者　藤岡靖洋
雅楽を聴く　寺内直子
歌謡曲　高護
歌舞伎の愉しみ方　山川静夫
自然な建築　隈研吾
肖像写真　多木浩二
東京遺産　森まゆみ
絵のある人生　安野光雅
日本の色を染める　吉岡幸雄
プラハを歩く　田中充子
日本絵画のあそび　榊原悟
ぼくのマンガ人生　手塚治虫
日本の近代建築 上・下　藤森照信
ゲルニカ物語　荒井信一
千利休 無言の前衛　赤瀬川原平
やきもの文化史　三杉隆敏
歌右衛門の六十年　中村歌右衛門／山川静夫
フルトヴェングラー　脇圭平／芦津丈夫
明治大正の民衆娯楽　倉田喜弘
茶の文化史　村井康彦
日本の耳　小倉朗
日本の子どもの歌　園部三郎／山住正己
二十世紀の音楽　吉田秀和
水墨画　矢代幸雄
絵を描く子供たち　北川民次
ギリシアの美術　澤柳大五郎
音楽の基礎　芥川也寸志
日本刀　本間順治
日本美の再発見〔増補改訳版〕　ブルーノ・タウト／篠田英雄訳
ミケルアンヂェロ　羽仁五郎

(2023.7)　◆は品切，電子書籍版あり．(R)

社会

女性不況サバイバル	竹信三恵子
パリの音楽サロン	青柳いづみこ
持続可能な発展の話	宮永健太郎
皮革とブランド 変化するファッション倫理	西村祐子
動物がくれる力 教育、福祉、そして人生	大塚敦子
政治と宗教	島薗進編
超デジタル世界	西垣通
現代カタストロフ論	金子勝・児玉龍彦
「移民国家」としての日本	宮島喬
迫りくる核リスク 〈核抑止〉を解体する	吉田文彦
記者がひもとく「少年」事件史	川名壮志
中国のデジタルイノベーション	小池政就
これからの住まい	川崎直宏
検察審査会	デイビッド・T・ジョンソン・平山真理・福来寛
ドキュメント〈アメリカ世〉の沖縄	宮城修
東京大空襲の戦後史	栗原俊雄
土地は誰のものか	五十嵐敬喜
民俗学入門	菊地暁
企業と経済を読み解く小説50	佐高信
視覚化する味覚	久野愛
ロボットと人間 人とは何か	石黒浩
ジョブ型雇用社会とは何か	濱口桂一郎
法医学者の使命 「人の死を生かす」ために	吉田謙一
異文化コミュニケーション学	鳥飼玖美子
モダン語の世界へ	山室信一
時代を撃つノンフィクション100	佐高信
労働組合とは何か	木下武男
プライバシーという権利	宮下紘
地域衰退	宮﨑雅人
江戸問答	田中優子・松岡正剛
広島平和記念資料館は問いかける	志賀賢治
コロナ後の世界を生きる	村上陽一郎編
リスクの正体	神里達博
紫外線の社会史	金凡性
「勤労青年」の教養文化史	福間良明
5G 次世代移動通信規格の可能性	森川博之
客室乗務員の誕生	山口誠
「孤独な育児」のない社会へ	榊原智子
放送の自由	川端和治
社会保障再考 〈地域〉で支える	菊池馨実
生きのびるマンション	山岡淳一郎
虐待死 なぜ起きるのか、どう防ぐか	川崎二三彦
平成時代◆	吉見俊哉
バブル経済事件の深層	奥山俊宏・村山治
日本をどのような国にするか	丹羽宇一郎
なぜ働き続けられない？ 社会と自分の力学	鹿嶋敬
物流危機は終わらない	首藤若菜

岩波新書より

岩波新書より

金沢を歩く	山出 保
ドキュメント 豪雨災害	稲泉 連
ひとり親家庭	赤石千衣子
女のからだ フェミニズム以後	荻野美穂
〈老いがい〉の時代◆	天野正子
子どもの貧困 II	阿部 彩
性と法律	角田由紀子
ヘイト・スピーチとは何か◆	師岡康子
生活保護から考える◆	稲葉 剛
かつお節と日本人	宮内泰介 藤林 泰
家事労働ハラスメント	竹信三恵子
福島原発事故 県民健康管理調査の闇◆	日野行介
電気料金はなぜ上がるのか◆	朝日新聞経済部
おとなが育つ条件	柏木惠子
在日外国人〔第三版〕	田中 宏
まち再生の術語集	延藤安弘
震災日録 記憶を記録する◆	森まゆみ
原発をつくらせない人びと	山秋 真
社会人の生き方◆	暉峻淑子
構造災 科学技術社会に潜む危機	松本三和夫
家族という意志◆	芹沢俊介
ルポ 良心と義務	田中伸尚
夢よりも深い覚醒へ◆	大澤真幸
3・11 複合被災◆	外岡秀俊
子どもの声を社会へ	桜井智恵子
就職とは何か◆	森岡孝二
日本のデザイン	原 研哉
ポジティヴ・アクション	辻村みよ子
脱原子力社会へ◆	長谷川公一
希望は絶望のど真ん中に	むのたけじ
アスベスト 広がる被害	大島秀利
原発を終わらせる	石橋克彦編
日本の食糧が危ない	中村靖彦
希望のつくり方	玄田有史
生き方の不平等◆	白波瀬佐和子
同性愛と異性愛	風間 孝 河口和也
新しい労働社会	濱口桂一郎
世代間連帯	上野千鶴子 辻元清美
道路をどうするか	五十嵐敬喜 小川明雄
子どもの貧困	阿部 彩
子どもへの性的虐待◆	森田ゆり
テレワーク 「未来型労働」の現実	佐藤彰男
反貧困	湯浅 誠
不可能性の時代	大澤真幸
地域の力	大江正章
少子社会日本	山田昌弘
親米と反米	吉見俊哉
「悩み」の正体	香山リカ
変えてゆく勇気◆	上川あや
戦争で死ぬ、ということ	島本慈子
ルポ 改憲潮流	斎藤貴男
社会学入門	見田宗介
冠婚葬祭のひみつ	斎藤美奈子
少年事件に取り組む	藤原正範
悪役レスラーは笑う◆	森 達也
いまどきの「常識」◆	香山リカ

(2023.7)　◆は品切，電子書籍版あり．(D3)